인생 마치 비트코인

인생 마치 비트코인

1판 1쇄 발행 2022년 1월 25일

지은이 · 염기원
펴낸이 · 주연선

(주)은행나무
04035 서울특별시 마포구 양화로11길 54
전화 · 02)3143-0651~3 | 팩스 · 02)3143-0654
신고번호 · 제 1997—000168호(1997. 12. 12)
www.ehbook.co.kr
ehbook@ehbook.co.kr

ISBN 979-11-6737-123-2 (03810)

인생 마치 비트코인

염기원 **장편소설**

차례

특수청소

선택지에 짜장과 짬뽕을 올려놓고 둘 중 하나를 선택하는 건 그리 어려운 일이 아니다. 부먹과 찍먹, 양념과 프라이드 중 무엇을 더 좋아하느냐도 단지 취향 문제일 뿐이다. 둘 다 좋아한다고 회색분자로 취급할 수는 없다. 하지만 뉴욕 양키스와 보스턴 레드삭스라는 야구팀을 선택지에 올려놓는다면 전혀 다른 얘기가 된다.

이 둘은 아메리칸리그 동부지구뿐 아니라 전 세계에서 가장 치열한 라이벌 관계다. 두 팀 모두를 싫어할 수는 있어도 동시에 좋아할 수는 없다. 그런 둘이 맞붙는 경기를 지구 반대편에서 실시간으로 보는 사람은 나 말고도 셀 수 없이 많다. 이건 단순한 공놀이가 아니다.

베이컨 토스트의 포장지를 벗기자 눅진한 소스가 흘러내렸다. 귀찮음을 무릅쓰고 몇백 미터를 걸어가 사온 것이다. 여기에 아메리카노 한 잔이면 훌륭한 아침 식사가 된다. MLB 전문가 두 명이 진행하는 인터넷 생중계가 막 시작했다. 뻔한 소리만 늘어놓는 TV 중계와는 비교도 할 수 없다. 통계를 기반으로 한 자세하고 전문적인 예측 자료가 쏟아졌다.

두근거리는 마음으로 플레이볼을 기다리고 있을 때 전화벨이 울렸다. 사장님이었다. 이 이른 시각에 전화라니. 게다가 오늘은 쉬는 날이었다.

"네, 사장님."

"너, 오늘 쉬는 날이지?"

"네."

"그래. 거 뭐냐, 그 청소업체 있지? 거기 번호 좀 알려줘."

쉬는 날이냐고 물어본 것은 '비번인데도 업무에 관한 일로 전화 걸어서 미안하다'라는 내용을 에둘러 표현한 것이 아니다. '내가 용건이 있는데 네가 감히 쉬고 있느냐'는, 질책에 가까운 뉘앙스였다. 휴일을 맞아 쉬고 있는 직원에게 아침부터 이토록 당당하게 전화할 수 있는 게 높은 사람의 특권이다. 그의 굵직하고 권위 있는 목소리, 욕 한마디 없이도 사람을 주눅 들게 하는 화법을 배워야 한다. 가끔 주유소나 편의점에서 연습해보지만, 난 아직 한참 멀었다.

여섯 평짜리 오피스텔 방 한 칸이 내가 사는 집이자 업무를 보는 사무실이다. 쉬는 날은 일주일에 하루, 일요일이다. 쉬는 날이라고 해봤자 근무일과 다를 건 없다. 정해진 출근 시간이 없듯 정해진 퇴근 시간도 없다. 바쁠 때는 눈코 뜰 새 없지만, 한가할 때는 그야말로 아무런 일이 없다. 그렇다고 놀기만 할 수는 없다. 내 존재가치를 증명하기 위해서는 없는 일도 만들어내는 창의력이 필요하다.

예를 들면 건물에 들어온 인터넷 통신사를 바꾸는 일 따위다. 지난달에는 기존에 쓰던 통신사를 해지하고, 더 싼 요금제를 제시한 곳과 계약했다. 3년 약정을 체결한 대가로 사은품까지 받았다. 상품권이나 전자제품도 아니고 무려 현금, 그것도 수백만 원이었다. 그걸 고스란히 전달해드리니 역시 똘똘하다며 크게 칭찬을 받았다.

사장님이 번호를 알려달라고 한 청소업체는 평범한 곳이 아니다. 세상 사람 대부분은 특수청소업체의 존재를 모른다. 문을 열고 들어가면 방의 구조조차 알 수 없을 만큼 쓰레기장이 되어버린 집, 온 세상 사람들의 편도결석을 모아놓은 듯 심각한 악취가 나는 집, 불이 났거나 침수된 집 정도가 되어야 특수청소업체를 찾게 된다. 그중에서도 가장 절실하게 찾는 경우는 사람이 죽은 채 방치되었던 집을 청소하려고 할 때다.

특수청소업체 대표의 휴대폰 번호를 아는 일반인이라면 둘 중 하나다. 죽은 자의 가족이거나, 죽은 자가 살던 건물의 관리인이다. 나처럼.

"제가 문자로 찍어드릴게요."

"그래. 아이 시팔, 아침부터 재수 없게."

사장님은 욕도 참 찰지게 잘한다. 나한테 하는 욕도 아닌데 전화를 끊고 나서도 가슴이 두근거렸다. 업체 대표의 휴대폰 번호를 찾아 문자로 전송했다. 재수 없는 일이란 게 뭔지는 보나 마나 뻔하다. 강동구 오피스텔 세입자 중 한 명이 방 안에서 자살했을 것이다. 건물주인 사장님은 그 오피스텔 맨 위층을 독채로 쓰고 있다. 가족이 사는 건물이라 더 민감하게 반응하는 것 같다.

세입자가 방 안에서 죽었다는 것을 알게 되는 경우도 둘 중 하나다. 먼저 월세와 관리비가 밀린 상태에서 연락조차 되지 않는 경우. 야반도주일 확률이 높으니 쉽게 단정할 수 없지만, 자살의 징후이거나 결과일 수 있다. 다음은 시체가 부패하면서 냄새가 밖으로 새어나간 경우다. 이 역시 오래된 음식물쓰레기 때문인지, 키우는 동물이 죽은 것인지, 바로 판단하기 어렵기는 하다.

하지만 사람 시체가 썩는 냄새는 무엇과도 다르다. 며칠 지나지 않아 그게 음식물쓰레기 냄새가 아니었다는 걸 알게 된다. 청소하는 분에게 몇 호실에서 심상치 않은 악취가 나더라는 말을 전해 듣거나, 세입자 민원이 이어진다면 이미 심각한 상태인

게 틀림없다. 그러니 자살한 사람이 발견될 때는 대개 이미 상당한 부패가 진행된 후다. 그럴 때 특수청소업체를 부른다.

야반도주했다면, 밀린 돈도 돈이지만 나로서는 집 상태가 심각하다는 게 큰 문제다. 문을 따고 들어가면 작은 방에 어찌 그렇게 많은 쓰레기가 쌓여 있을 수 있는지 신기할 지경인 장면을 마주한다. 정신 건강이 좋지 않아 그런 결과를 초래한 것이겠지만, 반대로 그런 곳에서 지낸다면 건강한 사람이라도 금방 미쳐버릴 것이다.

침대 주변에 속옷부터 점퍼까지 옷가지가 아무렇게나 널려 있는 게 보통이다. 방바닥에는 배달 음식 용기가 포개져 있는데, 시켜먹고 남은 음식이 그대로 썩어가고 있다. 탄산음료 페트병에는 담배꽁초가 가득하다. 싱크대에는 먹고 난 컵라면과 각종 빈 병이 쌓여 있는 게 대부분이고, 화장실은 한 달을 방치한 PC방 흡연실 꼴이다. 전반적으로 인도의 쓰레기 매립지 풍경과 비슷하다. 시체가 보이지 않으면 그나마 다행이다.

당곡사거리 근처에 있는 오피스텔 관리인이 내 직업이다. 우리 사장님은 서울 시내에 여러 채의 오피스텔 건물을 갖고 있다. 그중 내가 관리하는 이 오피스텔이 두 번째로 후졌다. 후진 정도를 비교할 수 있는 지표는 건물의 지정학적 위치와 연식, 편의시설, 보안 등 여러 가지가 있겠지만 가장 객관적인 건 월세다.

여기는 보증금 500만 원에 월세 50만 원이 기본이다. 맞은편 오피스텔보다 월세 2만 원이, 그 옆에 있는 원룸 건물에 비하면 5만 원이 더 싸다. 관리비는 전기세, 수도세, 난방비, 인터넷, TV 요금을 모두 합쳐 12만 원씩 받는다. 공동전기나 수도, 청소 용역비도 다 포함한 금액이다. 다른 오피스텔처럼 기본 관리비에 온갖 요금이 추가되지 않는다. 여름과 겨울에 요금폭탄을 맞을 일이 없으니, 입주자들은 이 조건을 좋아한다.

한 달 치 주거비 지출액을 정확히 예측할 수 있다는 건 큰 장점이다. 그래서 여섯 평밖에 안 되는 방을 보고도 임대차계약서에 도장을 찍는다. 말이 여섯 평이지 실제로는 네 평 정도 된다. 고시원보다 조금 좋을 뿐 싱글침대 하나 놓을 공간도 안 나온다. 그래도 오피스텔이라는 이름이 붙은 덕에 근처에 있는 다른 다세대주택 원룸보다 인기가 좋다.

주차장과 엘리베이터까지 있고, 주변 시설과 교통도 훌륭하다. 서울에서 냉난방 시설과 세탁기, 냉장고가 있는 집에 월세로 살면서 관리비를 합쳐 한 달에 단돈 62만 원이 든다면 공짜와 다름없다. 그런데도 관리비 12만 원이 아까워 기어이 본전을 찾으려는 세입자들이 가끔 있다. 이를테면 창문을 열어놓은 채 에어컨을 가동하거나, 화장실 샤워기로 온수를 세게 틀어놓아 가습기처럼 쓰려고 시도하는 것이다.

하지만 워낙 방이 좁은데다가 창문을 열어도 환기가 잘 안 되니까 에어컨을 잠깐만 틀어도 금방 추워진다. 급탕 온도를 낮게 설정해두었기에 아무리 뜨거운 물을 틀어도 김이 펄펄 나지는 않으니 가습기로 쓸 수 없다. 이 분야 전문가인 사장님은 세입자가 어떻게 악용하건, 월세에 더해 관리비로도 이문을 남길 수 있도록 설계했다.

네 자리 비밀번호를 누르거나 카드키를 대야 열리는 공동현관과 달리 각 호실은 아직도 열쇠를 돌리는 방식이다. 문을 열고 들어가면 머리 위에 신발장이 있다. 현관 바로 옆 왼쪽 혹은 오른쪽에 화장실이 있다. 화장실 맞은편이 주방인데, 미니 싱크대와 1구짜리 하이라이트 전기쿡탑이 전부다. 명색이 풀옵션이니 쿡탑 아래에 드럼 세탁기도 있다. 싱크대 수납장은 상단에 세 칸이 있고 하단은 두 칸인데, 나머지 한 칸에 작은 냉장고를 쑤셔넣었다. 냉장고 옆에 옷장이 있고, 옷장 옆에 작은 책장과 책상이 붙어 있다. 모두 붙박이다.

책상 끝에 창문이 있다. 창문을 열면 옆 건물이 보이는데, 손을 뻗으면 닿을 듯 가깝다. 층고도 비슷해 서로 방 안이 훤히 보이니 함부로 창문을 열 수 없다. 책상 위쪽에 걸린 벽걸이 에어컨과 바닥에 놓인 낡은 TV가 풀옵션을 완성한다. 관악방송 케이블이 들어오는데, 고작 45개 채널만 나오는 상품이라 별로다. 모든 가구는 방 크기에 맞춰 한 치의 오차도 없이 딱딱 붙어 있고, 전부 흰색 하이그로시다. 벽지는 도배하는 아저씨 마음대로라 방마다 제각각이다. 내 방은 악기와 의자, 조명이 그려진, 도저히 어떤 콘셉트인지 알 수 없는 벽지로 발라놓았다.

후진 건물은 보통 후진 동네에 있다. 밤마다 배달 오토바이가 뿜어내는 굉음과 꽥꽥거리는 취객 소리가 창문을 뚫고 들어온다는 뜻이다. 방 안에 누워서도 누가 어떤 신발을 신고 복도를 걷는지 생생하게 들을 수 있다. 옆방 사람이 언제 들어오고 나가는지, 누구와 통화하는지, 언제 배변 활동을 하는지 훤히 알게 된다. 윗집에서 의자를 끌거나 점프를 하는 정도가 아니라면, 그나마 층간소음은 별로 없다는 게 다행이다. 몇 걸음 걸을 공간도 없기 때문이다.

먹자골목이 가깝다는 것과 큰길로 나가면 무려 롯데백화점이 보인다는 게 특별시민으로 사는 자부심을 채운다. 내가 그랬으니 세입자들도 비슷할 것이다. 입주자 대부분은 지방에서 올라온 대학생과 직장인이다. 여섯 평짜리 방구석에서 육십 평짜리 꿈을 꿀 것이다. 그중 대다수가 얼마 지나지 않아 더 후진 곳으로 떠나는 게 현실이다. 최악은, 이 좁은 곳에서 살다가 한 평짜리 관짝에 들어가 마감하는 삶이 있다는 것이다. 끔찍한 일이다.

간혹 여섯 평짜리 방을 북유럽 감성으로 꾸며보겠다고 선반이나 서랍장을 들여놓는 사람도 있다. 그러면 뭐 하나. 침구를 놓을 공간이 안 나오니, 결국 군대처럼 접이식 매트리스를 깔고 자야 한다. 그러다 허리디스크에 걸리는 것까지 북유럽식이진 않을 것이다. 북유럽 사대주의자들은 액자를 건다고 몰래 못질까지 한다. 포스터나 사진을 벽에 덕지덕지 붙여놓기도 한다. 그래놓고 퇴실할 때는 나 몰라라 해버려서 도배 값만 든다. 그 정성을 쏟을 시간에 돈 한 푼이라도 더 벌 것이지, 나는 이해할 수 없다.

플레이볼. 보스턴과 뉴욕이 붙었다. 보스턴 선발 투수가 던진 초구가 포수 미트 한복판에 꽂혔다. 예상대로 초구는 포심 패스트볼이었다. 내게 스포츠는 과학의 영역이다. 그가 초구에 포심 패스트볼을 던져 스트라이크를 잡을 확률은 68.2퍼센트이다. 두 번째 투구를 기다리며 토스트를 한입 가득 물고 씹다가 손을 더듬어 커피잔을 집어 들었다. 무심코 들이켰는데 생각보다 뜨거워서 깜짝 놀랐다. 입에서 흘러내린 커피가 팬티를 적셨다. 재빠르게 두루마리 휴지를 뜯어 닦았다.

일요일 아침은 일주일 중 이 동네가 유일하게 조용한 시간이다. 전날 난리 브루스를 추던 옆방 커플도 자고 있는지 조용했다. 애네는 겉보기에는 참 얌전해 보이는데, 술만 먹었다 하면 개가 된다. 가방에 SNU 배지를 달고 다니지만 서울대생일 리는 없다. 서울대 다니는 애들은 공부하느라 바빠서 술 마실 시간도 없을 것이니까. 게다가 요즘은 서울대도 돈 많아야 간다는데, 돈 많은 집 애들이 이런 낡고 좁은 오피스텔에서 동거하지는 않을 것이다.

어디선가 진동이 느껴졌다. 옆방 애들 휴대폰인 줄 알았는데, 이불 위에 던져둔 내 휴대폰에서 나는 소리였다. 또 사장님인가 싶어 서둘러 의자에서 내려와 휴대폰을 집어 들었다. 엄마였다. 긴장이 풀리면서 짜증이 몰려왔다. 내가 뭔가에 집중하고 있을 때면 전화해서 망쳐버리는 게 우리 엄마란 사람이다.

"여보세요."

"엄마야. 별일 없지?"

"왜."

"반찬 뭐 필요한 거 있어? 엄마가 택배로 보내주려고."

"에이! 반찬 못 처먹어서 뒤진 귀신이라도 있나. 겨우 그런 거 때문에 일요일 아침부터 전화한 거야? 나 바쁜 거 몰라?"

서둘러 전화를 끊었다. 오래 통화해봤자 골치만 아프다. 엄마는 주말마다 내게 전화를 건다. 별일 없느냐는 질문으로 시작해 결국은 반찬 얘기다. 지난번에는 락앤락 반찬통에 갓김치를 얼마나 꾹꾹 눌러 담았는지, 열다가 김칫국물이 사방으로 튀었다. 하얀 냉장고는 물론 라텍스 매트를 깔아놓은 잠자리까지 빨갛게 물들어 방이 범죄 현장처럼 되어버렸다. 근처 반찬가게에서 사 먹는 게 더 편하고 맛도 좋으니 다시는 반찬 보내지 말라고 해도, 도무지 말을 듣지 않는다.

이곳 서울에 올라와 원대한 꿈을 꾸며 높은 하늘을 향해 날고 있는데, 엄마와 얘기를 하다 보면 자꾸 중력에 굴복해 발이 땅에 닿는 기분이 든다. 가정의 달이라 그런가, 이번 주에만 벌써 두 번째 전화다. 엄마 때문에 경기를 제대로 보지도 못하고 1회 초가 끝났다. 공수가 교대되며 광고가 나오기 시작했다. 창문을 열고 담배에 불을 붙였다. 선선한 바람이 들어왔다.

  월요일 아침, 여느 직장인과 마찬가지로 나도 출근했다. 근무지가 집이라는 것만 다르다. 세입자 변동 사항을 확인하는 것이 일과의 시작이다. 특이사항은 없었고, 공실로 있는 606호를 보러 오후에 두 팀이 오기로 했다. 다음은 월세와 관리비를 미납한 호실이 있는지 확인하는 것이다. 입금 내역을 확인하기 위해 인터넷 뱅킹에 접속해 수많은 액티브엑스를 실행시켰다. 두 달째 월세와 관리비를 내지 않은 세대가 있었다. 403호였다.
  서랍을 열어 입주자 관리 카드를 뒤적였다. 이곳은 말만 오피스텔이지 세대별로 분양한 게 아니다. 사장님 부부가 소유한 건물이고, 나 혼자 관리한다. 입주자 관리 카드란 것도 관리실이 따로 있는 중대형 오피스텔에서 하듯, 정해진 양식에 맞춰 세입자가 작성하는 게 아니다. 내가 만든다. 임대차계약서에 나와 있는 개인정보, 즉 주민등록번호와 연락처 정도를 기록하고, 비고란에 참고할 만한 사항을 적어놓은 게 전부다. 그걸 프린터로 출력해서 클리어 파일에 끼워놓은 것을 보신 사장님은

'역시 메이커부대 출신은 다르다'며 칭찬했다.

403호의 입주자 관리 카드를 찾았다. 주민등록번호를 보니 나와 같은 해, 같은 달에 태어난 여자였다. 비고란에는 '게으르게 생겼음'이라고 적어놓았다. 안색이 창백했다는 것만 떠오를 뿐, 그녀 얼굴에 대한 기억은 희미했다. 왜 게으르게 생겼다고 적었는지 기억나지 않지만, 그녀가 가난하게 생겼을 것이란 건 확실하다.

사실 이곳에 들어와 사는 사람들은 대부분 가난하게 생겼다. 가난하게 생겨서 이곳에 사는 걸지도 모르겠다. 가난한 사람들은 다 이유가 있는데, 본인들만 그걸 모른다. 일단 게으르다. 그리고 세상 모든 일에 핑계가 많다. 학연, 지연, 혈연의 도움이 없어서 가난하게 살 수밖에 없다는 식이다. 도무지 이해할 수가 없다.

나는 고졸이며, 시골 출신에다가, 사실상 집안의 기둥이다. 살면서 가족을 포함해 그 누구의 도움도 받은 적이 없다. 나처럼 성실하게 일하면 돈은 알아서 따라온다. 이 오피스텔에서 5년째 일하고 있지만, 나는 단 한 번도 지각이나 결근을 한 적이 없다. 게다가 사장님이 시킨 일은 절대로 미루지 않았고, 모두 기간 내에 처리했다. 내 성실함을 알아본 사장님은 전임자를 내보내고 나를 이곳에 앉혀놓았다.

월급이 많은 편은 아니지만, 쏠쏠한 부수입까지 있으니 괜찮은 직업이다. 세입자들 민원을 해결해주거나 자잘한 부탁을 들어주고 팁처럼 받는 수고비는 푼돈이다. 인테리어나 설비업체, 도배업체를 선정하고 관리하다 생기는 부수입이 진짜다. 하루에 알바 네 탕을 뛰던 시절에 비하면 장족의 발전을 이루었다. 게다가 미래를 위해 수입의 대부분을 투자하고 있다. 언젠가는 우리 사장님처럼 나도 번듯한 건물을 짓고, 어느 성실한 청년에게 관리를 맡길 것이다.

403호 여자가 입주한 날, 현관 번호키 사용 요령을 알려줬던 게 떠올랐다. '#1011#'을 누르고 종 모양이 그려진 호출 버튼을 누르면 자동문이 열리는 간단한 일이었다. 그녀는 그 쉬운 걸 못 외워서 작은 수첩에 꾹꾹 눌러 적었다. 그걸 지켜보던 나는 속이 터졌다. 다른 세입자들은 비밀번호 네 자리만 알려주면 나머지는 다 알아서 한다.

"그냥 '1011'만 외우시면 되는데요."

"아, 혹시 실수할까봐서요. 샵 대신에 별을 누를 수도 있고."

하필 건물 청소를 해주는 여사님이 아파서 병원에 가야 한다며 휴가를 낸 날이었다. 그러니 내가 건물 입구, 계단, 복도까지 청소해야 했다. 마음이 급했는데, 수첩에 메모를 마친 그녀가 질문 폭탄을 퍼붓기 시작했다.

"쿡탑에 아무 냄비나 올려도 돼요? 그러니까 전용 냄비 안 써도 되나요?"

"죄송한데, 세탁기에 바로 옷 빨아도 될까요? 아, 제 말은, 세탁조 청소 따로 안 해도 될까요?"

"혹시 전등 같은 거 나가면 갈아주시나요?"

"에어컨 필터 말인데요. 청소 안 하고 그냥 틀어도 될까요?"

"근처에 온누리상품권 되는 시장 있나요?"

요즘은 인터넷에 없는 정보가 없다. 다 큰 성인이, 자기가 알아서 하면 될 일을 왜 내게 물어보는지 이해가 되지 않았다. 그렇게 꼼꼼하게 따져 묻고 깔끔한 척 다 할 거면 지하철역 근처에 있는 브랜드 오피스텔에 들어가는 게 낫지 않은가.

그렇게 첫날부터 안 좋은 느낌을 준 403호가 들어온 지 2년이 되어간다. 세입자들이 월세와 관리비를 미납하는 건 자주 있는 일이지만 그때마다 짜증이 난다. 입주자 관리 카드에 적힌 403호의 휴대폰으로 전화를 걸었다. 신호가 울리기도 전에 익숙한 여자 목소리가 들렸다.

"전화기가 꺼져 있어, 삐 소리 후 음성사서함으로 연결됩니다. 연결된 이후 통화료가 부과됩니다."

내 이럴 줄 알았다. 신호가 한 번도 울리지 않고 바로 음성사서함으로 연결되는 것을 보니 내 번호를 차단한 것은 아닐 테고, 휴대폰을 꺼버리고 잠적했을 확률이 높다. 이럴 때는 세대 현관문에 커다란 독촉장부터 붙여놔야 한다. 책상 위에 있는 무한 잉크젯 프린터로 독촉장을 출력했다. 석 달 연체되면 계약이 해지된다는 내용이었다.

A4 용지 귀퉁이마다 테이프를 붙여놓은 뒤 엘리베이터를 타고 4층에 갔다. 403호 현관 앞에 도착하기도 전에 뭔가 좋지 않은 일이 벌어졌다는 걸 알 수 있었다. 현관 아래에서 꿈틀거리는 파리 유충이 밀려서도 보였기 때문이다. 오랜 경험을 통해 볼 때 둘 중 하나다.

먼저 음식물쓰레기가 든 봉투를 현관 앞에 오래 방치한 경우다. 음식물쓰레기는 심한 악취를 풍기는 것은 물론이고, 구더기를 비롯해 수많은 곤충을 건물 안으로 유인한다. 그래서 청소해주는 여사님이 보이는 족족 치운다. 상습범인 경우는 내가 직접 찾아가 경고하기도 한다. 하지만 4층 세입자 중에는 최근 그런 일을 저지른 사람이 없었다. 게다가 음식물 때문이라면 축축하게 젖어 있어야 할 바닥이 말라 있었다. 특유의 시큼하고 쿰쿰한 냄새도 나지 않았다.

다음은 동물 사체를 놔두고 야반도주한 경우다. 사람 한 명 살기에도 좁은 우리 오피스텔은 애완동물을 키울 수 없는 게 원칙이다. 계약서 특약사항에도 적어놓았다. 그런데도 개나 고양이, 심지어 앵무새나 거북이까지 본 적이 있다. 더 심각한 건 사체가 애완동물이 아니라 호실 안에 살고 있던 사람인 경우다. 이건 꽤 복잡하고 귀찮은 일이다.

둘 중 무엇일까 고민하다 사장님께 전화를 했다. 보통 보증금까지 까먹을 정도로 월세가 밀렸거나, 전출할 세입자의 동의를 얻어 방을 보여줘야 할 경우를 제외하면, 세입자 문을 함부로 따고 들어갈 수 없다. 하지만 현관문 앞에 구더기가 기어 다닌다면 보통 일이 아니다. 내 권한으로 할 수 있는 일이 있고, 의사 결정권자의 허락을 받아야 하는 일이 있다. 이 경우는 후자다.

"구더기가? 뭐야, 또. 몇 마리야?"

"다섯 마리. 아, 문틈에 반 정도 걸친 놈도 있네요. 다섯 마리 반, 아니지, 여섯 마리입니다."

"그래. 아이 시팔, 그 동네는 진짜 왜 그러냐? 따고 들어가서 확인하고 전화해."

역시 사장님은 의사결정이 참 빠르다. CEO를 위한 경영 어쩌고 하는 책에서 잘못된 의사결정보다 느린 의사결정이 나쁘다는 내용을 본 적이 있다. 휴대폰 문자 읽는 것도 귀찮아하는 사람이 그런 책을 읽었을 리는 없다. 본능처럼 타고난 능력일까? 문을 따고 들어가라, 눈으로 직접 확인하라, 전화로 보고하라는 세 가지 지시를 단번에 전달하는 실력 역시 탁월하다.

허락을 받았으니 이제 403호 문을 열어야 한다. 다시 내 방으로 돌아가 마스터키가 들어 있는 서랍을 열었다. 말이 마스터키지, 호실별 열쇠를 복사한 것들이다. 열쇠마다 견출지를 붙여 검정 네임펜으로 호실을 적어놓았다. 403이라는 숫자가 적힌 열쇠를 들고 다시 4층으로 이동했다.

403호 현관 열쇠 구멍에 키를 넣었다. 이제 반시계 방향으로 돌리고 손잡이를 당기면 안을 볼 수 있다. 겁이 없는 편인 내게도 꽤 부담되는 일이다. 문을 열자마자 보게 되는 것이, 사람이건 동물이건, 무엇의 사체일 수 있기 때문이다. 그런 건 경찰이나 소방관 같은 특수직 공무원이나 감당하는 일이다. 벌레 한 마리도 함부로 죽이지 못하는 내가 왜 이런 일을 해야 하는지 한탄스러웠다. 하지만 이 건물에서는, 나 아니면 누구도 할 수 없는 일이다. 직업에 대한 소명 의식이 나를 움직였다.

천천히 열쇠를 돌렸다. 현관문 밖까지 보일 정도면 방 안은 구더기가 산을 이뤘을 것이 분명했다. 손잡이를 돌리고 문을 열자 눈앞에 나타난 장면은 불길한 예감을 벗어나지 않았다. 조용히 누워 있는 여자가 보였고, 역한 냄새가 코를 찔렀다. 지난 5년 동안 이 건물을 관리하면서 시신을 본 게 한두 번은 아니지만, 한 달에 두 번 보게 된 건 처음이었다.

"사장님, 403호 안으로 들어왔습니다."

"그래. 상황이 어때?"

"경찰 불러야 할 것 같습니다."

"그래. 시팔, 진짜 굿이라도 해야 하나? 백 사장한테 좀 물어봐라."

S모텔 백 사장은 투숙객이 객실에서 자살하는 일이 연달아 발생하자 이틀 동안 문을 닫고 옥상에서 굿을 했다. 유명한 무당을

비싼 값에 불러 지노귀굿을 했더니, 그 후로는 아직 자살하는 손님이 없다고 했다. 옆에서 그 얘기를 같이 들은 후로 신림동 모텔촌을 지날 때마다 옥상을 유심히 살펴보는 버릇이 생겼다. 건물 옥상에서 굿판이 벌어진 모습을 지금껏 세 번이나 봤다. 죽는 순간마저 이기적인 인간들이 그렇게나 많다는 것이다.

바로 문을 닫고 나와 112에 신고했다. 출동한 경찰은 이것저것 캐물었다. 귀찮긴 했지만, 그것도 관리인이 감당할 몫이다. 저녁 시간 안에 모든 게 정리되기를 바랐다. 다행히 경찰은 다른 세입자들이 퇴근하기 훨씬 전에 403호 안에 있던 주검을 처리해주었다. 외부 침입 흔적이 없고, 책상 위에 유서도 있으니 자살로 추정된다고 했다. 그녀는 목표한 바를 이루었겠지만, 아무런 인연도 없는, 나 같은 사람에게 커다란 숙제를 안겨주었다.

경찰이 돌아간 뒤 곧바로 사장님께 보고하기 위해 전화를 걸었다. 방에 들어가기 전에 한 번, 시신을 발견하고 한 번, 경찰이 오는 동안에 한 번, 경찰이 간 다음에 한 번. 하루에 네 번이나 보고할 일이 있는 날은 흔치 않다. 뭔가 긴박한 임무를 수행하는 요원이 된 기분이었다.

"사장님, 경찰이 그러는데 자살이 맞는 거 같답니다. 유서가 나왔대요."

"그래, 고생했다. 업체 연락해서 빨리 오라고 해."

"네. 바로 연락하겠습니다."

사장님 지시대로 특수청소업체 신 대표에게 전화를 걸었다. 신호가 오래 가도 받지 않는 걸 보니, 고독사나 자살로 누군가 죽어 나간 집에서 특수청소를 하는 중인 게 분명했다. 예전에는 더 살고 싶어도 명대로 못 살고 죽는 이들이 많았다면, 이제는 명대로 살기 싫어하는 이들이 많아지는 추세다. 신 대표의 사업이 앞으로 더욱 번창하리라는 걸 쉽게 예측할 수 있다. 그의 사업이 잘된다는 건, 동시에 세상이 살기 힘들어지고 있다는 방증이기도 하다.

몇 년 전, 신 대표와 단둘이 술을 마시며 얘기를 나눈 적이 한 번 있다. 밤늦게 우리 건물에서 뒤처리를 마친 그가 뜻밖에 함께 식사하자고 제안했다. 그로서는 내가 우수 고객이니 관리를 했던 것 같다. 다음날 새벽에 가서 작업할 현장이 사당역 상가주택인데, 김포에 있는 집까지 갔다가 다시 오느니 근처에서 하루 자는 게 낫다는 판단이었다. 함께 바지락칼국수를 먹은 뒤 실내포차에 갔다. 카톡 프로필에 다 큰 딸과 찍은 사진이 있기에 나이가 꽤 많은 줄 알았는데, 얘기를 나눠보니 나와 몇 살밖에 차이 나지 않았다.

그는 대학을 졸업한 뒤 증권사에 다니다가 그만두고 일본으로 건너갔다. 요리 학교에서 스시 만드는 법을 배우다가 우연히 특수청소센터라는 것을 알게 됐다고 했다. 고령화와 핵가족화로 인해 고독사가 폭발적으로 증가하던 일본의 추세를 한국도 곧 따를 것이라는 느낌이 왔단다. 회칼을 내려놓고 한국에 돌아온 그는 초밥집 대신 특수청소업체를 차렸고, 앞치마 대신 방진복을 입었다.

"저는 사람 죽은 거 보면 무섭던데. 대표님은 익숙해지셨죠?"

"어떻게 시체를 보는 게 익숙해질 수 있겠어요. 그냥 담담한 척하는 거지. 그게 내 일이니까."

내가 던진 질문에 그는 웃음기를 거두고 대답했다. 하나둘씩 거래처가 늘어나며 사업이 성장했지만, 누군가 죽은 현장을 매번 보는 건 적응이 되지 않는단다. 옷가지, 청소 상태, 책꽂이에 꽂힌 책, 냉장고 안에 남긴 음식, 눈에 보이는 모든 게 죽은 자가 남긴 메시지였다. 그것들을 볼 때마다 망자가 떠올라 괴로웠던 그는, 원래 무신론자였지만 열심히 교회에 나가고 있다. 제발 신이 있기를 바라는 심정으로 열심히 기도하며 명복을 빌어준다나.

기분전환도 할 겸 운동 삼아 보라매공원을 한 바퀴 돌고 온 뒤 다시 그에게 전화하기로 했다. 길을 건너 공원 입구에 들어설 때 전화가 걸려왔다. 신 대표인 줄 알았는데 부동산 아주머니였다. 방을 보고 싶다는 사람과 함께 방문하겠다고 했다. 공원에 들어가지도 못하고 서둘러 오피스텔로 돌아왔다. 606호를 보러 온 두 팀에게 차례로 방을 보여주었다.

먼저 온 중년 남성은 영 마음에 들지 않는다는 표정을 숨기지 못했다. 풀옵션이라는 단어에도, 관리비 12만 원 말고는 한 푼도 더 들지 않는다는 말에도 큰 감흥이 없었다. 나 역시 아쉬울 건 없었다. 중년 남성은 방에서 담배를 피우는 경우가 많고, 늦은 시간까지 TV를 크게 틀어놓기도 한다. 월세와 관리비를 꼭 하루이틀 늦게 내기 일쑤고, 주차 문제로도 종종 말썽을 일으킨다. 혼자 사는 젊은 여자들이 기피하는 대상이기도 하다.

다음으로 방을 보러 온 젊은 여자는 들어오기로 마음을 굳힌 것 같았는데, 함께 온 남자친구가 지나칠 정도로 간섭했다. CCTV가 있느냐, 밤에 귀갓길은 안전하냐, 취조하듯 꼼꼼하게 따져 물었다. 골목 전체뿐 아니라 공동현관에도 CCTV가 있고, 주거지역이라 안전하다고 대답해주었다. 한 달 사이에 사람 둘이 죽어 나갔지만, 내 말은 거짓이 아니었다. 취객들이 다투는 사소한 일 말고는 강력범죄가 발생한 적이 한 번도 없는 동네다.

두 팀을 보낸 뒤 다시 신 대표에게 전화를 걸었지만, 이번에도 받지 않았다. 불현듯 403호 방 상태가 떠올랐다. 게으르긴 했어도 깔끔한 성격이었는지, 그녀의 방은 잘 정리가 되어 있었다. 게다가 열흘 전에 발견됐던 할머니처럼 다행히 라텍스 매트리스 위에 누워 있었다. 발견 당시 바닥에 혈액이나 배설물도 없었던 것 같다. 구더기가 들끓긴 했지만 파리는 보이지 않았다. 이건 정말 중요한 부분이다.

재작년 자살한 505호는 방바닥에 누워 있었다. 방문을 여니 구더기와 함께 번데기가 득실거렸고, 혈액과 부유물이 이불을 적시다 못해 장판 아래 콘크리트 바닥까지 스며들었다. 신 대표는 그 정도면 쉽게 끝낼 수 없다며 수백만 원의 견적을 냈고, 작업은 보름이 걸렸다. 지켜보기만 해도 고단한 작업이었다.

첫째 날에는 혈액과 부패액이 묻은 모든 물건을 들어냈다. 벽지도 전부 뜯었다. 둘째 날에는 장판을 떼고 바닥을 청소한 뒤, 탈취제와 항균제 같은 각종 약품을 뿌려두었다. 며칠 뒤에 와서는 바닥을 수선하고 고출력 자외선 오존 살균기를 작동시켰다. 냄새를 없애고 소독하는 지루한 과정이 반복됐다.

보름이 지나자 비염이 있는 나는 아무런 냄새를 맡지 못했다. 마침 명절을 앞두고 구청장과 식사 약속이 있던 사장님이 505호에 들렀다. 사장님은 자기 코에는 여전히 냄새가 난다며, 시체 썩은 냄새는 쉽게 가시지 않는다고 신 대표에게 추가 작업을 요청했다. 그렇게 민감한 사람이니까 돈 냄새도 잘 맡는 것이다.

냄새 때문이었는지, 찜찜해서였는지, 505호가 살던 옆집과 맞은편 세입자가 차례로 퇴실했다. 이유를 물어보니 이 동네를 떠나고 싶단다. 자살이 무슨 코로나바이러스처럼 다른 사람에게 전염되는 질병도 아닌데, 왜 그런 걸까? 나는 이해할 수 없다. 옆집에서 살인 사건이 발생한 거라면 몰라도, 더 살기 싫다며 스스로 목숨을 끊은 일인데 말이다.

동네가 후져서 자살하는 사람이 많다고 주장하는 사람도 있다. 웃기는 소리다. 재작년 서울시에서 자살한 사람이 가장 많은 곳은 강서구와 노원구이고, 이곳 관악구는 3위다. 이걸 보면 그 주장이 맞는 것 같기도 하지만, 이 숫자만 가지고 이야기하는 건 통계로 사기 치는 꼴이다. 대학 나왔다는 놈들도 이런 사기에 속는다.

같은 통계에서 4위가 바로 강남구다. 강남 3구 중 하나인 송파구에서 자살한 사람 수는 영등포구나 금천구보다 많다. 자치구 인구를 고려하지 않으니 모순이 생긴다. 자살자 숫자보다 자살률로 따지는 게 타당하다. 서울의 자치구 인구는 송파, 관악, 강서, 강남, 노원구 순이다. 만 명당 자살률을 계산하면 관악구는 7위로 뚝 떨어진다.

아니, 애초에 서울특별시에서 잘사는 동네, 못사는 동네를 따지는 것 자체가 의미 없다. 강남에도 판자촌이 있고, 변두리에도 TV 광고에 나오는 비싼 아파트가 줄지어 서 있다. 사는 동네가 어디라서 자살하는 게 아니라, 더는 살기 싫은, 혹은 살 수 없는 '상황'이 있을 뿐이라는 얘기다. 우리 오피스텔에 살다가 자살한 사람도 있지만, 고시에 합격한 사람도 있다. 자꾸 주변 탓, 환경 탓하는 사람들을 자주 보는데 참 가소롭다. 후진 곳에 좀 살면 어떤가? 미래를 바꾸기 위해 열심히 노력하면 되지. 노력은 배신하지 않는다.

아무튼, 신 대표가 두 번째 전화마저 받지 않은 건 내게 새로운 기회였다. 워낙 방 안이 깔끔했으니 내가 직접 청소해도 될 일이다. 물론 무료 봉사할 생각은 없었다. 노동에 대한 정당한 대가를 챙기는 건 당연한 일이다. 그 절차에도 하자가 없도록 처리해야 하는 건 기본 중의 기본이다.

사장님 회사의 경리 직원에게 지출결의서를 보내고, 신 대표에게 금액을 비워둔 영수증을 하나 달라고 해서 '가라'로 처리하면 된다. 전에 신 대표가 보내준 작업 전후 사진을 사장님께 보여드린 적이 있는데, 징그러워서 보기 싫다며 앞으로 그런 사진 보내지 말고 알아서 하라고 했다. 그러니 내가 직접 청소해도 아무런 문제가 없을 것이다.

우리 사장님은 회사 대표이자 건물 여러 채를 가지고 있는 부자다. 건물마다 다닥다닥 붙어 있는 호실에서 다달이 따박따박 부치는 월세도 모자라 관리비까지 '슈킹'하는 사장님 밑에서 5년을 배우며 나도 제법 문리가 트였다. 몇백만 원 정도야 푼돈에 불과하지만, 어느 정도 동기부여가 있어야 나도 내 일에 최선을 다할 것 아닌가.

다음날 오전, 세입자들 대부분이 출근했을 시간에 특수청소를 하기 위해 403호에 들어갔다. 을씨년스러운 느낌이 들었지만, 무려 몇 달 치 월급을 벌 기회를 얻었으니 오롯이 감당해야 했다. 방역복까지 구하지는 못해서, 대신 산업용 방진 마스크를 쓰고 장교 우의를 입었다. 청소할 때 쓰는 고무장화를 신고, 비닐장갑 위에 목장갑을 끼니 군대 시절 화생방 훈련이 생각났다. 이 정도면 나름 MOPP* 4단계에 준하는 대처다.

먼저 득실거리는 구더기부터 치우기로 했다. 플라스틱 쓰레받기로 퍼내다 보니 놈들이 계속 꿈틀거리며 탈주를 시도하는 통에 난감했다. 움직이지 못하게 죽여야 했다. 인터넷에 검색해보니 끓는 물을 부으라고 하는데, 그러면 라텍스 매트리스는 물론 옵션으로 집어넣은 가구가 젖게 된다. 쓰레받기 바닥으로 구더기를 내리치기 시작했다. 손잡이를 통해 구더기가 톡톡 터지는 느낌이 전해졌다. 비위가 조금 상하기는 했어도 좋은 선택이었다. 손쉽게 눌러 죽여 쓰레받기에 담으니 편했다. 바닥에 잔해가 남는다는 단점이 있지만, 어차피 청소해야 하니까 상관없었다.

다음은 눈엣가시 같았던 축축한 라텍스를 버리는 일이었다. 분리수거가 되지 않으니 종량제봉투에 담아서 버려야 했는데,

---

* 군사용어로, 화생방전에서 생존하기 위해 경보 단계별로 보호장비를 착용하는 행동 지침.

눈대중으로 봐도 100리터 봉투에 집어넣는 건 어림도 없었다. 용달차를 하나 불러서 관악산 근처나 외진 곳에 몰래 버리고 올 생각도 했지만, 생돈이 날아가는 게 싫었다. 그래서 선택한 방법은 절단해서 나눠 버리는 것이었다. 커버 먼저 벗긴 뒤 공업용 커터칼로 라텍스를 잘랐다. 젖어 있어서 칼날이 자꾸만 미끄러졌다. 목장갑을 끼지 않았으면 피를 볼 뻔했다.

방을 치우면서 403호 여자를 '게으르다'라고 평가했던 내 생각이 조금 달라졌다. 그녀의 옷장 안에는 이불도, 속옷과 양말, 스타킹도, 그 어떤 옷가지도 남아 있지 않았다. 옷걸이도 없었다. 차분하고 꼼꼼하게 죽음을 준비한 것이다. 자신의 존엄을 지키기 위해서였는지, 아니면 자신이 남긴 흔적을 정리할 누군가를 위한 배려 때문이었는지는 알 수 없지만.

곰팡이와 묵은 김치 냄새로 엉망이 되어 있을 줄 알았던 냉장고 안에는 달랑 생수병 하나가 들어 있었다. 싱크대 수납장 역시 라면이나 끓여 먹음직한 작은 냄비와 그릇 몇 개가 들어 있는 게 전부였다. 음식 재료나 조미료 같은 것 하나 남아 있지 않았다. 컵라면조차 없었다.

두근거리는 마음으로 화장실 문을 여니 다행히 변기 커버가 올라와 있고 맑은 물이 고여 있었다. 닫힌 변기 커버를 올리는 것만큼 꺼림칙한 일은 별로 없다. 작은 수납장에는 수건 하나만 달랑 놓여 있었다. 드럼세탁기 안도 텅 비어 있었다. 결론적으로 403호는 구더기가 있는 것을 빼면, 청소하는 여사님이 입주 청소까지 마친 웬만한 공실보다 깨끗했다.

사람 사는 건 다 비슷하다. 부족한 수납공간 때문에 리빙박스나 비키니 옷장, 적어도 우체국 택배 박스 정도는 있기 마련인데, 그것마저 치웠나보다. 방 안에 옵션이 아닌 건 TV를 올려놓은 조립식 테이블밖에 없었다. TV 옆에는 화장품 정리함과 거울이 있었다. 이건 왜 안 버렸을까? 자신의 직업이 망자와 대화하는 것이라고 했던 신 대표의 말이 그제야 이해가 갔다.

고개를 돌려 에어컨 아래에 있는 텅 빈 책상 서랍을 열었다. 가장 큰 위 서랍에는 노트 두 권이 있었다. 나중에 살펴보기로 하고 다시 서랍에 넣어두었다. 아래쪽 서랍을 여니 무언가 달그락거렸다. 종이상자가 들어 있었다. 뚜껑을 열어본 나는 심장이 덜컹 내려앉는 기분이 들었다. 아직 한 번도 신지 않은 아이 신발 한 켤레가 상자 안에 곱게 놓여 있었다.

소주와 새우깡

맞다. 403호 여자에게는 아이가 있었다. 정확히 기억할 수 있는 이유가 있다. 그 아이가 이 건물에서 유일한 미성년자였기 때문이다. 아이 우는 소리 때문에 민원이 들어와서 그녀와 몇 번 통화한 적이 있다는 것도 그제야 떠올랐다. 너무 바쁘게 지내다 보니 자꾸 깜빡깜빡한다. 그렇다면 그 아이는 어디에 있을까. 그녀의 신원을 확보한 경찰이 당연히 아이도 찾고 있겠지? 내가 참견할 일은 아니겠지? 남편은 어디서 뭘 하고 있을까. 이혼? 죽었나? 그녀에게 물을 수도 없는 노릇이다. 머리가 복잡해졌다.

한참 동안 멍하니 있었다. 아차, 청소해야지. 이 방에 왜 들어왔는지조차 잠시 잊었다.

숨쉬기가 갑갑해 방진 마스크를 벗었다. 그 김에 담배를 입

에 물었다. 라이터를 꺼내려니 자꾸 미끄러져서 손에 낀 목장
갑과 비닐장갑도 벗어버렸다. 시체 냄새보다는 나을 것 같아
흰 담배 연기를 방 안 곳곳에 뿜었다. 활짝 열어놓은 창문을 통
해 옆 건물 젊은 여자가 보였다. 나와 눈이 마주치자 그녀는 얼
굴을 잔뜩 찌푸린 채 잠시 흘겨보더니 창문을 쾅 닫아버렸다.

못생긴 여자에게 경멸 어린 시선을 받고 기분 좋을 남자는
없다. 예쁜 여자라면, 화요일 아침에 머리를 풀어헤친 채 좁은
방구석에서 하릴없이 창밖이나 바라보지 않을 것이다. 취업도
못한 백수임이 분명했다. 예쁜 여자라면, 옆 건물 남자가 담배
피우는 걸 봐도 그냥 무시하고 말지, 굳이 눈을 흘기고 창문을
쾅 닫지는 않을 것이다. 못생기고 취업도 못했으니, 성격은 더
나빠졌겠지. 그녀는 앞으로도 자신이 취업하지 못하는 이유를
깨닫지 못할 것이다.

우리 엄마는 못생긴데다가 왼쪽 다리를 절기까지 한다. 그러
니 연애 한번 못하다가 아버지 같은 사람을 만나 덜컥 결혼했
을 것이다. 엄마가 처녀 시절 어땠는지는 들은 적이 없다. 흑백
사진 한 장도 본 기억이 없다. 생각해보니 휴대폰에도 사진 하
나 남아 있지 않다.

문득 403호 여자의 얼굴을 떠올려봤다. 어떻게 생겼는지 여
전히 기억이 나지 않는다. 왜 나는 그녀를 게으르게 생겼다고
적어놓았을까? 어떻게 생긴 게 게으르게 생긴 거지? 담배가 필

터 앞까지 타들어왔다. 어차피 바닥도 닦아야 하니 담뱃재를 그냥 바닥에 털었다. 꽁초는 창문 밖으로 던졌다.

옵션으로 들어간 가구와 전자제품을 복도로 꺼내면서까지 일을 벌일 생각은 애초에 없었다. 대형 종량제봉투에 나누어 담은 라텍스를 1층 주차장 옆 쓰레기장에 내려놓고, 그녀가 덮고 있던 이불과 베개는 의류수거함에 넣어버렸다. 녹색 페인트를 칠한 수거함에는 "수거 않되는 품목: 솜이불, 방석, 베개, 로라스케이트"라는, 맞춤법부터 틀린 문구가 떡하니 적혀 있었지만, 양심의 가책을 느낄 필요는 없다.

사장님이 알려주셨는데, 우리 동네 수많은 의류수거함 중 대다수는 방배동에서 고물상을 하는 박 사장이 설치한 것이다. 고물상으로 한 달에 수천만 원을 버는 그에게 전출입이 잦은 이 동네 의류수거함은 짭짤한 부수입원이란다. 역시 돈 잘 버는 사람들은 수완이 남다르다. 이곳에서 일하기 전까지는 모르던 세계다. 그 전까지는 불우이웃에게 전달되는 공적 시스템인 줄 알고 있었다.

다시 마스크를 쓰고 장갑 두 개를 겹쳐 낀 뒤 벽지를 뜯어냈다. 굳이 그럴 필요까지는 없었지만, 도배하는 아저씨를 불러 작업을 하고 영수증을 받아야 특수청소를 했다는 근거가 완벽해지기 때문이었다. 뜯다 보니 초배지도 함께 떨어져나왔지만 별수 없었다.

창문 쪽 벽지를 벗기자 금세 곰팡이가 핀 시멘트가 드러났다. 물을 뿌린 뒤 스크래퍼로 박박 긁어냈다. 석고보드로 마감한 좌·우측 벽 도배지는 원래 붙어 있던 벽지 위에 덧댄 것이었다. 깔끔하게 떼는 건 불가능했고, 어차피 도배하는 아저씨가 오면 그 위에 벽지를 바를 것이라 대충 벗겼다. 천장은 아예 건드리지도 않았다.

방 안 가득한 먼지 때문에 눈이 따가웠지만 빨리 끝내는 게 더 중요했다. 세입자들이 퇴근하기 전에 복도 청소까지 마쳐야 했다. 뜯어낸 도배지를 100리터짜리 종량제봉투 세 장에 나누어 담았다. 어차피 도배할 때 다시 뜯어야 하니, 떼어놓은 인터폰과 스위치 커버는 붙박이 책장에 두었다. 늦봄이라 해가 길어 아직 밝아서 그렇지, 벌써 직장인들 퇴근 시간이 가까워져 왔다.

에어컨을 틀어놓았지만, 라텍스를 절단할 때부터 이미 온몸이 땀으로 범벅이 됐다. 방에서 들고 온 전기포트로 물을 끓인 뒤 바닥에 뿌렸다. 스퀴즈 청소기로 시원하게 바닥을 밀고 나니 다 끝난 것 같았다. 그래도 끝까지 최선을 다해야 한다. 도배하는 아저씨가 봐도 특수청소를 마친 모습, 그 이상을 만들어야 했다.

물걸레로 방 안 곳곳을 여러 번 닦았다. 하이그로시 가구가 번쩍거리는 걸 보니 마음이 흡족했다. 이제 환기가 되도록 창문을 열어두고 매일 방향제를 뿌리면 완벽할 것 같았다. 작은 방에 방향제 한 통을 모두 뿌린 뒤 열쇠로 문을 잠그고 나왔다.

특수청소에 이어 복도까지 쓸고 닦으니 녹초가 되었다. 이토록 고된 하루를 보내는 게 얼마 만인지 기억도 나지 않았다. 이렇게 고생한 날에는 길 건너 양평 해장국집에 가거나, 좀 멀더라도 보라매공원 뒤편에 있는 순댓국집에 가서 뜨끈한 국물에 소주 한 병을 비우는 게 최고다. 하지만 그럴 여유를 부릴 힘조차 없었다. 나도 내일모레면 마흔이다.

방에 들어가 대충 손만 씻고 나왔다. 슬리퍼를 질질 끌고 동네 편의점에 들어갔다. 손님이 왔는데도 알바생은 인사는커녕 거들떠보지도 않은 채 휴대폰만 만지작거리고 있었다. 눈에 거슬렸다. 아무렇게나 길러버린 갈색 머리는 지저분했고, 귀에 요란한 피어싱도 박혀 있었다. 후진 동네는 편의점 알바생도 후지다.

"봉투 필요하세요?"

"네. 담아주세요."

"봉툿값 20원 추가됩니다."

들고 왔던 1만 원짜리 지폐를 내밀었다. 알바생은 인상을 쓰며 천 원짜리 한 장과 500원짜리 동전 하나, 100원짜리 셋, 50원짜리 하나, 10원짜리 세 개를 계산대 위에 촤르르 내려놓았다. 꽤 퉁명스러운 동작이었다. 뭐라고 한마디 쏘아붙이려고 했는데, 내 뒤에 서 있던 여자가 플라스틱 바구니를 계산대 위에 올려놓으며 은근슬쩍 나를 밀어냈다. 이게 뭔가 싶어 그녀의 얼굴을 바라보니 무서운 눈빛으로 나를 쏘아보고 있었다. 대단한 기세였다.

별수 없이 거스름돈을 집어들고 편의점에서 나왔다. 걷다 보니 더 화가 났다. 나는 왜 따끔한 일침이 필요한 순간마다 기회를 놓치는 것일까? 생각지도 않았던 잔돈이 생겨 기분이 나쁜 건 나였는데, 왜 자기들이 나한테 짜증을 부릴까? 생각해보니 알바생은 내게 현금영수증 필요하느냐고 물어보지도 않았다. 나갈 때도 인사 한마디 없었다. 점장에게 전화해서 알바생이 개판이라고 일러바칠까? 인터넷 커뮤니티에 '무개념 알바생 만난 후기'라며 글을 올려버릴까? 잠깐 고민했지만 귀찮았다. 자잘한 존재들에게 신경을 쓰면 나까지 작아진다.

소주 두 병과 담배 한 갑이 든 검은 봉투 하나를 들고 터덜터덜 오피스텔에 들어왔다. 이 동네의 좋은 점은 1인분도 배달해주는 식당이 아직 있다는 것이다. 전화로 부대찌개를 주문한 뒤 화장실에 들어가 온몸 구석구석을 닦고 나왔다. 때맞춰 배달원이 문을 두드렸다. 배달원들에게 이 동네 공동현관 비밀번호는 공공재다. 문을 열어 음식이 든 플라스틱 바구니를 받았다.

붙박이 책상 위에 저녁상을 차렸다. 먼지가 잔뜩 낀 목구멍을 소주로 씻으니 상쾌했다. 월요일부터 이틀째 정신없이 보냈지만 나름대로 보람찬 하루였다. 403호가 죽어 나가긴 했지만, 그건 내 잘못이 아니다. 대신 오랫동안 공실로 있던 606호에 경상도 말씨를 쓰는 젊은 여자가 들어올 것이고, 그건 내 성과다. 위기가 곧 기회다. 굵직한 사건이 연달아 터졌지만, 이번에도 내가 다 알아서 수습했다. 나에 대한 사장님의 평가는 더 좋아질 것이다.

기분 좋게 소주 한 병을 비웠다. 건더기만 조금 남은 뚝배기에 물을 붓고 전기쿡탑에 올렸다. 이 식당의 좋은 점은 1인분만 시켜도 일회용 용기가 아닌, 제대로 된 그릇에 준다는 것이다. 반찬도 멜라민 그릇에 담아준다. 다 먹고 나면 다시 바구니에 넣어 현관문 앞에 놓으면 된다. 3인분을 9,900원에 파는 식당이 있지만, 거기는 일회용 용기에 준다. 환경보호 어쩌고 하는 이유로 일회용 용기가 싫은 게 아니다. 일일이 씻고 버리는 게 귀찮기 때문이다. 제대로 안 씻고 버린 용기가 많으면 분리수거 업체에서 수거를 거부한다. 그러면 나만 골치 아프게 된다.

국물이 끓기 시작하자 라면을 집어넣었다. 분말 수프를 반만 넣고 고춧가루를 한 숟갈 넣는 것, 면이 조금 덜 익었을 때 조리를 마치는 것이 포인트다. 그래야 건더기에서 우러난 부대찌개 국물 맛과 꼬들꼬들한 면발, 둘 다 잡을 수 있다.

새로운 안주가 등장했으니 소주를 한 병 더 땄다. 라면 한 젓가락을 입에 넣은 뒤 노트북을 켜서 국내외 뉴스를 검색했다.

온종일 세상이 어떻게 돌아가는지도 몰랐다. 정보가 곧 돈인 시대여서 나는 뉴스에 민감하다.

옆방 커플이 집에 들어왔는지, TV 소리와 함께 왁자지껄한 소음이 벽을 타고 넘어왔다. 역시 쟤네가 서울대 다니는 애들이 아니라는 건 확실하다. 서울대생이라면 저녁 먹고 도서관에서 공부하거나, 고액과외로 돈을 벌고 있을 시간이다. 게다가 보는 눈이 많은 이런 오피스텔에서 동거하지는 않을 것이다. 무려 서울대생인데. 나중에 어떤 큰일을 할지, 얼마나 높은 자리에 오를지도 모르는데.

어릴 때 같으면 벽을 쿵쿵 두드리는 전통적인 방식으로 불만을 표하거나, 함께 TV 볼륨을 높였을 것이다. 이제는 그럴 나이가 아니다. 무엇보다 저들에게 서비스를 공급하는 게 내 직업이다. 고객과 다툼을 벌이면 안 된다. 내가 집주인이 아니라는 것도 잊어선 안 된다. 내 일에서 참 중요한 부분이다. 다른 방에서 옆집에 대한 민원이 들어오면 그 핑계로 뜨끔하게 경고를 해줄 작정이었지만, 아쉽게도 아직 그런 일은 생기지 않았다.

자정에 킥오프 하는 프랑스 1부 축구 리그를 시작으로 EPL과 분데스리가, 세리에A가 이어진다. 축구가 끝나면 곧바로 메이저리그 다섯 경기가 시차를 두고 연달아 벌어지고, NBA 빅게임도 펼쳐질 예정이다. 스포츠를 광적으로 좋아하긴 하지만 그 경기들을 다 보는 건 불가능하다. 심지어 NBA 두 번째 경기는 아침 8시 시작이다. 선택과 집중이 필요한 상황에서 나는 자정이 조금 넘어 시작하는 EPL 아스널 경기를 보기로 했다.

미드필더 외질이 중원을 휘저을 것이다. 독일 분데스리가 시절과 전혀 다른 모습을 보이는 오바메양이 발 빠르게 상대 뒷공간을 파고들겠지. 외질은 상대 수비가 오프사이드 라인을 만들 겨를도 없이 오바메양에게 결정적인 패스를 찔러줄 것이다. 오바메양은 상대 골키퍼가 손도 못 댈 슛을 꽂아넣은 뒤 조국 가봉 팬들을 향한 세리머니를 할 것이다. 상상만 해도 멋진 장면이다.

뉴스를 보다 보니 어느새 소주를 다 비웠다. 내 주량 생각을 안 하고 두 병만 사온 건 실수였다. 냉장고에 수입 맥주라도 몇 캔 있으면 모를까, 아쉬운 마음이 귀찮음보다 살짝 컸다. 모자를 눌러쓰고 다시 편의점에 갔다. 이번에는 봉투를 들고 갔다. 알바생이 또 불친절하게 굴면 한마디하려고 잔뜩 벼른 채였는데, 그새 다른 얼굴로 바뀌었다. 소주와 새우깡을 샀다.

담배를 피우며 오피스텔로 돌아오는 골목길에서 문득 403호 책상 서랍에 있던 노트 두 권이 생각났다. 새로운 세입자가 들어오기 전에 내 손으로 버려야 할 물건이다. 그렇다고 그냥 버리기에는 뭔가 켕기는 기분이었다. 대충 훑어보기라도 하고 싶었다. 술기운 때문이었을까?

편의점 냉장고는 늘 미지근하다. 방에 들어가 냉동실에 소주를 넣어둔 뒤 403호 열쇠를 꺼냈다. 다시 엘리베이터에 올라 4층 버튼을 눌렀다. 우리 건물 엘리베이터는 다른 곳처럼 F층이 아니라 당당하게 4층이라고 적혀 있어서 마음에 든다. 63빌딩에는 44층이 없다는 것을, 43층 다음이 45층이라는 것을 알게 된 뒤 서울이라고 해도 뭐 별것 없다는 생각이 들었다. 미신이나 믿는 사람들이 모여 사는 곳이다.

4층에 내리니, 화요일 밤이 으레 그렇지만 호실 TV 소리가 새어나와야 할 복도가 지나치게 고요했다. 신발 소리가 나지 않도록 조용히 걸어 403호 현관 앞에 섰다. 열쇠를 돌려 문을 열었다. 창문을 열어놓고 나갔는데도 방향제 향이 역했다. 에어컨을 틀어 네 시간 타이머를 맞춰놓았다. 서랍에 있던 노트를 들고 방에서 나왔다. 기분 탓인지 잠시 뒷골이 서늘했다.

방으로 돌아와 냉동실을 열고 소주를 꺼냈다. 물에 적신 키친타월을 병에 두르고 넣었어야 했는데 실수였다. 시원함과 미지근함 사이, 어중간한 온도의 소주를 머그잔에 따랐다. 프린터에 꽂혀 있던 A4 용지 한 장을 꺼냈다. 새우깡 봉지를 뜯어 종이 위에 과자를 반쯤 덜어놓았다. 설거지할 필요 없이 과자를 먹을 수 있는 생활의 지혜다. 쓴 소주를 입에 털어넣고, 짠 과자를 씹으며 하루를 되돌아보는 건 내 오랜 습관이다.

소주와 새우깡은 고등학생 때부터 좋아하던 조합이다. 내가 자란 시골에서는 고등학생 때부터 어른 취급을 받았다. 어른이란 건 나이만 먹는다고 자동으로 획득하는 타이틀이 아니었다. 돈 버는 것에 무게중심이 쏠린 사람을 어른이라고 불렀다. 반 애들 중 대다수는 배달이나 전단지 알바로 돈을 벌거나, 부모님 일이라도 도왔다. 어른이니 술을 마신다고 해서 크게 혼나거나 하는 일은 없었다. 숙취가 심하다는 이유로 학교에 안 나오는 애들도 있었다.

서울과 다르게 시골은 해가 지면 할 일이 별로 없다. 잘나가는 애들은 오토바이를 타고 논두렁을 달려 읍내에 나가 놀기도 했다. 우리 패거리는 그냥 마을에서 놀았다. 수업이 끝나기도 전에 누구네 집이 비었으니, 거기 가서 놀자는 약속을 잡곤 했다. 인터넷 같은 것도 없던 시절이다. 보통은 읍내에서 빌려온 비디오테이프로 같이 영화를 봤다. 홍콩 누아르나 할리우드 액션 영화를 보고 나면 며칠 동안 영화 속 장면을 재현하며 놀았다. 누군가 포르노 테이프를 빌려오는 날에는 옆에 있는 놈 침 삼키는 소리가 들릴 정도로 집중해서 봤다.

자연스럽게 술도 마시기 시작했다. 처음에는 마을 잔치나 운동회 때 동네 어른들이 따라주던 막걸리나 홀짝이던 게 우리의 음주였다. 학년이 올라가면서 우리 패거리도 본격적으로 소주를 마셨다. 지금 나이에는 소주 안주로 고기를 굽거나 찌개를 끓이는 게 당연한 일이지만, 어릴 때는 안주가 빈약할수록

폼 나는 일이었다. 동원 양반김이나 천하장사 소시지도 좋았지만, 과자부스러기가 단연 최고였다.

서로의 주량을 알아갈 무렵이 되자 과하게 술을 강권하는 일도 없어졌다. 남자끼리 술 먹기 게임을 하는 것도 지겨웠다. 진지한 대화를 나누거나, 유행하는 노래를 함께 불렀다. god, 원타임, 조성모, 박효신 노래가 인기였다. 노래가 끝나면 다 같이 건배를 하며 잔을 비우곤 했다. 서로의 앞날이 빤하다는 걸 알면서도, 우리는 더 나은 미래가 펼쳐지기를 간절히 원했다. 한 명씩 돌아가며 이루고 싶은 꿈을 얘기할 때마다, 그때는 비웃기 바빴지만, 다들 그 꿈이 이루어지면 얼마나 좋을까 설레었을 것이다.

유승준 같은 댄스 가수가 되고 싶다고 했던 진혁이는 고등학교 졸업도 하기 전에 오토바이를 타다가 차에 치여 죽었다. 춤을 정말 잘 추던 녀석이었다. 서울에 올라가서 사업을 하겠다던 혁수는 아버지가 읍내에서 하던 철물점을 물려받아 아직 고향에 살고 있다. 공무원이 되겠다던 홍수는 택시 운전을 하고 있다. 그나마 부모님이 잘사는 축에 속했던 준우는 인천으로 올라와서 무역회사를 차려 꽤 성공했다.

단짝 성진이는 나랑 가장 가까운 곳에 살았고, 집안 꼬락서니도 비슷했다. 대학에 갈 생각은 애초에 없었다. 우리는 고등학교를 졸업하자마자 함께 서울로 올라왔다. 아는 것도, 가진 것도 하나 없었고, 대책도 없었다. 부모님께 손 벌릴 형편도 아니었다. 읍내에서 전단지를 뿌리며 모은 돈을 들고 첫차로 상경했다. 서울에 도착하자마자 무작정 용산역으로 향했다. 전자상가에 일자리가 꽤 있다는 소문을 들은 적이 있었다.

역에서 내려 구름다리에 들어서면서부터 우리는 그 화려한 풍경과 북적이는 인파에 압도당했다. 컴퓨터, 게임기, 카메라, 워크맨, CD플레이어나 각종 전자 부품을 파는 매장을 돌아다니며 일을 구했다. 역시나 깍쟁이들이 사는 서울에서 일자리를 구하는 건 쉽지 않다는 걸 깨닫고 다리에 힘이 빠질 때쯤 한 사장님을 만났다.

그는 우리 말투를 듣고 어디에서 왔느냐고 묻더니, 고향 후배를 만나 반갑다며 곧바로 말을 놓았다. 높은 빌딩과 세련된 서울 말씨에 눌려 잔뜩 주눅이 들었던 우리는 구세주를 만난 기분이 들었다. 마침 오래 일하던 직원 둘이 갑자기 퇴사했다며, 함께 일하자고 했다. 시작은 알바지만, 석 달 동안 일을 잘 배우면 직원으로 채용해준다는 말에 바로 출근하기로 했다.

첫날부터 컴퓨터 조립하는 걸 배웠다. 소질이 있었는지 금방 익힐 수 있던 나와 달리 성진이는 기계치였다. 연습용으로 받은 고장 난 컴퓨터를 재조립하다가 CPU 핀을 휘게 만들어버렸다. 그 순간부터 성진이는 배달과 고객 응대를 맡게 되었다. 도매상에서 물건을 받아오는 것, 손님이 가게 창문에 붙은 견적서

대로 절대 살 수 없도록 1차 저지선을 치는 게 녀석의 몫이었다. 나는 그렇게 결정된 사양대로 조립하면서 마진이 더 남는 부품으로 바꾸도록 유인하는 게 일이었다. 하는 일은 달랐지만 우리는 서울에서 살아남기 위해 그 누구보다 성실하게 일했다.

처음에는 사우나에서 쪽잠을 자며 생활했다. 그러다가 전단지를 보고 알게 된 '잠만 자는 방'을 구했다. 정말 딱 누울 공간만 있는 그곳에서 지내는 동안 아침은 굶고, 저녁은 컵라면을 먹었다. 대신 출근해서 먹는 점심 한 끼만큼은 기를 쓰고 많이 먹었다. 다른 매장 직원들은 각자 알아서 점심을 해결해야 했는데, 우리 사장은 직원 몫까지 함께 주문하고 계산해주어서 좋았다.

전주집이라는 배달 전문 식당에서 주로 시켜먹었는데, 김치찌개와 제육볶음이 일품이었다. 비가 올 때는 생선구이도 별미였다. 배달 오는 아주머니는 스테인리스 밥상을 통째로 놓고 갔다. 김이 폴폴 나는 찌개와 함께 온갖 밑반찬이 깔린 밥상을 비우는 건 10분이면 충분했다. 식사 중간에 손님이 오면 성진이는 밥숟가락을 놓아야 했다. 손님이 간 뒤 다 식은 국물에 밥을 말아 혼자 허겁지겁 먹는 녀석을 멀리서 지켜보며 사회 초년병 시절부터 직군이 얼마나 중요한지를 뼈저리게 배웠다.

주말은 물론 평일에도 가게에는 손님이 끊이지 않았다. IMF 여파로 직장을 잃은 사람들이 너 나 할 것 없이 자영업을 시작했고, 시골 읍내까지 PC방이 들어서던 시절이었다. 구름다리에서 껌 팔던 할머니가 빌딩을 세웠다는 소문이 나돌 정도로 용산은 호황이었다. 직원이 된 나와 성진이의 월급은 100만 원으로 올랐다.

덕분에 그동안 지내던 쪽방촌에서 벗어나 청파동 달동네에 반지하 원룸을 얻어 자취를 시작했다. 공동 화장실 대신 우리만 쓸 수 있는 화장실이 생긴 것도 좋았지만, 무엇보다 뿌듯했던 건 서울특별시에 전입신고를 한 일이었다. 출세했다는 생각이 들었다. 서울시민이자 국내 최대 전자상가 직원이라는 자부심으로 열심히 일했다.

여름이 되자 청천벽력 같은 내용의 편지가 날아왔다. 춘천에 있는 102보충대로 입영하라는 통지서였다. 여기저기 알아보니 대학수학능력시험에 응시하면 입영을 연기할 수 있다고 했다. 대학생이 되면 졸업할 때까지 군대를 미룰 수 있다는 사실도 알았다. 불공평하다고 생각했다. 고등학교를 나와 직장에서 열심히 일하며 세금을 내는 사람은 바로 입대해야 하고, 대학에 다니며 세금을 축내는 사람에게는 입영을 미뤄주는 이유를 나는 지금도 이해할 수 없다.

늦여름 더위 속에 나와 성진이는 수능 원서 접수를 위해 반년 만에 고향에 내려갔다. 서울시민답게 하얀 와이셔츠에 기지바지를 입고 구두까지 신고 갔다. 우리가 다니던 고등학교는 이미 개학한 상태였다.

서울에 익숙해진 우리에게 고향과 모교의 풍경은 한없이 작고 초라하게만 보였다. 까무잡잡한 얼굴로 공을 차던 후배 중 얼굴을 아는 몇이 우리에게 다가와 꾸벅 인사를 했다. 등을 두드려준 뒤 교무실에 가서 원서 접수를 마치고 서둘러 교문 밖으로 나왔다. 각자 집에 들렀다가 버스 정류장에서 만나기로 하고 성진이와 헤어졌다. 까만 구두는 그새 온통 흙먼지로 뒤덮였다.

어릴 때부터 낡아 있던 집은 하나도 변한 게 없었다. 엄마는 여전히 죽어라 밭일을 하고 있었고, 아버지는 전날 과음 때문에 술병이 나서 방 안에 누워 있었다. 집에서 키우던 똥개 녀석이 헥헥 소리를 내며 달려왔다. 멍청해서 내가 누군지 알아보지도 못하는 주제에 반갑다고 침을 질질 흘리며 뛰어드는 녀석을 발로 걷어차버렸다. 도둑놈이 들어와도 똑같이 꼬리를 흔들 녀석이다. 꼬리를 말고 마당 구석으로 도망갔다가도 다시 반갑다고 다가오는 게 마뜩잖았다. 나는 준우네 집에서 키우던 사나운 진돗개가 늘 부러웠다.

밭에서 일하던 엄마가 나를 발견하고 허리를 곧추세웠다. 내 친구들 엄마보다 나이도 한참 많은데, 그새 더 늙어 할머니가 된 것처럼 보였다. 대청 구석에 있던 걸레를 집어 하얗게 먼지가 앉은 구두를 몇 번 훔치고 엄마에게 갔다. 원래도 살갑게 얘기하는 방법을 모르는 우리 가족이다. 함께 살 때도 식사 시간에는 TV 소리만 들렸지, 별 대화가 없었다. 그런데도 오랜만에 아들 얼굴을 보니 반갑긴 한지 크게 손을 흔들며 웃었다. 집에 들어가서 편한 옷으로 갈아입고 쉬고 있으라는 엄마 말에 고개를 저었다.

"엄마가 차려주는 저녁 먹고 가야지. 너 어떻게 사는지 얘기도 듣고."

"됐어. 나 빨리 서울로 올라가야 돼. 나 없으면 회사가 안 돌아가."

"아이고, 우리 아들 얼굴 좀 봐. 바쁘다고 잠도 제대로 못 자는 거야? 왜 이렇게 핼쑥해졌어. 밥은 잘 먹고 다니는겨?"

"그럼. 서울특별시에 살잖아. 맨날 엄청 맛있는 것만 먹지. 이런 시골하고는 차원이 달라."

저녁을 함께 먹자고 하면서도 엄마는 밭일을 멈출 생각이 없어 보였다. 딱히 할 일도 없는 집에 들어가고 싶지 않았다. 무엇보다 아버지가 깨기 전에 떠나고 싶었다. 엄마에게 건성으로 인사한 뒤 약속한 시각보다 한참 일찍, 빨간 벽돌로 만든 버스 정류장으로 향했다.

이미 도착한 성진이가 기다란 의자에 앉아 담배를 피우고 있는 게 보였다. 눈이 마주치자 우리는 서로의 사정을 뻔히 다 알겠다는 듯이 킥킥거리며 웃었다. 담배를 여러 대 피우며 한참 동안 기다리고 나서야 터미널로 가는 버스를 탈 수 있었다.

직장인들의 휴가철이 모두 지났지만, 매장은 성수기를 이어 갔다. 새로 들어온 알바생에게 배달 일을 넘겨준 성진이는 고객 응대에 전념했다. 내 조립 실력은 어느 매장에 가도 에이스가 될 경지에 이르렀다. 사장은 조립만 잘하는 게 중요한 게 아니라 비즈니스 기술이 필요하다고 강조했고, 나는 그걸 충실히 이행했다. 조립은 기본이고, 부품명은 물론 시시각각 바뀌는 단가를 달달 외웠다. 고객과 상담하면서 어떤 조합이 가장 성능이 좋은지 순발력 있게 추천하는 동시에, 얼마나 챙겨먹을 수 있을지 신속하게 계산하는 게 기술이었다. 고객을 인간적으로 대해선 절대 안 된다. 가족이나 동창, 첫사랑이 나타나도 벗겨먹을 수 있어야 한다.

예나 지금이나 A/S를 받겠다고 컴퓨터를 직접 들고 오는 고객은 봉이다. 케이스를 열어 내부를 확인할 정도의 실력과 성실함을 갖춘 고객이라면 부품만 사서 직접 조립하지, 우리 매장 같은 곳에 오지 않는다. 수리해준다며 부품을 바꿔치기해서 빼돌리는 고전적인 기술은 지금도 여전할 것이다. 그러다 걸리면 실수였다고 대충 넘어가면 된다. 특정 게임 몇 개가 돌아가기만 하면 되는 저가 PC를 사러 온 학생들을 반쯤 협박해서 비싼 쿨러를 강제로 파는 방식도 유구한 전통이다. 하지만 나는 그런 얄팍한 방법을 쓰지 않고도 우리 매장의 매출을 급성

장시켰다.

윈도우 XP가 출시되기 전, '윈도우 ME'가 최신 OS이던 시절이다. OS를 무료로 깔아주는 건 그 동네에서 당연한 일이었지만, 나는 그걸 역으로 이용했다. "곧 출시될 MS사의 차기 OS가 제대로 돌아가려면 하드디스크와 램이 이 정도 사양은 되어야 한다"며 고객을 흔들어놓은 것이다. 용산에 올 때까지 생각하고 있던, 수첩에 꾹꾹 눌러 적은 스펙과 달라지면 고객은 당황한다. 장삿속일 것이라 짐작을 하면서도, 혹시 모르니 다른 매장에 가서 확인해보고 싶다는 욕구가 생기기 마련이다. 그래서 OS를 제대로 돌릴 수 있는 사양의 견적을 내달라고 한다.

나는 보다 좋은 사양이면서도 그들이 생각해두던 예산과 별로 차이가 나지 않는 견적을 내주었다. 그러면 다른 얘기가 된다. 가격 차이도 얼마 안 나는데, 기대보다 훨씬 좋은 성능이라면 솔깃하기 마련이다. 순진한 고객은 여기서 바로 구매 결정을 한다.

물론 용산이니만큼 둘러보고 오겠다고 하는 고객이 더 많다. 그럴 때는 그냥 가시라고 하고 뒤도 돌아보지 않았다. 욕설을 섞어서 강하게 밀어붙이는 방식이 업계 표준인데, 나는 욕이 입에 잘 붙지 않았고, 그런 방식에 동의하지도 않았다. 더 둘러보고 오겠다는 고객 중 상당수가 머쓱하게 웃으며 매장에 다시 들어올 게 뻔했기 때문이다. 그들은 내가 제시한 부품의 이름이나 코

드네임은 기억하지 못하고, 용량이나 속도 같은 스펙만 기억한다. 다른 매장에 가서 그 스펙으로 견적을 넣으면 더 비쌀 수밖에 없다. 이게 바로 정보의 비대칭성을 이용해 돈 버는 방법이다.

처음에 사장은 내 방식을 회의적으로 바라봤다. 어떻게든 고객을 오래 붙들어놓는 것이 상식인데, 그렇게 쉽게 매장 밖으로 내보내면 안 된다는 것이었다. 하지만 다시 돌아오는 고객의 숫자는 점점 늘어났고, 사장이 나를 보며 활짝 웃는 날이 많아졌다. 속으로 쾌재를 불렀다. 그런데도 귀가 얇은 사장은, 누구에게 뭔 얘기를 듣고 왔는지, 며칠 뒤에는 우리 매장 '객단가'가 줄어들었다고 구시렁거렸다. 나는 월별 매출을 장표로 정리한 뒤, 훨씬 높아진 거래성사율 덕분에 영업 이익이 우상향을 향해 뻗어나가는 그래프를 보여주었다. 그제야 사장은 나를 다시 보게 되었다.

"너는 공부했어도 성공했겠다, 야. 사람 생긴 거 보고 판단하면 안 된다니까."

그의 말에 나는 전적으로 동의한다. 환경만 제대로 받쳐줬으면, 나는 용산전자 상가가 아니라 관악산 자락에 있는 대학교 캠퍼스를 누비고 다녔을 것이다. 그럼에도 나는 다른 루저들처럼 후회나 원망 같은 건 하지 않는다. 내가 지금까지 한 모든 일에는 대학 졸업장이 필요 없었다.

다만, 어떤 기준인지는 몰라도, 내 생김새를 멋대로 판단한 사장의 말에는 동의할 수 없다. 나는 보통 키에 보통 체격이다. 눈이 조금 작지만, 코는 오뚝한 편이다. 잘생겼다는 말을 들어본 적이 없는 건 사실이다. 그렇다고 못생겼다는 말도 들어본 적이 없다. 그냥 평범하게 생겼다. 샤워하다 거울에 비친 얼굴을 보면 제법 괜찮아 보이기도 한다.

나보다 훨씬 못생긴 성진이는 일에 영 적응하지 못하고 겉돌았다. 사장은 가끔 녀석이 험상궂은 얼굴과 다르게 순 샌님 같아서 용산에 어울리지 않는다며 내게 불평하기도 했다. 기어이 녀석은 새로 들어온 알바생과 보직이 바뀌었다. 다시 온종일 발로 뛰며 배달하는 일을 맡게 된 것이다. 오후가 되기도 전에 팔다리가 축 처질 만큼 고된 일이었다.

그래도 워낙 해맑은 성격이라 퇴근 시간이 되면 성진이는 다시 생기를 되찾았다. 함께 집으로 걸어가는 길에서 녀석은 자유이용권을 손목에 차고 놀이공원에 막 입장한 어린아이가 되어버리곤 했다. 하루가 멀다 하고 이곳저곳 구경 가자며 꼬드겼다. 녀석과 서울 곳곳을 돌아다녔다. 버스로, 또 걸어서, 구석구석 안 가본 곳이 없었다. 맛집 같은 곳을 찾아다니지는 않았다. 힘겹게 번 돈을 함부로 쓸 수 없었다. 기껏해야 길거리 음식으로 허기만 때웠다.

스트레스 풀기에 가장 좋은 것은 나들이를 마치고 반지하 방에 돌아와서 새우깡을 안주로 소주를 마시는 것이었다. 거기에 중고음향기기 가게에서 일하던 형님에게 받은 금성 더블덱 카세트 플레이어로 음악을 들으면 제법 운치가 있었다.

비 오는 날, 창문을 열어놓고 너바나 음악을 들으며 마시던 술은 그렇게 맛있을 수가 없었다. 그때부터 내게 새우깡과 소주의 조합은 고등학교 시절의 추억이 아니라 서울의 맛, 그 자체로 바뀌었다. 성진이는 새우깡 대신 라면 국물을 안주로 삼았다.

그해 수능 날은 결코 잊을 수 없다. 하루 일당보다 비싼 응시료를 낸 걸 생각하면 고사장에 가는 게 나았지만, 나와 성진이는 매장으로 출근했다. 새벽에는 기온이 영하로 곤두박질쳤는데, 오후가 되자 날이 풀렸다. 드나드는 손님도 늘어났다.

점심으로 짜장면을 시켜먹고 화장실에 다녀와 매장에 들어서니 낯선 풍경이 펼쳐졌다. 도매상을 만날 때를 빼면 늘 당당한 모습이었던 사장이 군청색 정장에 롱코트를 입은 남자 둘 앞에서 쩔쩔매고 있었다. 나를 발견한 사장이 그들 앞에 내 등을 떠밀었다.

"어, 왔구나. 이 친구예요. 얘가 잘 몰라서 그냥 설치해준 거라니까요? 고객들이 부탁하니까 해주는 거예요. 다른 가게들도 다 그렇게 하는데 우리라고 별수 있어요?"

남자 둘은 마이크로소프트에서 나온 직원이라고 했다. 소프트웨어 불법 복제 신고를 받고 나왔다며, 벌금 2천만 원을 내야 하고 정품도 구매해야 한다는 얘기였다. 뭐라 변명할 여지도 없었다. 우리 가게 창문에 덕지덕지 붙인 제품 견적서마다 CPU, 램, 하드디스크, 그래픽카드, 파워, 메인보드, 케이스를 조합한 가격이 붙어 있었고, 하단에는 떡하니 "윈도우, 오피스, 워드 무상 설치"라는 문구가 적혀 있었다.

"사장님이 시켰으니까 직원이 그렇게 한 거 아니에요?"

"무슨 말씀이에요? 직원이라니. 이 동네에 직원 쓰는 가게가 어딨어? 다 들락날락하는 알바생이지. 사장 없을 때 손님 오면 지들이 조립해서 몰래 현금 받아 챙기고 그래요. 우리도 엄청 속 썩는다고. 요즘 젊은 애들이 사장이 시킨다고 하고, 하지 말란다고 안 하는 줄 알아요?"

사장이 그렇게 순발력을 발휘하며 위기를 넘기는가 싶었다. 그의 말에 남자 둘이 고개를 끄덕였기 때문이었다. 하지만 그건 이쯤에서 대화를 종료하자는 의미였다.

"그건 저희가 알 바 아니죠. 관리 책임이 있잖아요. 일을 더 크게 만들고 싶으세요?"

두 남자 중 키가 더 크고, 네모난 턱을 가진 남자의 말에 이번에는 사장이 고개를 숙였다. 합의금 1천만 원을 내고 윈도우와 오피스 정품을 구매하는 것으로 결론이 났다. 현금이 없으니 일주일만 말미를 달라는 사장의 절박한 표정에 냉혈한처럼 보였던 그들도 한 걸음 양보했다. 합의금을 꼭 지급하겠다는 각서를 받은 뒤 둘은 다른 매장을 향해 서둘러 떠났다.

사장은 그들의 뒷모습을 향해 왼손 엄지로 왼쪽 콧구멍을 막은 뒤 코를 팽 풀었다. 그것도 모자라 가래침까지 뱉은 뒤 내 등을 몇 번 두드려주었다.

그제야 나는 우리가 직원이 아니라 알바생 신분이라는 것을 깨달았다. 직원이라면 공휴일까지 일하면서 그렇게 턱없이 적은 월급을 받을 수 없을 것이라던, 성진이의 의심이 옳았다. 사실 그런 가게에서는 월급을 얼마나 받느냐가 중요하지, 직원이건 알바 신분이건 별 차이도 없는 게 사실이지만, 맥이 탁 풀렸다.

결국 사장은 그들에게 절반으로 깎은 합의금조차 주지 않았다. 나중에서야 그 남자들이 마이크로소프트 직원이 아니라 당시 용산과 세운상가를 휩쓸고 다니던 가짜 단속반이었다는 것을 알았다.

며칠 뒤 일요일에는 성진이와 함께 남산에 올랐다. 기분 전환 겸 왕돈가스까지 먹고 왔다. 즐거운 주말을 보내고 월요일 아침에 출근하니 가게 문이 닫혀 있었다. 사장보다 우리가 일찍 나오는 경우가 대부분이어서, 오픈 역시 평소 내 몫이었으니 이상할 건 없었다. 문제는 굳게 닫힌 셔터 자물쇠에 내가 가지고 있던 가게 열쇠가 들어가지 않는다는 것이었다. 몇 번이고 자물쇠에 열쇠를 쑤셔넣다가 대단한 깨달음이라도 얻은 듯 탄식이 새어나왔다.

"성진아. 좆됐다. 씨발, 이 새끼 튀었다."

"뭐라고?"

"가게 문 닫고 날랐다고. 아⋯⋯. 어쩐지 이번 달 월급을 좀 늦게 줄 거라고 하더니."

"씨발! 야, 빨랑 전화해봐."

사장의 휴대폰은 꺼져 있었다. 다급한 마음이 들었다. 곧바로 상인회장이 있는 매장으로 달려갔다. 상인회장은 상가 내 벌어지는 일 대부분을 꿰고 있는 사람이었다. 그는 담담한 말투로 사장이 매장을 내놓은 지가 꽤 됐으며, 이미 높은 권리금을 받고 판 상태였다고 말해주었다. 사장이 우리 고향 출신이 아니라는 것, 근로계약서 같은 걸 쓰지 않았으니 월급을 받을 길도 없다는 것, 수요일부터 우리 매장이 카메라 전문점이 된다는 것도 알게 됐다.

상인회장의 말을 듣고 나오니 우리가 당한 일이 그 동네에서는 별일 아닌 것 같기도 했다. 하지만 성진이가 곧장 현실을 깨닫게 해주었다. 녀석은 사장이 고향 선배 행세를 하면서 우리를 꼬드긴 것도 억울하지만, 그토록 종 다루듯 부려먹고는 마지막 월급마저 떼어먹은 건 절대 용서할 수 없다고 했다. 맞는 말이었다. 소프트웨어 단속을 나왔다는 이들 앞에 내 등을 떠민 배신자이기도 했다.

내가 느낀 배신감은 녀석의 것보다 컸다. 나는 그가 다른 매장의 매입전표를 사들인 것과 영수증을 안 끊고 현금으로 결제하는 고객에게 할인을 적용하라고 지시한 것이 경영기법이나 마케팅 전략이 아니라 탈세라는 걸 알았지만 조용히 있었다. 두 딸과 함께 찍은 가족사진을 지갑 안에 넣고 다니지만, 따로 만나는 젊은 여자가 있다는 것도 알고 있었다. 게다가 사흘이 멀다하고 친한 사장들과 단란주점에 가고, 그것도 부족해서 사창가까지 드나드는 것도 알았지만, 가끔 매장으로 찾아오는 그의 아내에게 비밀로 해주었다.

중고 음향기기를 파는 형님에게 빠루를 빌려 씩씩거리며 매장으로 향했다. 셔터를 부숴서라도 가게 문을 열어서 돈 될 만한 것이라면 무엇이든 가져갈 요량이었다. 지금 생각해보면 그 사장이 돈 될 만한 걸 남겨뒀을 사람이 아니라는 게 뻔한데, 그때는 어려서 그랬는지 혈기가 넘쳐서였는지 별생각이 없었다. 매장에 도착하니 우리가 전혀 예상하지 못한 상황이 벌어졌다. 닫힌 셔터 앞에 도매상 아저씨들이 모여들어 시끌벅적했다.

"왔네. 이놈들이 여기 직원이잖아."

"맞네. 야, 너 내 얼굴 알지? 니네 사장 어딨어?"

그들은 멱살이라도 잡을 듯한 기세로 우리에게 다가왔다. 그러자 성진이가 빠루를 들어 그들을 위협했다. 긴장이 흐르던 몇 초간의 대치 속에서 우리는 서로의 표정을 읽어냈다. 양쪽 다 피해자라는 걸 직감으로 알았다.

아저씨 중 하나가 지긋이 성진이의 팔을 잡자 녀석은 천천히 빠루를 내려놓았다. 다른 아저씨 한 명이 나와 성진이에게 담배 하나씩을 건네주었다. 그곳에 모인 모두가 아무 말 없이 담배 연기를 내뿜었다. 그 와중에 나는 한참 나이 많은 분들과 그런 비장한 분위기 속에 함께 있다는 것이 뿌듯했다. 비로소 어른이 된 것 같은 기분이었다.

"그래. 니들도 몰랐구나."

"네. 저희는 이번 달 월급도 못 받았다고요."

서로를 향했던 경계심이 공중으로 뿜어낸 담배 연기처럼 흩어졌다.

군대에 다녀온 남자라면 누구나 알게 되는 사실이 있다. 누군가와 유대감을 형성하기 위한 가장 간단한 방법은 담배를 함께 피우며 나누는 짧은 대화다. 친분을 쌓기 위해 비싼 밥이나 술을 먹는 것에 비하면 돈도 시간도 훨씬 적게 든다. 우리 역시 사장의 행방을 찾고 있다고 말하자, 그들은 어른답게 우리를 위로한 뒤 자기끼리 얘기를 이어나갔다.

"박 사장아, 그 새끼 아도치기 한 거 맞지?"

"아녀. 망해서 도망간 게 아니라, 지 받을 거는 다 받아 처먹고 튐겨."

"맞아. 복덕방 장 실장이 그러는데, 권리금 엄청 챙겼대."

"이 상노무 호로 새끼가 새벽부터 눈탱이를 때려? 나는 천이백. 김 사장은 얼마 당했수?"

CPU나 메모리같이 작고 비싼 부품은 환율에 따라 시시각각 시세가 변한다. 아침에 사들인 20만 원짜리 부품이 반나절 만에 10만 원이 되기도 하고, 30만 원이 되기도 한다. 전자라면 소매가, 후자라면 도매가 손해를 보는 꼴이다. 그래서 이 바닥에서 장사하는 사람끼리 처음 거래를 틀 때는 무조건 현금으로만 결제한다는 불문율이 있다.

도매 입장에서는 계속 현금으로 거래하는 게 좋지만, 매장 입장에서는 불편한 일이다. 가게 안에 현금다발을 쌓아두고 있으면 위험하기도 하다. 그래서 거래가 반복되고 어느 정도 신뢰가 쌓이면 아주 짧은 만기의 외상 거래를 한다. 매장에서 오전에 주문을 넣어 물건 먼저 받고, 도매상이 마감하기 전에 현금으로 결제하는 방식이다. 장기적 거래 파트너로서 하루 치 가격 변동에 따른 위험 정도는 함께 감당하자는 상생의 정신이 담긴 것이지만, 세상에는 시스템의 허점을 집요하게 노리는 사람이 셀 수 없이 많다.

아저씨들 말을 들어보니, 우리 사장은 그날 새벽부터 부품을 다량 주문했다. 물건이 들어오자 가게 안에 있던 재고들과 함께 트럭에 싣고 도망갔다. 그리고 잠수를 타버렸다. 누군가 계산기를 꺼내 두드려보니 사장이 새벽에 받은 부품은 다 합쳐 3억 원이 넘었다. 매장 권리금을 챙긴 것도 모자라서 부품과 재고까지 챙겼으면, 푼돈에 불과한 우리 월급은 그냥 줄 법한데.

참 꼼꼼한 사람이었다.

무릎에 힘이 빠졌던 이유는 못 받은 월급 때문이 아니었다. 아주 적은 금액이라고 할지라도, 함께 일하며 쌓은 의리와 유대감 같은 말랑말랑한 것 대신 돈을 택한, 그의 냉정한 판단이 기가 막혔기 때문이었다. 그렇게 살아야 성공한다는 것을 철저하게 깨달았다. 가난한 사람들은 그런 걸 못해서 계속 가난하게 사는 것이다. 우리 아버지가 그랬다.

광주에서 나고 자라 결혼까지 한 아버지는 별안간 연고도 없는 시골에 내려와 살았다. 덕분에 나는 시골에서 태어났다. 내가 중학교에 다닐 때까지 아버지는 주변에 친하게 지내는 사람이 아무도 없었다. 아예 사람을 좋아하지 않았다. 그러다가 어느 날부터 읍내에 술친구가 생겼다며 늦게 들어오기 시작했다. 매일 집에서 혼자 술을 마시다 내가 눈에 띄면 갖가지 이유로 혼내기만 했던 아버지가 밖에서 술을 마시고 늦게 들어오니 좋았다. 어떨 때는 기분이 좋다며 평생 안 주던 용돈도 주었다. 그것도 만 원짜리 지폐로.

몇 달 뒤 그 술친구는 아버지에게 새로 지을 공장에 투자하라고, 은행 이자보다 세 배는 더 받을 수 있다고 꼬셨다. 아버지는 얼마 안 되던 재산 전부를 그에게 갖다 바쳤다. 엄마는 그 돈이 다 국가로부터 받은 것이라고 했다. 당연히 그 술친구라는 사람은 전과가 화려한 사기꾼이었고, 당한 사람은 우리 아버지 말고도 많았다.

피해자들이 모여서 민사소송을 준비했지만, 그 사기꾼은 한 푼도 없는, 그야말로 빈털터리였다. 교도소에서 일하며 받은 작업장려금으로 그럴듯한 옷 몇 벌을 사 입은 뒤 여기저기 식당을 드나들던 그는 아버지처럼 세상 물정 모르고 무식한, 그러면서도 돈 애기라면 귀를 쫑긋 세우는 이들을 공략한 것이다. 당한 놈이 잘못이다.

그런 아버지를 두었기에 나 역시 당할 수밖에 없는 운명이라는 생각이 들자 저항 대신 체념하게 됐다. 밀려들었던 도매상 아저씨들이 썰물처럼 빠져나갔고, 나와 성진이 둘만 남았다. 그나마 아저씨들하고 함께 있을 때가 나았다. 문 닫힌 가게 앞에 멍하니 서 있으니 우리가 처한 상황이 비로소 현실로 다가왔다. 집까지 터덜터덜 걸어가는 동안, 우리 둘은 굳게 다문 입을 열지 않았다.

해가 떠 있는 오전에 집에 가니 낯설었다. 전등을 켜지 않고도 어디에 뭐가 있는지 훤히 보이는 반지하 방의 풍경이 생경했다. 남의 집처럼 느껴지는 자취방 바닥에 등을 대고 누운 채 몇 시간을 보냈다. 계속 밀려오는 자책과 자괴감 때문에 배도 안 고팠다.

"야, 너는 배도 안 고프냐? 뭐라도 먹자."

"배고픈지도 모르겠다. 너는 이 와중에도 배가 고프냐?"

"먹고 힘을 내야 내일부터 일자리라도 알아보지."

먼저 털고 일어난 것은 성진이었다.

녀석은 동네 구멍가게에 다녀오더니 라면을 끓여주었다. 아껴두었던 참치캔까지 땄다. 염치없을 정도로 맛있었다. 두 개를 더 끓여 먹다 보니 술 생각이 났다. 성진이는 마른오징어를, 나는 새우깡을 안주 삼아 소주를 병째 들이켰다. 리어카에서 천 원 주고 산 드렁큰타이거 3집 테이프를 틀어놓고 천천히 술에 취했다.

해가 지면서 이내 방 안이 어두워졌다. 이윽고 집 앞 가로등이 켜지자 조금 환해졌다. 반지하 방이라는 게 낮에는 충분히 밝지 않고, 밤에는 그다지 어둡지 않다는 걸 그제야 알았다.

"내일은 어디로 가볼까?"

성진이가 오징어를 질겅질겅 씹으며 물었다.

"글쎄다. 일단 〈벼룩시장〉하고 〈교차로〉에 나온 일자리라도 알아봐야지."

"우리 여행이나 갈래? 너 비행기 타본 적 있어?"

"비행기는 좆도. 기차도 너랑 서울 올 때 탄 게 처음이었다, 인마."

"에라, 이런 촌놈 새끼. 나도 그랬는데."

생각해보면 관광버스 타고 수학여행 다녀온 게 여행의 전부였다. 중학교 때 용인 자연농원, 고등학교 때 경주에 다녀온 것 말고 제대로 된 여행을 해본 적이 없었다. 지금까지도 그렇다. 비행기도 여태 못 타봤다. 흔한 제주도 한번 못 가봤다는 뜻이다.

제주도는 우리 엄마가 태어난 곳이다. TV로 보면 참 아름다운 섬인데, 해녀의 딸인 엄마는 절대 뭍을 벗어날 생각이 없다고 했다. 그래도 고향인데, 궁금하지도 않나보다. 그런 면에서는 아버지도 비슷하다. 피붙이들은 물론이고 친구들도 다 광주에 있을 텐데 한 번도 간 적이 없었다.

"가로등이 원래 이렇게 밝았어? 야, 커튼 다는 거 비싸냐? 커튼이나 달까?"

"지랄. 야, 이 잔류농약 같은 새끼야. 여기가 신혼집이냐? 커튼은 무슨."

"그렇지? 커튼 살 돈으로 여행이나 가는 게 낫겠지?"

이제 와 생각해보면 반지하 방에서 커튼도 없이 사는 건 위험한 일이었다. 밖에서 누군가 몸을 구부리면 방 안을 훤히 볼 수 있었기 때문이다. 실제로 방 안을 들여다보던 취객과 눈이 마주친 적도 있었다. 쌍욕을 하며 쫓아냈다. 최악은 창문을 향해 노상 방뇨하는 인간들이다. 그들 때문에 언덕배기를 오를 때부터 오줌 지린내가 풍기는 후진 동네가 됐다.

성진이는 여행을 되게 가고 싶어 하는 눈치였다. 나는 우리 형편에 여행은 호사스러운 일이라고 생각했다. 당장 다음달 월세와 당분간 먹을 식비를 계산하면 여행 같은 걸 고민할 여유가 없었다. 내가 계속 시큰둥하게 대답하자 녀석은 밖으로 나가자고 했다.

"오밤중에 왜 나가냐? 애들 삥이라도 뜯게?"

"씨발. 진짜 삥이나 뜯을까? 됐고. 바람이나 쐬자고. 술 좀 깨게."

"그래. 깨야 더 마시지."

밤늦게 집에 들어온 적은 수 없이 많았지만, 집에 있다가 밤늦게 외출한 건 처음이었다. 우리가 살던 집보다 더 높은 곳에 있는 동네에 올라간 것도 처음이었다. 담배를 피우며 언덕길을 따라 천천히 걸었다. 촘촘하게 달라붙은 다세대주택이 해안선처럼 끝도 없이 이어져 있었다.

"야, 미쳤다. 저기 봐라."

앞서 계단을 오르던 성진이가 걸음을 멈추더니 손가락을 뻗었다. 녀석이 가리키는 쪽을 바라보니 저 멀리 남산타워가 보였다. 그 아래로 높게 솟은 빌딩들이 환한 빛을 내뿜고 있어서 대낮처럼 밝았다. 누구나 떠올릴 수 있는, 전형적이고 압도적인 서울의 야경이었다. 집에서 조금만 걸어가도 그토록 훌륭한 경치를 볼 수 있다는 걸 몰랐다. 여유가 없는 사람들은 경탄할 만한 것이 바로 옆에 있어도 보지 못한다.

우리는 한참 동안 그곳에 서 있었다. 길고양이 몇 마리가 지나갔을 뿐 행인은 없었다. 그리고 다시 집으로 돌아와 소주를 마시다 둘 다 말없이 누웠다. 고개를 들어 창문 밖을 바라봤다. 골목길은 조금 전에 보았던 야경과는 너무도 다른 모습이었다. 침침한 가로등 아래에서 초로의 남자가 구토하고 있었다. 밤에도 밝은 서울 하늘에는 별 하나 보이지 않았다.

나는 어릴 때부터 별 보는 걸 좋아했다. 시골에서는 밤에 할 수 있는 일이 단 하나도 없었다. 친구들과 약속이 없어서 집에 일찍 들어오는 날이 가장 싫었다. 안방에 있던 골드스타 브라운관 TV는 아버지 전용이었다. 내가 문학 소년이거나 우등생이라 책 읽는 걸 좋아하기라도 했다면 모를까, 놀거리도 볼거리도 없었다. 아버지는 나와 대화를 하는 법이 없었다. 엄마는 나를 보면 공부 좀 하라고 잔소리만 했다.

과학 과목이었던 것 같다. 학교 수업 시간에 별자리에 대해 배운 적이 있다. 계절에 따라 바뀌는 별자리에 관한 내용이었는데, 조느라 대충 들었다. 하루는 일찍 집에 들어왔는데 다행히 비어 있었다. 키우던 똥개 밥을 주고 TV를 틀었는데 볼 게 없었다. 심심해서 안방 뒤 툇마루에 누워 뒹굴고 있었다. 문득 하늘을 바라봤다. 아직 밤이 되지도 않았는데, 서쪽 하늘에 유난히 밝은 별 하나가 보였다. 별이 내게 말을 거는 것 같은 희한한 느낌이 들었다. 한동안 그 별만 바라봤다.

다음날 교무실에 가서 과학 선생님을 찾았다. 태어나서 처음으로 선생님에게 질문이란 걸 하러 갔다. 내 방문에 그는 흐뭇

한 미소를 지은 채 달 옆에 붙어 있던 그 별이, 별이 아니라 금성이라고 알려주었다.

"수업 때 행성과 항성의 차이 말해줬지?"

"네. 알죠. 행성과 항성."

"스스로 빛과 열을 내는 게 항성이라고 했잖아. 금성은 태양빛을 반사하는 행성이라고 얘기했던 거 기억하지? 지구처럼. 그러니까 별이 아닌 거야. 알겠어?"

"네, 선생님."

왜 금성이 별이 아닌지는 아직도 잘 모른다. 아무튼 그때부터 밤하늘을 유심히 관찰하기 시작했다. 별자리마다 갖다 붙인 얘기들도 흥미로웠다. 별을 보고 있으면 심심하지 않았다. 내게 뭐라고 속삭이는 것 같기도 했다. 시골 하늘에는 별이 참 많았다.

서울에 올라와서도 매일 뜨고 지는 달 정도는 흔히 볼 수 있었다. 하지만 별이 주는 감흥이 없었다. 달은 나하고만 눈을 마주치는 수줍은 아가씨가 아니라, 아무 남자에게나 잘해주는 헤픈 요부 같았다. 눈만 잠깐 감고 쉬다가 다시 술을 마시겠다던 성진이는 양치도 안 하고 깊게 잠들어버렸다. 코 고는 소리가 시끄러웠다. 나는 다시 밖으로 나가 아까 야경을 봤던 곳으로 갔다.

화려한 불빛을 뿜어내는 빌딩을 별이라고 생각하기로 했다. 그러자 높은 빌딩들이 모인 모습이 별자리처럼 보였다. 언젠가는 저 빛나는 별을 하나씩 모으기로, 내 별자리를 만들기로 다짐했다. 그렇게 별을 눈에 담고 방에 돌아와 소주를 마시자니 신세가 참 처량했다. 용산에서 시작해 차근차근 돈을 벌며 인생 한번 바꿔보겠다던 내 계획은 쓰나미가 휩쓸고 간 모래성처럼 무너졌다. 술을 마시다 성진이 옆에서 잠들었다.

서울에서 꿋꿋이 버티기로 한 우리는 열심히 일거리를 찾아다녔다. PC방이 계속 늘어나던 시절이라 집 근처 PC방에서 일자리를 구하는 건 어렵지 않았다. 학력, 경력, 제대로 된 게 하나도 없는데다가 군대도 안 갔으니 알바 자리를 얻은 것에 만족해야 했다. 나는 지하에 있는 PC방에서, 성진이는 길 건너 3층에 있는 PC방에서 야간 알바로 일하기 시작했다.

담뱃재를 치우고 가래침을 닦는 게 일의 본질이었다. 손님이 올 때마다 커피를 탔고, 손님이 나가면 자리를 치운 뒤 키보드와 마우스를 걸레로 문지르고 헤드폰을 수거했다. 밤에는 취객과 씨름하는 일도 추가됐다. 돈 안 내고 튀는 손님이 생기면 월급에서 깎였다.

"이 짓거리 언제까지 할 거냐? 이럴 거면 서울 왜 올라왔는지 모르겠다."

몸이 힘들기도 했지만, 성진이는 사장과 손님 비위를 맞춰야 하는 극심한 감정노동을 더 참기 힘들어했다. 차라리 고향에 내려가고 싶다는 말을 자주 뱉기 시작했다. 나도 밤낮이 바뀐 생활을 하면서 매일 컵라면 따위로 끼니를 때우는 게 지겹기는 했다. 그래도 통장에 조금씩 돈이 쌓이는 낙으로 살았다. 녀석의 불만이 늘어난 것은 자신을 나와 비교하기 시작하면서부터였다. 같은 PC방 알바지만 내가 받는 대우가 자기와 다르다는 걸 알게 됐다.

자기 것이 아니라는 생각에 PC방 손님들은 모든 걸 험하게 다룬다. 그래서 컴퓨터나 주변 장비 고장이 잦다. 수리비로 내는 돈 몇만 원이 그렇게 아까웠던 사장은 웬만한 고장은 알아서 뚝딱뚝딱 고치는 나를 기특하게 생각했다. 용산에서 PC방으로 이어지는 커리어패스가 나쁘지 않았던 것이다.

새해가 되자 야간에서 주간 근무로 바꾸고 싶다고 얘기했고, 사장은 내 말을 들어주었다. 확실히 주간이 편했다. 수강 신청 때를 제외하면 오전에는 손님이 거의 없었다. 피곤함에 찌들어 눈도 제대로 못 뜨는 야간 알바와 교대하고 나면 창문을 활짝 열고 환기부터 시켰다. 물걸레로 깨끗하게 바닥 청소를 했고, 고장 난 물건이 있으면 고쳤다. 손님이 없을 때는 게임도 하고, 인터넷 서핑을 하며 편하게 보냈다. 학생들이 하교할 무렵부터는 정신없이 바빠졌지만, 곧 야간 알바와 교대할 수 있었다.

주간 근무로 바꾸면서 일하는 시간을 늘린 덕분에 나는 성진이보다 많은 월급을 받았다. 밤이 되기 전에 퇴근하니 삶의 질도 좋아졌다. 전기밥솥을 하나 사서 밥을 해 먹기 시작한 것도 그때부터였다. 끼니가 얼마나 중요한지 깨달았기 때문이다.

반면에 성진이는 삶에 대한 만족도가 점점 더 떨어지면서 시들어갔다. 눈 밑 다크서클도 시간이 지날수록 짙어졌다.

성진이가 꾀병을 부려 알바를 안 나간 날이었다. 퇴근하고 집에 들어오니 녀석은 그때까지 집에서 종일 뒹굴뒹굴하고 있었다. 온종일 먹은 것이라고는 라면 하나가 전부였다. 어차피 나도 저녁을 먹어야 하니 녀석 몫까지 밥을 차려주었다. 반찬가게에서 사온 반찬 중에 깻잎무침이 있었다. 녀석은 두 장이 겹쳐 있는 것을 모르고 함께 젓가락으로 집었고, 입에 집어넣자마자 왜 이렇게 짜냐고 나한테 짜증을 부렸다.

"나 그냥 군대나 들어가서 말뚝 박을까봐."

"말뚝을 박아? 왜?"

"어차피 군대는 가야 하잖아."

"야, 그거는 다르지. 응급실에 입원했다고 병원에 일자리 알아볼 놈이네?"

"새꺄, 그거야말로 다르지. 입원하는 게 의무냐? 아무튼, 이렇게 산다고 앞으로 뭐가 나아지겠냐? 먹고살기도 힘들고, 비전이 없잖아. 직업군인 되면 먹여주고, 재워주고, 집까지 준다던데? 짬 차면 월급도 많이 오른대."

깻잎무침 따위로 혼자 불타오르더니 이내 미안하다고 사과하고, 난데없이 군대 타령을 시작한 녀석을 보며 불길한 느낌이 들었다. 감정 동요가 심하다는 건 뭔가 위험한 일이 벌어질 것이라는 신호다. 그때 나는 녀석이 PC방에서 얼마 못 버틸 것이라고 직감했다.

아니나 다를까, 며칠 뒤에 녀석은 그만둔 건지 잘린 것인지 출근을 하지 않았다. 며칠을 집에서 빈둥거리더니, 제대로 돈을 벌어보겠다며 경기도 외곽에 있는 공장에 들어갔다. 우리 자취방과 비슷한 크기의 원룸이 기숙사로 제공되는데, 그곳에서 세 명이 생활하며 2교대로 일한다고 했다. 공짜로 밥을 먹을 수 있는 구내식당이 있는 게 그렇게 좋고, 오래 서 있는 게 문제지 일도 할 만하다고 했다. 월세를 혼자 내게 된 게 부담스러웠지만, 녀석이 잘 적응한 것 같아서 다행이었다.

나도 자기네 공장에 들어오라고 꼬시던 녀석의 목소리가 변했다. 몇 주 지나자 야간 근무가 너무 힘들다며 하소연을 하기 시작했다. 주간 근무 때는 밤에, 야간 근무 때는 아침에 전화를 걸어댔다. 내가 어떻게 지내는지, 별일 없는지는 물어볼 생각조차 없었다. 전화를 받으면 자기 얘기만 이어갔다. 조금 귀찮다는 생각도 들었지만, 매번 전화를 받아주었다. 걔 말고는 내게 전화를 걸어주는 사람도 없었다. 그러다가 고비를 넘겼는지 전화 오는 빈도가 줄어들었다.

녀석과 함께 살 때는 혼자 있고 싶다는 생각이 자주 들었는데, 막상 방을 혼자 쓰게 되니 심심했다. 영장이 나오자 별 고민 없이 군에 들어가기로 했다. PC방 사장은 아쉬워하며 술도 사주었다. 춘천에 있는 102보충대를 거쳐 최전방에서 근무했고, 군 생활은 내 적성에 맞았다. 성진이가 했던 말처럼 말뚝 박을까 하는 생각이 들 정도였다. 선·후임과도 친하게 지냈다. 전역한 뒤로는 아쉽게도 연락이 안 된다.

그토록 군대에 말뚝 박고 싶다고 노래를 부르던 성진이는 입대도 하지 못했다. 다니던 공장보다 돈도 더 많이 주고 야간 근무도 없는 곳으로 옮겼는데, 작업하다 손가락 두 개가 절단됐기 때문이다. 내가 전역하고 다시 서울로 돌아왔을 때 녀석은 이미 고향에 내려간 뒤였다.

지금까지 여러 개의 직업을 거치면서, 나는 전형적인 서울 사람이 되어버렸다. 성진이는 끝내 서울 사람이 되지 못했다. 시골로 내려가 짬뽕을 만들고 있다. 중간에 교도소도 한 번 다녀왔다고 한다. 그래도 꼴에 결혼도 했고 애도 있다. 그 부족한 녀석이 평범에 가까운 삶을 살고 있으니 다행이다.

내가 서울에 적응할 수 있던 건 새우깡과 소주 덕분이라고 생각한다. 녀석은 그 쓰고 짭짤한 서울의 맛을 몰랐기에 이곳에서 버틸 수 없었다. 지금은 서로 연락도 하지 않는다. 그래도 나와 함께 지낸 추억은 잊지 않고 있을 것이다. 언젠가는 녀석과 다시 만나 고생했던 얘기를 안주 삼아 소주를 마실 날이 오려나. 해장으로는 짬뽕 국물이 좋겠지.

슬픈 세입자의 일기

　아스널과 브라이턴이 맞붙은 EPL 경기가 시작됐다. 양 팀 스쿼드는 예상대로였다. 외질의 움직임 역시 좋았다. 브라이턴 수비진을 농락하는 원투 패스를 통해 중앙돌파에 성공한 그의 눈에 수비 뒷공간을 파고드는 오바메양이 보였다. 낮게 깔린 외질의 크로스를 받은 오바메양의 첫 번째 볼 터치가 예술이었다. 한 번의 동작으로 골키퍼와 맞선 그 순간, 주심이 휘슬을 불었다. 삐익! 오프사이드 판정이었다. 새우깡을 한 주먹 집어 입에 털어넣었다.

　경기는 내 예측대로 흘러갔다. 과연 첫 골의 주인공은 침착하게 페널티킥을 성공시킨 오바메양이었다. 전반 9분 만에 득점에 성공했으니, 약체 브라이턴을 상대로 대승을 거두는 게 유력했다. 첫 득점이 나온 이후 경기는 지루하게 흘러갔다. 그냥 1:0으로 끝날 것 같았다. 천천히 소주를 마시며 403호가 남긴 노트를 펼쳤다.

한 권은 일기장이고 한 권은 가계부였다. 죽은 지 얼마 안 된 사람이 남긴 기록을 읽고 있으니 기분이 이상했다. 차마 버릴 수 없던 아이 신발을 빼고는 모든 흔적을 깔끔하게 정리한 그녀였다. 그런 사람이 노트를 남겼다는 것은 누군가 읽어주기를 바라는 메시지라는 게 분명했다. 신 대표가 발견했다면 어땠을까? 꼼꼼하게 읽으며 그녀와 대화를 시도했을까. 아니면 곧장 폐지수거함에 버렸을까?

먼저 펼친 건 가계부였다. 빼곡하게 적힌 수입과 지출 목록은 삶을 기술하는 또 하나의 일기장에 가까웠다. 월급이 들어오면 재래시장에서 쓰는 온누리상품권을 사는 게 그녀의 패턴이었다. 일주일에 두 번 정도 장을 봤다. 이용한 곳은 대부분 1킬로미터 넘게 걸어가야 있는, 도림천 건너의 재래시장이었다. 집 근처에 있는 대형마트가 더 싸고, 상품도 많고, 배달도 공짜인데 왜 거기까지 가서 장을 볼까? 도무지 이해할 수 없었다.

재래시장이 더 저렴하다는 것도, 인심이 좋다는 것도 착각이다. 카드를 안 받는다면서 현금영수증 처리조차 안 해주기에 몇 년 전부터 발길을 끊었다. 위생 상태는 엉망이고, 제대로 계량도 안 해준다. 요즘 직장인들은 다들 밤늦게 퇴근하는데 문도 일찍 닫는다. 게다가 처음 보는 사람에게 왜 그렇게 반말을 찍찍해대는지 모르겠다. 남의 돈 받아먹는 직업은 친절이 생명이다. 나만 해도 우리 건물에 들어오는 세입자들에게 지극정성을 다 한다.

가계부 앞부분에는 주로 쌀과 반찬류, 과일과 간편식이 적혀 있었다. 워드 문서를 출력한 것처럼 또박또박한 글씨였다.

'진짜한우국거리 1 팩(1) ₩6,000', '오이소박이(1) ₩5,000', '단감 1줄(1) ₩3,000', '식빵(1) ₩1,800', '우유 큰 거(1) ₩2,200

장 본 목록을 보면 그 사람이 어떻게 사는지 알 수 있다. 밥솥 하나 놓기도 비좁은 주방에서 무언가 직접 만들어 먹는 건 힘들었을 것이다. 나처럼 배달 음식에만 의존해서 사는 사람이 대다수지만, 그녀에게는 아이가 있었다. 간단하게라도 밥을 차려서 먹이고 싶었을 것이다. 그러니 완제품이나 반조리 음식을 찾는 게 당연하다.

그녀의 한 달 수입은 100만 원이 채 안 됐다. 편의점 야간 알바를 해도 그것보다는 더 받을 것이다. 내 월급도 이보다는 많다. 애초에 나는 사장님에게 고용된 직원인 동시에 반 정도는 자영업자라 부수입이 많으니 경우가 다르긴 하다. 아무튼 내 또래가 겨우 이 정도를 번다는 것은 좋은 직업을 가진 게 아니라는 뜻이다. 드물게 '간장게장 3마리(1) ₩10,000', '미니족(1) ₩15,000' 같은 걸 사먹기도 했다. 그 시장에는 치킨 한 마리를 8천 원에 파는 가게도 있는데, 닭을 싫어했나보다.

아이를 키우는 건 돈이 꽤 많이 드는 일이다. 집 월세와 식대 말고도 보육료는 물론 교재비, 특별활동비에 매달 지출이 있었다. 또 하나 눈에 들어온 것은 병원비였다. 근처에 있는 커다란 시립병원에 꽤 많은 돈이 나갔고, 적요에는 '튼튼'이라는 단어가 적혀 있었다. 그런데 그것 말고도 '병원비'라는 항목이 따로 있어서 매달 40만 원이 넘는 돈을 지출했다. 이건 또 무엇일까 궁금해졌다.

대충 페이지를 넘기다 보니 어느 순간부터 그녀의 소비 패턴이 확연하게 바뀌고 있다는 게 눈에 띄었다. '김치볶음컵밥(1) ₩2,000', '참이슬프레쉬(2) ₩3,600', '새우깡(1) ₩1,300', 이런 조합이 늘어났다. 새우깡과 소주의 환상적인 궁합을 깨달았다면 서울에 잘 적응한 것일 텐데, 그녀는 왜 죽었을까? 익숙했던 항목도 없어졌다. '튼튼'이 먼저 없어지더니 얼마 뒤 '병원비'도 사라졌다. 둘 사이에는 무슨 연관 관계가 있을까? 가계부로는 답을 얻을 수 없었다.

자정이 넘은 시각이었다. 기어이 그녀의 일기장을 펼치기에 이르렀다. 지난해 1월부터 적기 시작했기에 분량이 아주 많지는 않았다. 창문을 연 뒤 담배를 입에 물고 첫 장부터 읽어나가기 시작했다. 편의점에 가서 맥주를 사오고 싶었지만 참았다.

설 연휴가 끝나자마자 당곡사거리로 이사 왔다. 우리 튼튼이를 위해서도 이게 최선일 것 같아서다. 말만 오피스텔이지 원룸이다. 창문을 열면 옆 건물 안까지 훤히 보인다. 튼튼이는 정말 천사 같다. 어찌나 엄마 마음을 잘 알아주는지, 오늘은 한 번도 안 울었다. 젖을 뗄 때도, 이유식을 끊을 때도, 엄마 형편과 상황에 따라 딱딱 맞춰주었다.

낮이라 옆집에 사람이 없겠지만, 그래도 혹시 몰라 튼튼이에게 속삭이듯 얘기했다. 앞으로는 이렇게 작게 말해야 한다고 했더니 고개를 끄덕였다. 어린이집 가게 되면 신나게 떠들고 뛰어놀 수 있겠지. 미안해 튼튼아. 마음대로 울고 웃고 떠들지도 못하게 해서. 답답해도 참아줘. 여기서도 쫓겨나면 이제 더는 갈 곳이 없단다.

새로운 일기장을 펼친 내 기분은 정말이지 처참하다. 끔찍한 일이 벌어졌다. 내가 정신이 나가서 그랬을까? 이사는 생각보다 빨리 끝났다. 짐이 별로 없어서 그랬던 건데, 이삿짐을 쌀 때는 왜 그렇게 많아 보였는지 모르겠다. 배고프다고 칭얼대는 튼튼이에게 맘마를 먹여주었다. 아침부터 아무것도 못 먹은 나도 뭐든 챙겨 먹어야 했다.

이사를 왔으니 짜장면을 시켜먹고 싶었지만, 1인분도 배달되는 중국집이 있는지 알 수가 없었다. 컵라면이나 끓여 먹을 생각에 '주방'이라는 글자가 적힌 박스를 찾았다. 전기포트를 꺼내 물을 끓였다. 뜨끈한 국물이 뱃속에 들어가니 살 것 같았다. 튼튼이도 엄마가 맛있게 먹는 모습을 보고 기분이 좋았는지 활짝 웃어주었다.

그런데 뭔가 이상했다. 젓가락을 내려놓고 박스를 세어보니, 아무리 봐도 하나가 모자란 것 같았다. 옷, 이불, 튼튼이 물건, 책, 전자제품, 화장품과 잡동사니, 주방, 화장실, 다 있는데 뭐가 없는 거지? 순간 머리를 망치로 맞은 것 같은 기분이 들었다. 내 보물단지가 들어 있는 박스였다.

이삿짐센터 아저씨에게 다급하게 전화를 걸었다. 우리 이사를 마친 뒤 부평에 건너가서 또 한 집 이사하는 중인데 내 짐은 남아 있지 않았단다. 이사 나온 집에 두고 온 거 아니냐고 확인해보란다. 그러면 안 되지만, 아저씨가 빼돌렸나 하는 의심이 들었다. 설사 그렇다고 하더라도 이제 와 어쩔 수 없는 노릇이다.

혹시나 해서 튼튼이 손을 잡고 예전 집으로 갔다. 버스를 두 번 갈아타고 가는 동안 심장이 두근거려서 죽을 것만 같았다. 숨도 안 쉬어져서 힘들어하고 있으니, 착한 튼튼이가 엄마 손을 꼭 잡아주었다. 비틀거리며 언덕배기를 올라 현관문을 열었다. 역시나 집 안은 비어 있었다. 텅 빈 걸 두 번이나 확인하고 트럭에 탔으니 당연한 일이었다. 나는 왜 하는 일마다 이렇게 엉망인지 모르겠다.

다시 버스를 타고 집에 오는 길은 갈 때보다 힘들었다. 자꾸 눈물이 났다. 고가도로를 지날 때는 차라리 버스가 추락했으면 좋겠다는 생각이 들었다. 튼튼이 눈을 제대로 볼 수가 없어서 미안했다. 엄마가 못나서 자꾸 나쁜 생각만 한다. 박스에는 내가 어릴 때부터 쓰던 일기장이 있었다. 우리 튼튼이 돌 반지도 들어 있었다. 결혼사진, 튼튼이 백일사진, 그이와 엄마까지 모두 함께 찍은 가족사진과 육아일기까지 없어졌다. 내가 살아온 모든 날이 부정당한 기분이 들었다.

이곳에서 일하며 이삿짐이 들어오고 나가는 걸 수도 없이 보았다. 탑차가 아니라 카고차라면 이동 중에 물건이 떨어져 유실될 수 있다고 하지만, 그것도 옛날 얘기다. 요즘은 사람들이 워낙 꼼꼼하게 확인하기 때문에 카고차로 옮겨도 꼼꼼하게 결박하는 게 기본이다. 그러니 중간에 떨어졌을 리는 없다. 이삿짐센터 사장이 슬쩍 해먹은 게 분명하다.

일 시키는 사람에게 쓸데없이 친절하게 대하면서 이것저것 물어보면 절대 안 된다. 어리숙한 모습을 보이면 표적이 된다. 이사할 때는 출발하기 전과 도착한 후에 짐을 꼼꼼히 확인하고 사진도 찍어놓는 게 좋다. 귀중품은 당연히 본인이 직접 지니고 있어야 한다. 안 그러면 가져가시라고 품에 안겨주는 것과 다를 바 없다.

세상에는 답답한 사람들이 많다. 그런 사람을 바꿔보겠다고 들이는 노력만큼 부질없는 것도 없다. 사람은 절대 바뀌지 않는다. 첫 번째 일기만 읽고도 그녀가 어떤 사람인지 쉽게 파악할 수 있었다. 그럼에도 계속 페이지를 넘겼던 이유는 그녀의 필력 때문이었다. 잠깐 소설책에 빠졌던 중학교 시절 이후로 이토록 열심히 글을 읽은 것은 처음이다. 그녀의 아이에게 무슨 일이 있었는지, 그녀가 왜 극단적인 선택을 했는지 일기를 보면 알 수 있을 것 같았다.

성격 탓인지, 이사하다 잃어버렸다는 예전 일기장 내용을 되살리고 싶어서였는지, 아니면 진작부터 삶을 마무리할 생각을 했던 것인지, 그녀는 짧게나마 자신이 살아온 삶을 정리해 정갈한 글씨로 곳곳에 남겼다. 자신의 직업 변천사를 따로 정리하지는 않았지만, 몇 개의 일기로 퍼즐 맞추기를 해보니 답을 찾을 수 있었다.

그녀의 첫 직장은 광화문에 있는 무역회사였다. 꽤 오래 그곳에 있다가 강남에 있는 회사로 이직했다. 그때까지만 해도 별문제는 없었던 것 같다. 평일 저녁에는 동료들과 회식을 하고, 친구를 만나 영화를 보고, 주말에는 혼자 차를 몰고 나가 여기저기 놀러 다니던 평범한 직장인이었다. 서른이 한참 넘어서도 차가 없던 나에 비하면 꽤 잘나가는 서울 중산층의 삶이었다.

그러던 어느 날, 그녀는 어머니 건강이 안 좋아졌다는 이유로 고향에 내려갔다. 그게 몰락의 시작이었다. 어떻게든 서울에서 버텼어야 했다. 나처럼.

403호의 나이 든 홀어머니는 장터에서 국밥을 팔았는데, 그야말로 온몸이 종합병원이었다. 관절은 물론이고 성한 장기가 없었다. 그걸 고치겠다고 섣불리 손대지 말았어야 했는데, 그녀는 또 잘못된 선택을 했다. 백세 시대가 어쩌고저쩌고하는데, 유병장수는 재앙 같은 일이다. 나이가 들면 누구나 만성질환 두세 개는 있다지 않은가. 내가 확언할 수 있는 이유는 우리 엄마도 겪고 있는 일이기 때문이다. 나이 먹고 몸이 아프면 고치려들지 말고, 그냥 고장 난 채로 사는 것에 적응하려고 노력하는 편이 낫다.

사기 사건 이후 나는 아버지가 완전히 기가 죽어 쪼그라들 줄 알았다. 그때 난 중학생이었다. 아직 어려서, 사람이 절대 바뀌지 않는다는 진리를 몰랐다. 전 재산을 날려먹은 주제에 아버지는 엄마를 더욱 닦달했다. 읍내에 나가는 대신, 동네에 하나밖에 없는 구멍가게에서 술을 사와 낮이고 밤이고 마셔댔다. 혼자 농사일을 하게 된 엄마는 더 악착스러워졌고, 전에 없이 악다구니를 부리는 일도 잦아졌다.

"농사는 나 혼자 짓나? 뭘 잘했다고 맨날 술만 처먹고 자빠져 있어? 자식새끼 목숨 값도 홀랑 날려먹은 인간이!"

엄마가 소리를 치면 아버지는 자다가 벌떡 일어나 짜증을 잔뜩 부리며 소주를 병째 들이켰다. 그러고는 주섬주섬 옷을 입고 밭에 나가 일했다. 그래봤자 고작 두어 시간 일하고는 다시 집에 들어가 술을 마시다 잠들었다. 그래도 힘 좋은 양반이라 그 두어 시간 동안 꽤 많은 일을 했는지, 엄마는 일이 힘에 부칠 때마다 아버지를 도발했다. 하지만 농사일이라는 게 근력 좋은 사람이 드문드문 일한다고 되는 게 아니다. 농부가 논밭에 나가 지긋이 피땀을 흘려야 그걸 먹고 작물이 자란다. 그렇게 세월이 흘렀고, 엄마의 몸과 마음은 매일 시들어갔다.

그러다가 아버지가 돌아가셨다. 원인은 멀리서 찾을 것도 없이 술이었다. 엄마 말에 의하면 죽을 작정을 한 건지 언젠가부터 식사도 거르고 술만 마셨다고 한다. 아버지가 돌아가셨다는 전화를 받았을 때 나는 간경변 때문이셨거니 하며 별로 놀라지도 않았다. 시골로 내려가 장례식장 빈소를 찾으니 엄마가 나를 맞이했다. 사인은 심근경색이라고 했다. 사흘 동안 상주 노릇을 했다. 눈물 한 방울 흘리지 않던 엄마가 기어이 화장로 앞에서 쓰러졌다.

나는 당시 경마장에서 일하고 있었는데, 마사회가 경조사를 챙겨주었다. 커다란 조화가 복도에 들어섰고, 회사 로고가 박힌 종이컵, 소주잔, 밥그릇, 국그릇, 종이 접시가 들어왔다. 얼마 안 되는 문상객에게 "그래도 아들 잘 둬서 다행이다"라는 말을 들자 엄마는 좋아했다. 장례 절차를 마친 뒤 나는 다시 서울로 올라왔다. 일상은 달라진 게 없었다. 엄마도 비슷했을 것이다. 어차피 아버지는 매일 술을 마시거나 누워 있는 존재였으니까.

서울보다 시골이 나은 게 하나 있다면 보건소다. 시설이 깨끗하고 의료진도 엄청 친절한데다가, 돈도 거의 안 든다. 노인들에게는 공짜로 침도 놔준다. 엄마는 농사일 때문에 온몸이 성한 구석이 없다고 보건소에 드나들기 시작했다. 그러다가 의사가 자꾸 여기저기 건드리려고 한다며 출입을 끊었다. 약 먹고 푹 쉬어야 하고, 무리하지 말고 어쩌고 하는 의사 말을 듣다가는 농사 다 망치게 생겼다는 것이다. 병원에 자주 드나들면 없던 병도 생긴다고 생각하는 나는 엄마의 말에 동의했다.

403호는 그걸 몰랐다. 게다가 그녀가 어머니를 치료받게 한 곳은 보건소가 아니라 종합병원이었다. 초음파검사에, CT에, MRI에…… 받을 검사가 늘어나고 돈과 시간이 많이 든다는 뜻이었다. 잘 다니던 직장을 그만둔 것도 문제였다. 시골에 내려가면 제대로 된 일자리가 있을 리 없다. 직장 생활 10년 동안 모은 돈으로 생활비와 어머니 병원비를 충당했단다. 시골에 산다고 생활비가 적게 드는 것도 아니다. 서울에서 자린고비처럼 사는 것보다도 삶의 질이 떨어지는 경우가 더 많다.

어머니를 모시고 병원을 오가는 기사 노릇 외에 그녀가 할 일은 없었고, 시간은 넘쳐흘렀다. 서울에서 좋은 직장에 다니던 여자였으니 국밥집 같은 걸 이어갈 생각은 없었나보다. 그녀는 글을 쓰기 시작했다. 여고 시절에 문예부 활동을 했고, 대학교 교지에 글 한 편 실었다는 이유로 작가가 되려고 했다니, 용산에서 PC 좀 조립해봤다고 빌 게이츠가 되겠다고 하는 것과 비슷한 말이었다. 어정쩡한 재능이야말로 악마의 속삭임이라는 걸 사람들은 잘 모른다.

그녀는 신춘문예에 응모하고, 계간지에 투고하고, 부질없는 시간과 소용없는 노력을 들이는 과정을 반복했다. 세상은 자신의 글에 별 관심이 없었는데, 그녀만 그 사실을 몰랐다. 나 같으면 차라리 인터넷 커뮤니티에 글을 연재했을 것이다. 그러면 사람들의 즉각적인 피드백을 얻을 수 있기 때문이다. 자신만의 세계에 틀어박혀서 혼자 땅굴만 깊이 파고 있으면 무엇도 이루어지지 않는다. 그런 건 종교인이나 할 짓이다.

그녀가 남자를 어떻게 만났는지 일기에 정확하게 적혀 있지는 않았지만, 지역에 있는 예술인 모임에서였던 것 같다. 남자는 외지인이었는데 그림을 그리기 위해 공기 좋은 곳으로 이사를 왔다. 여기까지만 읽었을 때 감이 딱 왔다. 아마도 머리를 길게 기르거나 빵모자를 쓴 채 코듀로이 바지를 입고, 누가 봐도 미술 하는 사람으로 꾸몄겠지. 별 소질 없는 이들이 겉모습만 그럴싸하게 꾸민 채 시골에서 예술가입네 고상한 척하다 눈이 맞았을 것이다. 현실은 신자유주의라는 거대한 파도 속에서 경쟁력을 잃고 좌초된 두 루저의 만남이었지만.

노인들만 득실거리는 시골에서 젊은 이성을 보면 마음이 동하는 게 당연하다. 하지만 누군가에게 기대고 싶은 상황에서 때맞춰 인연이 찾아왔다는 생각이 들면 일단 의심부터 하고 봐야 한다. 누군가에게 기대고 싶다는 건 내가 되는 일이 없거나, 외롭거나, 둘 중 하나에 속한다는 뜻이다.

그럴 때 이게 정말 인연인지 판단하려면 두 가지를 의심해야 한다. 내가 자존감이 낮아진 것은 아닌지와 그런 상황에서 내가 상대를 객관적으로 판단할 수 있는 분별력을 지니고 있는지다. 이 둘을 통과하지 못하면 상대는 내 인연이 아니라 더 깊은 구렁텅이로 밀어넣을, 또 다른 장애물일 확률이 높다.

어머니 병세는 차도가 없었고, 자신의 글도 아무런 결실을 보지 못했지만, 그즈음부터 그녀의 인생은 달라졌다. 오랜 공백 끝에 급여 생활자로 복귀했다. 별다른 기술이나 자격증이 없는 경력단절자가 택한 직업은 시내에 있는 깔끔한 동물병원의 수의 테크니션, 흔히 말하는 동물병원 간호사였다.

수의사가 진료를 보기 전에 장비를 준비하고, 수술에 들어갈 때 약품과 청진기, 수술복을 챙기고, 진료 중에는 보조 역할을 하는 게 주된 임무인 줄 알았다. 현실은 보호자가 오면 응대하고, 결제하고, 전화받고, 청소와 세탁하는 일에 더 많은 시간이 들었다. 일의 본질은 사료와 용품을 파는 것이었다. 그래도 어릴 때부터 동물을 좋아했기에 그녀는 즐겁게 일했다. 서울 생활에 지친 마음이 치유되는 기분이었다. 일이 끝나면 남자를 만나 데이트를 했다.

언젠가부터 수의사는 그녀에게 주사 놓고 피 뽑는 일까지 시키기 시작했다. 피 보는 걸 무서워하던 그녀에게는 힘든 일이었다. 게다가 엄연히 불법이었다. 그녀의 눈에 병원의 이상한 점도 하나둘씩 보이기 시작했다. 수의사는 자기가 기분이 나쁘다는 이유로 보호자가 맡긴 동물을 때리며 화풀이했다. 낡은 수술 도구를 바꾸지 않는 것도, 유효기간이 한참 지난 약품을 그대로 쓰는 것도 영 불안했다. 급여도 적었다. 남자는 그녀에게 동물병원 일을 그만두라고 했다.

다시 백수가 된 403호는 남자와 급속도로 사랑에 빠졌고, 아이가 생겼고, 결혼했다. 아이와 결혼 중 뭐가 더 빨랐는지는 적혀 있지 않아서 모르겠지만, 요즘 세상에 별로 중요한 문제는 아니다. 급속도로 사랑에 빠진 것이 중요하다. 서로 제대로 알아볼 시간도 없이 덜컥 결혼부터 했다는 것에 나는 혀를 찼다. 그 부분까지 읽다가 잠이 몰려와 침대에 누웠다.

새벽 2시였다. 휴대폰으로 찾아본 아스널과 브라이턴의 경기 결과는 충격적이었다. 하이라이트를 보니 후반전 양상은 브라이턴의 일방적인 공세였다. 아스널 수비진의 움직임은 최악이었다. 아스널은 결국 전반 초반에 기록한 선취점을 지키지 못했고, 후반에 페널티킥 동점 골을 허용했다. 이후 오바메양이 각성한 듯 연달아 날린 슛은 모두 골키퍼 선방에 막히거나 관중석을 향했다. 속 시원하게 욕이라도 뱉고 싶었지만 옆방에 들릴까봐 참았다.

다음날 아침, 숙취가 조금 있었지만 일찍 눈을 떴다. 일어나는 것과 동시에 출근이고, 업무가 시작된다. 전입과 전출 모두 없는 날이었다. 인터넷 뱅킹에 접속해 통장을 확인해보니 월세와 관리비도 다 들어왔다. 복도 전등 세 개를 갈고, 소화기를 점검하는 것 말고는 별 할 일 없는 한가한 하루가 될 것이다. 그까짓 거 점심 먹고 후딱 해치우면 된다.

간단하게 세수한 뒤 모자를 눌러 쓰고 방에서 나왔다. 먼저 403호부터 들러 방향제를 뿌렸다. 며칠간 아침저녁으로 해야 할 과업이었다. 미세먼지 없는 하늘은 더없이 맑았고, 날씨도 좋았다. 나는 아침마다 보라매공원에 가서 산책을 하고, 들어오는 길에 아침거리를 산다. 온갖 변수로 가득 찬 세상에서 멀쩡하게 살아남으려면 최대한 단조롭고 규칙적으로 사는 게 좋다. 엘리베이터 문이 열리자 철퍽철퍽 소리가 들렸다. 물걸레 소리다.

"몸은 좀 괜찮으세요?"

"내 나이가 되면 다 환자지 뭐. 어제 나 없어서 고생했지?"

"고생은요. 몸이나 잘 챙기세요."

"그래, 그래. 고마워."

1층 계단을 청소하던 여사님이 나를 보며 활짝 웃어주었다. 우리 엄마보다 훨씬 젊어 보이는데도 일이 힘들어서 그런지 자주 아프다고 그런다. 그래도 늘 밝은 표정을 짓고 성실하게 일하는 좋은 아주머니다. 우리 건물 청소를 마치고도 쉴 틈이 없다. 길 건너 롯데백화점 뒤쪽에 있는 상가건물 청소가 그녀의 다음 일정이다. 하루 쉰 게 미안해서 일찍 나왔는지, 우편함에 꽂혀 있었을 전단지와 입구 바닥에 깔린 대출, 일수, 안마 명함도 이미 싹 치운 뒤였다.

오늘은 어떤 일로 사장님께 내 존재가치를 어필할까 고민하며 현관에서 나와 필로티 주차장을 가로지를 때였다. 어디선가 시부렁시부렁하는 소리가 들려 고개를 돌려보니 의류수거함 앞이었다. 솜이불과 베개 몇 개를 들고 혼자 쌍욕을 해대는 아저씨를 보고 뒤돌아서 큭큭거리며 웃었다. 전날 나는 403호 이불과 베개를 버리는 김에 창고에 묵혀두었던 솜이불과 각종 침구까지 수거함에 다 넣어버렸다. 우리 사장님 말대로라면 방배동 박 사장 배만 불리는 건데, 그깟 솜이불 좀 버리면 어떤가?

의류수거함에 들어간 옷은 봉사단체를 통해 불우이웃에게 전달되는 게 아니라 수출된다고 한다. 그러니 디디에 드로그바의 조국인 코트디부아르 길거리에서 '기호 1번 문재인'이라는 글자가 적힌 티셔츠를 입고 걸어 다니는 남자 사진과 '신흥호남향우회'라고 적힌 원피스를 입은 브리트니 스피어스의 사진이 인터넷에 떠돌게 되는 것이다.

요즘 헌 옷은 킬로당 200원 정도 받는다는데, 명색이 국제무역이니 아무나 할 수 있는 일은 아닐 것이다. 기본 지식과 연줄이 필요할 것이고, 박 사장처럼 전문적인 장비를 다 갖춘 이들이나 할 수 있는 돈벌이 수단일 것이다. 수요와 공급은 늘 있다. 우리나라 사람들은 옷을 자주 사고 그만큼 자주 버린다. 못사는 나라 사람들은 남이 입던 옷이라도 근사하면 장땡이다. 거기에 '메이드 인 코리아'라고 하면 다들 좋아한다. 둘을 연결해주면 비즈니스가 성립한다.

그렇게 자본을 가진 놈들이 중간에서 별 하는 일도 없이 돈을 긁어가는 방식을 플랫폼 사업이라고 한다. PC를 살 때는 윈도우 제품까지 구매해야 하지만, 휴대폰을 살 때는 OS가 공짜다. 요즘엔 웬만한 모바일 게임도 다 공짜다. 대신에 유료 아이템이 없으면 '노가다'를 하거나 죽어라 광고를 봐야 한다. 아이템을 '현질'한다고 개발사에 바로 돈이 가는 건 아니다. 그중 30퍼센트를 OS 만드는 외국 회사가 슈킹해간다. 자릿세 받는 깡패가 따로 없다. 말로는 개발사의 성공을 돕는 파트너라지만, 실제로는 지원은커녕 난폭한 규제만 하는 갑 중의 갑이 플랫폼이다.

주머니 속 이어폰을 꺼내 귀에 꽂았다. 이 동네의 아침 7시는 젊은 직장인들이 출근하기 전이라 한적해서 까치 우는 소리만 요란할 뿐이다. 선릉역까지 열 정거장, 신도림역까지 네 정거장이면 도착한다는 게 이 동네에 사는 메리트다. 여기뿐 아니라 신대방, 봉천, 서울대입구, 낙성대까지 이어지는 2호선 라인은 강남으로 출근하는 지방 출신 직장인이 한 번쯤 살아봤거나 살고 싶어 하는 곳이다. 전날 야근을 했거나 술을 마시는 바람에 8시까지 늦잠을 잤다고 해도 9시까지 출근할 수 있기 때문이다.

횡단보도를 건너 롯데백화점 관악점을 지났다. 새벽부터 공원에 나와 운동을 마치고 돌아가는 아침잠 없는 노인들이 느릿느릿 걷는 모습이 보였다. 러시아워를 피해 일찍 출근하는 회사원도 드물게 보였다. 취객들의 토사물이 있는 상가를 피해 대로변을 돌아 보라매공원에 도착했다. 이곳을 천천히 돌며 밤사이 뉴스를 듣고, 오늘을 예측하는 게 내 오랜 루틴이다. 성실하지 않으면 살아남을 수 없다.

21세기에는 멀티태스킹 능력이 필수다. 나는 아침마다 귀로는 실시간 스트리밍 방송을 듣고, 공원을 걸으며 몸을 푸는 동시에, 틈틈이 머릿속으로 일과를 설계한다. 기상청을 지날 때쯤 부동산 아주머니에게 시킬 일이 떠올랐다. 역시 몸을 움직여야 창의적인 아이디어가 나온다. 606호를 보러왔던 젊은 여자에게 전화를 걸어 "방 보고 간 사람 중 하나가 바로 들어오겠다고 하니, 들어올 생각 있으면 계약금을 먼저 걸어야 한다"라고 전하는 것이다. 심리전이다. 부동산에서 흔히 써먹는 간보기 전술이다. 상대를 급하게 만들면 유리하게 일을 진행할 수 있다.

내가 거두고 싶은 성과는 따로 있었다. 이전 세입자가 들어올 때 도배며 장판이며 새로 싹 했는데, 몇 달 안 살다 나가서 새거나 다름없으니, 들어올 때 도배와 장판은 새로 안 하겠다는 조건을 거는 것. 사실 몇 달이 아니라 2년을 꼬박 채우고 나갔지만, 깨끗하게 쓴 건 사실이다. 대신에 깔끔하게 입주 청소를 해주겠다고 제안하는 것이다.

작전이 실패한다고 해도 내가 손해볼 건 없다. 우리 건물에 들어오려는 사람은 항상 있다. 대신 성공한다면 계약서에 도배, 장판을 새로 하지 않는다는 특약을 적을 것이고, 그건 사장님이 좋아할 만한 성과가 된다. 내가 이미 부동산 직거래 카페에 매물로 올려뒀다는 걸 알고 있을 부동산 아주머니도 자신이 소개한 사람과 계약하면 중개료를 챙길 수 있게 되니 윈윈이다.

완벽한 계획을 세우니 기분이 좋아졌다. 공원을 크게 한 바퀴 돌고 나와 편의점에 들어갔다.

"어서 오세요. 씨에스 편의점입니다."

나를 맞이하는 알바생의 밝은 인사에 절로 기분이 좋아졌다. 고급스러운 실버타운에 있는 편의점이라 그런지 알바생도 여유가 넘친다. 맨투맨 티셔츠에 유니폼 조끼를 입었을 뿐인데도 멋스러움이 느껴졌다. 매장에 틀어놓은 음악도 경쾌했다. 수요일 오전에 듣기 딱 좋은 곡이었다.

아침으로 선택한 건 리코타치즈 샐러드와 반숙란이었다. 여기에 아메리카노까지 곁들이면 뉴요커가 따로 없다. 미국 드라마를 보면 멋진 사람들이 이른 아침부터 맨해튼에 있는 센트럴 파크 잔디밭이나 벤치에 앉아 샐러드를 우걱우걱 씹으며 커피를 마신다. 몇 배 비싼 스타벅스 아메리카노보다 편의점에서 파는 커피가 맛도 훨씬 낫다.

"감사합니다. 안녕히 가세요."

내 뒤통수에 대고 인사하는 목소리마저 고왔다. 양손에 아침거리를 들고 오피스텔로 돌아가는 발걸음이 뉴요커처럼 가벼웠다.

방에 들어와 손 먼저 씻은 뒤 책상 앞에 앉았다. 노트북을 켜고 메이저리그 생중계를 틀었다. 플라스틱 포크로 샐러드를 집어 입에 넣었다. 모처럼 맛보는 신선한 채소의 식감이 좋았다. 아메리카노로 느끼한 치즈의 맛을 씻어주는 찰나, 옆방 커플이 아침부터 짝짓기하는 소리가 들려왔다. 큰 소음은 아니었지만 아침에 듣기에는 민망한 소리였다. 이어폰을 귀에 꼈다.

3회 초가 진행 중이었다. 화끈한 타격전이 펼쳐졌지만 경기에 집중할 수 없었다. 403호 책상 서랍 안에 들어 있던 아이 신발이 떠올랐기 때문이다. 그것은 이게 마지막이라며 금연을 결심한 흡연자가 입에 문 담배처럼, 내일부터 다이어트라며 뜯은 치킨 다리와 같았다. 새털처럼 가벼운 신발 한 켤레였지만, 지구만큼 무거웠다. 간밤에 꾼 꿈처럼 허망한 존재였다.

그게 자꾸 마음에 걸려서 불편했다. 새 세입자가 들어오기 전까지는 어떻게든 처분해야 했다. 다행히 402호와 404호 세입자는 옆방에서 사람이 죽어나간 것을 모르는 눈치였다. 하긴, 이 좁은 땅에서 하루에 수십 명이 자살하는 세상이다. 이제는 알아도 그냥 그러려니 넘길 때도 됐다.

육체노동만큼 기분전환에 도움이 되는 건 없다. 식사를 마친 뒤 창고로 가서 전구 세 개를 꺼내왔다. 3층 복도에 깜빡이는 것 두 개, 6층에서 7층 올라가는 계단에 아예 불이 안 들어오는 것 한 개가 있었다. 몇 달 전에 새로 산 알루미늄 사다리는 발판이 넓은 놈이지만, 그래도 불안정하기는 마찬가지였다. 떨어져 다치는 건 질색이다. 고작 전구 세 개 갈았다고 땀이 났다. 지구온난화 때문에 환절기가 점점 짧아지고 있다. 곧 끔찍한 여름이 다가올 것이다.

부동산 아주머니와 통화한 뒤 주차장으로 내려가 담배를 피우고 소화기 점검을 시작했다. 이건 누가 시켜서 하는 게 아니다. 나는 내가 이 건물의 주택관리사라고 생각하며 근무한다.

나중에 우리 사장님처럼 자기 사업을 하면서 여러 건물을 관리하려면, 각종 법률과 제도를 잘 알아야 한다. 소방에 대한 지식도 마찬가지다. 층마다 돌아다니며 안전핀과 노즐, 압력 게이지를 점검했다. 소화기를 일일이 들고 뒤집어 약제가 굳었는지 확인한 뒤 점검표에 서명했다. 점검표 역시 인터넷에 있는 양식을 바탕으로 내가 직접 만든 것이다.

아침 10시가 조금 지났는데 하루 할 일을 다 마쳤다. 뿌듯한 기분이 들기보다는 아직 풀지 못한 숙제가 남아 찝찝했다. 방에 들어가려고 열쇠를 꽂는데, 문을 열고 나오는 옆방 커플과 맞닥뜨렸다. 여자애와는 심지어 눈까지 마주쳤다. 그러자 그녀는 재빠르게 방 안으로 몸을 돌리며 과장된 목소리로 "자기야 빨리 나와"라고 말했다. 서둘러 문을 열고 들어왔다. 세입자들은 건물에 들어오고 나가는 과정에서 아무도 마주치지 않기를 바란다.

한 건물에 산다는 건 의도치 않은 만남이 벌어질 수 있다는 뜻이다. 이웃사촌이라는 말은 시골에나 남아 있는 유물이다. 요즘은 피가 섞인 가족끼리도 잘 만나지 않는다. 하물며 같은 건물에 산다는 이유로 피 한 방울 안 섞인 사람과 친하게 지내고 싶은 사람은 없다. 복도에서 마주치기도 하고, 함께 엘리베이터를 타기도 하지만, 간단한 묵례 같은 걸 하는 사람은 없다. 다들 스마트폰에 시선을 고정할 뿐이다.

공동(共同)주택은 여러 가구가 한 건물에서 함께 산다는 뜻이다. 하지만 우리는 옆집, 윗집, 아랫집이 공동(空洞)이기를, 아무도 살지 않는 빈집이기를 바란다. 주변에 사는 사람들은 층간소음, 벽간 소음, 간접흡연의 잠재적 가해자일 뿐이다. 알지도 못하는 사람과 관계 맺는 건 귀찮고 위험하다. 웃기는 건, 그러면서도 인터넷 카페나 중고거래 앱을 통해 만난 사람과는 금세 친해지기도 한다.

마우스를 까딱여 잠들었던 노트북을 깨웠다. 경기는 이미 끝나 하이라이트 장면이 나오고 있었다. 8:7, 케네디 스코어였다. 정작 야구의 원조인 미국에는 케네디 스코어라는 용어가 없다. 케네디도 8:7로 끝나는 경기가 제일 재밌다는 말을 한 적이 없다. 축구에서 3:2로 끝나는 경기가 가장 재밌다는 펠레 스코어도 마찬가지다. 브라질에서는 그런 용어를 쓰지 않고, 펠레 역시 그런 말을 하지 않았다.

성격이 조금 다르지만, 오피스텔이란 단어도 웃기다. 영어에는 그런 단어가 없다. 그런 말을 왜 만들었는지는 뻔하다. 영어는 근사하고, 근사하면 돈이 되니까. 공동주택에 사는 이유도 뻔하다. 돈이 없으니까. 그럼에도 수도권 곳곳에서 아파트와 오피스텔 신축 공사 현장을 흔히 볼 수 있는 이유도 뻔하다. 세입자를 제외한 모두에게 돈이 되니까. 그 덕분에 나 같은 사람의 일자리를 창출했으니 이런 게 낙수효과인가보다.

세금을 줄이려고 일부러 월세로 사는 부자들을 빼면, 평범한 월급쟁이가 오피스텔에 월세로 살면서 돈을 모은다는 건 불가능하다. 그렇게 시스템이 설계되어 있다. 세입자 신세를 면하려면 대출 외에는 방법이 없다. 대출 없이 집을 사려면 나처럼 남다른 노력이 필요하다. 남들과 똑같이 살면서 남들보다 나아지기를 바라는 건 로또에 목숨 거는 것과 다를 바 없는 짓이다. 요행마저도 노력하는 사람의 것이다.

비로소 내 일에 매진할 시간이 생겼으니 본격적으로 투자를 시작해야 할 때였다. 하지만 도무지 집중할 수 없었다. 늦은 결혼과 함께 아이까지 들어선 403호, 그녀에게 어떤 일이 일어났는지 알아야 했다. 막장 드라마의 다음 회가 궁금한 것처럼. 전날 읽던 일기장을 다시 펼쳤다.

그녀와 결혼한 남자는 화가였다. 서양화를 전공했고, 미국 유학도 다녀왔다. 부모에게 물려받은 돈이 많다는 뜻이다. 그러니 시골에 가서 여유롭게 그림이나 그리다가 연애도 하고, 결혼도 했을 것이다. 그 남자는 그녀를 놔두고 어디로 간 것일까? 그 남자의 행방도, 새 신발을 신어보지 못하고 어디론가 사라진 그녀 아이가 간 곳도, 일기장을 읽다 보면 알게 될 것이다.

둘은 구리시에 있는 아파트에 전세로 들어가 신혼 생활을 시작했다. 연애할 때와 마찬가지로 남자는 그림을 그렸고, 그녀는 글을 쓰며 살았다. 그 시절을 회상하며 그녀는 "꿈같은 시간이었다"라고 표현했다. 누구에게나 꿈같았던 시간은 있다. 문제는 다 과거형일 뿐, 현재 내 삶이 꿈처럼 좋다고 말하는 사람은 없다. 꿈에서 깨어나면 다시 현실의 무게를 감당하며 살아야 한다. 아파트 대출금이나 자녀 교육비, 가족의 병원비 같은 것들 말이다.

그녀는 꾸준히 소설을 썼고, 기어이 계간지 신인상에 당선되어 등단했다. 남자는 인사동에서 전시회도 했다. 그동안 매주 광주를 오가며 5·18 피해자를 찾아 미술 치유 프로그램을 진행했다. 전시회에 내놓은 작품은 프로그램에 참여한 이들이 그린 자화상 일부와 남자가 그들을 그린 초상화를 모은 것이었다. 계엄군 출신이었던 아버지를 대신한 속죄의 의미라고 그녀는 해석했다. 그렇게 돈과 거리가 먼 한가한 일을 할 수 있는 것도 가진 자들의 특권이다.

그녀는 정말 소설가가 됐고, 남자는 자신이 그토록 원하던 일을 해냈다. 꿈같은 시간이 계속될 것 같았지만, 세상은 그리 녹록지 않았다. 두 사람에게 큰 사건이 터진 것이다. 남자가 남양주의 전원주택을 분양받은 게 문제였다. 설계도면에는 넓은 거실은 물론 침실 두 개, 남편을 위한 작업실, 그녀 몫의 서재, 태어날 아이를 위한 놀이방까지 있었다.

계약금에 이어 2차 중도금까지, 2억 원이 넘는 돈을 냈는데도 공사는 시작되지 않았다. 입주예정일이 얼마 남지 않은 때였다. 알고 보니 건설업자가 토지를 매입하지도 않은 채 소유주의 위임장만 가지고 사업을 시작한 것이었다. 열 명이 넘는 피해자들이 함께 건설업자를 고소했다. 건설업자는 남양주뿐 아니라 양주와 가평에도 비슷한 일을 여러 건 벌여놓았다. 투자금은 이미 자신의 채무변제로 날려먹은 상태였다.

읍내에 술친구가 생겼다고 좋아하더니 집에 있던 돈을 다 갖다바친 우리 아버지가 떠올랐다. 이들 역시 그림 같은 전원주택에서 우아하게 그림을 그리는 아빠와 고상하게 글 쓰는 엄마, 그네에 앉아 까르륵 웃고 있는 아이를 상상했기에, 그 마시멜로처럼 달콤하고 말랑말랑한 상상력 때문에, 분별력을 잃어 당한 것이다. 합리적 의심이 한구석에서 속삭일 때 괜한 기우일 뿐이라며 외면한 대가를 치러야 했다. 만 원짜리 한 장을 투자할 때도 냉정해져야 하는 세상이다.

그때 남자 나이는 이미 마흔이 넘었고, 그녀는 나와 동갑이니 삼십대 후반이었다. 이제 예술이 아니라 실존이 문제가 됐다. 그림으로 누군가를 치유한다는 낭만적인 것보다는 당장 먹고사는 일이 급해진 것이다.

대학에서 시간강사를 알아보던 남자는 결국 나이 어린 미술학원 원장 밑으로 들어갔다. 예술 계통은 시간강사 자리가 잘 나지 않는다. 그녀는 구리에서 서울까지 매일 장거리 출퇴근하는 남편을 보다 못해 다시 서울로 돌아왔다. 학원과 가까운 빌라로 이사했다.

노산이라 걱정이 많았지만, 그녀는 이사 직후 무사히 아이를 낳았다. 일기에는 "세상을 얻은 것 같았다", "처음 맛보는 행복이었다"라고 회고했다. 등단한 작가의 표현이라고 하기에는 식상하다. 그녀가 얻은 세상에는 단맛뿐 아니라 쓴맛도 함께 있었다. 전쟁 같은 육아가 시작됐다.

게다가 아이가 생기자 남편에게 이상한 기미가 보였다. 말수가 줄어들기 시작했고, 화를 내는 횟수가 잦아졌다. 연애부터 결혼까지, 함께 보낸 시간이 길지는 않았지만, 한 번도 다툰 적 없던 둘이었다. 남자는 하루가 멀다 하고 술에 취해 들어왔고, 참다못한 그녀는 젖먹이를 업은 채 남자와 싸우기 시작했다.

하루는 남자가 그녀에게 손찌검까지 했다. 폭력은 비가역적이다. 짜놓은 치약을 다시 담을 수 없는 것처럼, 한번 폭력이 시작되면 두 사람의 관계는 예전으로 되돌릴 수 없게 된다. 여자는 밤새 울었다. 남자는 미안하다는 말도 없이 집을 나가더니 한동안 돌아오지 않았다. 그녀는 그런 남자를 "딱한 사람이다"라고 표현했다.

얼마 후 돌아온 남자는 미안하다며 그녀 앞에서 무릎을 꿇었다. 그럼에도 남자는 감정을 다스리지 못하는 모습을 계속 보였다. 그녀는 얼마 뒤 남자를 병원에 데리고 갔고, 의사는 산후우울증이라고 진단했다. 자기 남편에게 그런 병이 온 이유를 그녀는 멋대로 추측했다. 의사도 아니면서. 아버지가 될 준비가 부족했기 때문에 큰 부담을 느낀 것이라고. 나는 여기서 고개를 갸웃거렸다. 아버지가 될 준비라니, 그녀는 도무지 이해할 수 없는 사람이다.

아버지가 되려면 따로 학위나 경력 같은 거라도 필요하다는 건가? 영유아 교육을 공부하고, 더 좋은 유모차를 준비하고, 더 비싼 어린이집에 보낼 수 있는 능력을 갖추는 게 부모가 될 준비는 아니다. 우리 아버지는 내가 태어난 날에도 술에 취해 자느라 병원에 오지도 않았다. 요즘 십대 애들은 사고 쳐서 아이를 낳아도 야무지게 잘만 키운다. 아이를 학대하는 부모는 그냥 인간이 악한 거다. 부모 될 준비가 안 돼서가 아니다.

포유류가 부모가 되는 건 유전자에 새겨진 대로 실행한 본능의 결과다. 본능을 따르는 일에는 따로 준비가 필요 없다. 졸리면 자고, 배고프면 먹고, 마려우면 싸는 게 본능이다. 메모리폼이나 라텍스 침대를 사고, 요리에 온갖 데코레이션을 하고, 비데를 설치하는 건 본능을 넘어선 인간의 욕구일 뿐이다. 남자들이 어리고 예쁜 여자를 좋아하는 건 본능이다. 여자들이 키크고 건강하며 능력 있는 남자를 좋아하는 것도 본능이다. 섹스하고 싶어 하는 것도 본능이다. 아이를 낳으면 젖을 먹이고 양육하는 것도 본능이다.

인간이 유전자에 대해 모든 걸 이해할 수는 없겠지만, 유전자가 지향하는 바는 단일하다. 성욕과 모성애라는 본능 역시 유전자를 퍼뜨리기 위해 만들어진 것이다. 이 땅의 수많은 유부남이 성병에 걸리거나 몰카에 찍힐 위험, 심지어 자신이 이룬 성취와 지위를 모두 잃을 위험까지 무릅쓰면서, 오늘 밤에도 섹스 상대를 찾고 윤락업소에 가는 건 고작 몇 방울의 정액을 배출하기 위함이다. 유전자를 퍼뜨리라는 본능에 뇌를 지배당했기 때문이다. 그 본능을 이용해 이루어지는 매춘은 인간만의 전유물도 아니다.

출산에 있어서 남자가 준비할 수 있는 건 시기뿐인데, 사실 그것도 통제하기 쉽지 않다. 따로 준비하지 않아도, 유전자는 때가 되면 남녀의 몸에 정자와 난자가 생기게 만든다. 성욕이 일한다. 요는 아버지가 될 준비라는 게 따로 있지 않다는 거다. 403호의 남자가 아버지가 될 준비가 부족했다는 건 변명이나 핑계다. 차라리 결혼이라는 시스템이나 배우자에 대한 불만이 있었다는 게, 아니면 의도치 않았던 변수가 생겨서 불안했다는 게 사실에 가까울 것이다.

남자가 일찍 부모님을 여읜 것에 원인이 있는 것 같다고 그녀는 얘기했다. 그래서 아이에게 더 나은 환경을 주고 싶었는데, 남편은 예기치 못한 사기 사건을 겪자 그 모든 게 자기 때문이라는 자책이 심했다. 거기에 자신이 하고 싶지 않은 일―아마도 학원 강사 일인 것 같다―을 하면서 느낀 자괴감, 아이를 돌보며 받은 스트레스와 수면 부족에서 그녀는 원인을 찾았다. 그렇게 따지면 세상의 모든 부모가 산후우울증에 걸려야 하는 것 아닐까.

그녀의 견해를 최대한 수용하더라도, 내 진단으로는 그냥 남자가 등신이었던 거다. 산후우울증에 걸린 연기를 하며 밖에서 다른 짓을 하고 다녔을지도 모를 일이다. 자신이 꿈꾸었던 모든 것이 무너지는 경험을 한 사람은 세상에 널리고 널렸다. 우울증이 있다고 SNS에 쓰지 않을 뿐이다. 물론 그중에는 비관만 하다 낭떠러지 아래로 떨어지는 사람도 있다. 술 먹고 한탄만 하다가 생을 마치는, 우리 아버지 같은 이들도 있다. 하지만 소수다.

절망을 겪은 이들 중 대부분은 그런 것도 삶의 일부라고 생각하며 훌훌 털고 일어나 극복하기 위해 최선을 다한다. 진혁이가 오토바이 타다 트럭에 치여 죽은 뒤 걔네 엄마는 한동안 폐인처럼 지냈다. 곧 죽을 사람 같더니, 얼마 뒤 기운을 차리고 밭에 나가 일했다. 공장에서 일하다가 손가락이 두 개나 잘린 성진이도 중국집 사장님이 됐고, 두 딸을 키우는 아버지다. 그 녀석이 아버지가 될 준비 같은 걸 했을 리가 없다. 우리 엄마도 아버지 장례를 치른 뒤 젊은 과부가 됐지만, 예전보다 더 열심히 일했다.

튼튼이―태명인 것 같은데, 뛰어다닐 수 있는 나이가 되어서도 태명으로 부르는 게 일반적인 건지는 모르겠다 — 의 돌이 지난 뒤 부부는 이혼했다. 서로를 위해서였다. 403호는 혼자 아이를 키우며 살게 됐다. 전남편에게 위자료를 받기는커녕 생활비 지급도 석 달 만에 끊겼다. 부양료 청구 소송 같은 것도 있을 텐데, 몰라서 못 받은 건지 다른 사정이 있는지는 적혀 있지 않았다.

현실에서 이루지 못한 꿈을 소설 속 주인공을 통해 이루려는 것이 예술일까? 내 속의 욕망덩어리를 글로 표현했다는 이유만으로 문학이 성립될까? 차라리 내 안의 아픔을 솔직히 쓰는 게 낫지 않을까? 모르겠다. 독자에게 타인의 구질구질한 삶이나 들여다보게 하는 것도 예술은 아닌 것 같다. 예술이란, 문학이란 무엇일까? 무엇이 본질일까?

인간은 대체 왜 사는 것일까? 피조물에게 이토록 고달픈 운명을 내려준 신은 사디스트인가? 나는 왜 사는 것이고, 무엇이 나를 행복하게 만들지? 언제 행복했는지 모르겠다. 집에 있던 어린 시절 앨범을 보면 활짝 웃고 있는 사진이 많았다. 정작 그 사진을 찍을 당시의 나를 떠올려보면 행복하지 않았다. 늘 무엇인가에 목말라 있었는데, 그게 무엇인지는 기억이 나지 않는다. 다른 사람들은 사는 게 행복할까?

엄마가 지금처럼 아프기 전의 일이다. 병원에 다녀오는 차 안에서 엄마한테 "살면서 언제 가장 행복했어?"라고 물어봤다. 엄마는 내가 태어날 때 가장 행복했고, 그다음은 자신이 만든 국밥을 손님들이 맛있게 먹는 모습을 볼 때 행복했다고 말했다. 왜 목숨까지 위태로웠다던 초산의 진통을 기억하지 않는 것일까? 국밥을 만들기 위해 새벽 4시부터 분주하게 준비하던 고단함은 왜 기억하지 않는 것일까?

우리의 기억력이 형편없는 이유는 힘들었던 기억을 지우도록 설계됐기 때문일까? 그래서 하루하루 견디고 꾸역꾸역 버티며 살라고? 맙소사. 그런데 나는 왜 힘들고 아픈 기억만 남아 있을까? 앞으로 닥칠 일도 내가 감당할 수 없는 것들만 남았다. 대체 운명은 내게 왜 이렇게 가혹한가? 튼튼이가 깼다.

그녀의 두 달 전 일기를 읽으며 나는 화들짝 놀랐다. 여자의 친정어머니, 여든이 된 홀어머니가 아직 살아 있다는 것이다. 그 말은 그녀가 어머니를 놔두고 먼저 죽었다는 말이다. 그런 불효가 세상에 어디 있는가. 아이 신발 때문에 판단력이 흐려진 탓에 그녀를 냉철하게 평가하지 못했다. 나쁜 여자였다. 그리고 그녀의 남편, 그녀의 아이에 이어 행방이 궁금한 사람이 한 명 더 추가됐다. 그녀의 어머니다.

이혼 후 남편은 집에서 나갔다. 그녀는 빌라에 남아 아이를 키웠다. 소설에 대한 미련은 기어이 버리지 못했다. 웹소설 사이트에서 로맨스 소설을 연재했다. 이 대목에서 실소를 금할 수 없었다. 소설이건 만화건 음악이건, 재주 있는 사람은 세상에 깔리고 깔렸다. 얄팍한 재능을 돈과 교환할 수 있다고 믿는 건 과대망상이다.

프로의 세계는 냉정하다. 내 전문분야인 스포츠만 해도 그렇다. 학창 시절에는 종목별 유망주가 셀 수 없이 많지만, 성인 무대에서 살아남는 건 그중에서 괴물 취급을 받던 극소수에 불과하다. 체력장 멀리 던지기에서 1급을 받았다고 프로야구 선수를 꿈꾸는 바보는 없다. 어느 분야건 될성부른 나무는 남들이 먼저 알아본다.

아니나 다를까 그녀가 연재하는 글 따위에 독자들은 관심이 없었다. 그런데도 그녀는 갓 돌 지난 아이를 키우며 집에서 할 수 있던 건 글 쓰는 일밖에 없었다고 했다. 매일 정해진 분량을 꾸역꾸역 써내려갔지만, 통장 잔액은 매달 줄어들었다. 생활비를 벌기 위해서는 무명작가라는 비생산적 잉여 활동을 내려놓고 진짜 직업을 가져야 했다.

어렵게 구한 직업은 어린이집 보조 교사였다. 남의 아이들을 돌봐 돈을 벌기로 한 것이다. 대신 튼튼이를 다른 어린이집에 보내야 했다. 남의 애들 돌보며 번 돈에서 자기 자식 돌봄 비용을 내면 겨우 식비 정도가 남았다. 그래도 일자리를 구할 수 있었다는 것에 감사했다.

휴대폰 벨소리에 깜짝 놀랐다. 부동산 아주머니였다. 606호를 보러 왔던 젊은 여자와 통화를 했는데, 역시나 바로 계약하러 오겠다고 했단다. 대기하고 있는 세입자가 있다는 말이 아침부터 그녀를 움직이게 했다. 자본주의 사회에서는 수요자들끼리 알아서 경쟁하게 만드는 메커니즘을 구축하는 게 최고다. 도장 찍기 전에 방 상태를 한번 더 보게 해달라는 건 도배와 장판이 영 마음에 걸렸기 때문이었을 것이다.

"30분 뒤에 도착한대."

"어디서 오는데 그렇게 일찍 와요?"

"길 건너 시립병원에서 일한다니까 간호사겠지. 코앞이니까 일하다 잠깐 들르려나봐."

"간호사 아니네."

부동산 아주머니는 온갖 곳에 아는 척을 되게 많이 하는데, 가만히 보면 제대로 아는 건 없다. 그 병원은 근처 아파트와 계약해 간호사에게 무료 기숙사를 제공한다. 정원이 찼거나 2인 1실이 싫다는 이유로 기숙사를 쓰지 않는 간호사들도 있는데, 그들은 우리 오피스텔과 비교할 수 없이 좋은 곳을 찾는다. 게다가 풋내기 간호사가 점심시간 전에 사적인 볼일을 보러 밖에 나올 수 있을 만큼 호락호락한 2차 의료기관은 한반도에 없다.

"간호사가 아니라고?"

"네. 아무튼, 알았어요."

"그래. 이따 봐. 간호사가 아니면 뭐지? 어려 보이던데, 의산가?"

403호의 일기를 반 조금 넘게 읽고 있을 때였다. 그녀의 글재주 때문에 페이지를 계속 넘기긴 했지만, 정작 내가 궁금했던 것에는 답을 얻지 못했다. 결론부터 보기로 하고 일기장의 맨 뒷부분을 펼쳤다. 날짜를 보니 마지막 일기를 쓴 건 채 일주일도 되지 않았다.

내가 살았던 흔적을 하나둘씩 지우고 있다. 다 오래되어 낡은 것들이다. 언제 산 건지 기억도 나지 않는 옷가지, 늘어나고 해진 속옷. 참 누추하게도 살았다. 오늘은 내가 가진 모든 것 중 가장 비싼 물건인 노트북을 포맷한 뒤 꽃별 작가에게 선물했다. 오래된 데스크톱이 고장 나서 PC방에서 글 쓰고 있다는 글을 보고 내가 먼저 쪽지를 보냈다.

낙성대 근처에서 혼자 사는 꽃별은 예상대로 창백한 얼굴에 앙상한 몸을 가진 이십대였다. 차비를 아끼려고 한참을 걸어왔다고 했다. 그래도 젊어서 그런지 아직 싱그러운 미소를 간직하고 있었다. 그녀가 그 미소를 잃지 않는 작가가 되었으면 좋겠다. 그녀가 쓰는 소설 속 주인공처럼 그녀의 삶에도 언젠가 좋은 날이 올까? 부디 그녀의 삶은 해피엔딩으로 마치기를 바란다.

어릴 때부터 사후 세계에 대해 생각했다. 신이 있다면, 스스로 죽음을 선택한 피조물에게도 동정의 손길을 내밀지 않을까? 심장이 멈추고 더는 숨을 쉴 수 없게 됐을 때, 영혼이란 게 없다면, 기어이 사후 세계에 대한 답을 얻지 못한 채 모든 게 끝나겠지.

우리 불쌍한 엄마와 사랑하는 튼튼이를 다시 볼 수 있으면 얼마나 좋을까? 신이, 사후 세계가 있으면 좋겠다. 그곳이 천국이건 지옥이건 상관없다. 나는 자기 전에 불을 끄듯, 이렇게 쉽고 간단하게 내 생의 마침표를 찍는다.

철없던 어린 시절, 그이와 사랑에 빠졌던 계절, 무엇보다도 우리 튼튼이를 만나 더없이 행복했던 시간, 모두 너무 짧고 빠르게 지나갔다. 되돌릴 수도 없다. 내 글이 나를 구원할 수 있을 것이라는 허황된 기대로 절망뿐인 삶을 연명하는 건 구차하다.

이게 내 마지막 글이다. 노트북 포맷하는 것도 한참 시간이 걸렸는데, 난 이제 아주 빠르게 내 삶을 포맷한다. 안녕, 세상.

꽃별이라는 작가가 궁금해 인터넷에서 검색해봤다. 유명한 작가가 아니어서 바로 찾을 수 없었다. 웹소설 사이트에 들어가 보았다. 동일인이 맞는지는 몰라도 '꽃별'이라는 필명으로 로맨스 소설을 연재하는 작가가 있긴 했다. 전자책 여섯 권을 출간했는데, 제목부터 내가 생각하는 로맨스 소설과는 많이 다른 느낌이었다.

'만져봐도 돼요', '나는 사장, 너는 비서', '주인님, 하고 싶어요'. 친구들과 보던 성인영화 제목 같았다. 지금 연재하고 있는 소설 제목은 '전생했더니 그놈의 첩이었다'였다. 403호가 썼다는 소설도 이런 것이었나 싶어 씁쓸하게 웃었다. 그러다가 어느 유명한 소설가가 TV에 나와 자기도 무명 시절에는 기업인과 정치인 자서전을 대필했다고 말했던 게 떠올랐다. 그렇지. 뜨기 전까지는 별짓을 다 해야 할 것이다. 유명한 아이돌 가수도 무명 시절에는 백댄서를 했다니까.

30분이 조금 지나자 부동산 아주머니가 606호에 들어오겠다는 젊은 여자와 함께 찾아왔다. 며칠 전까지 어깨보다 긴 검은 생머리를 찰랑거리던 그녀는 노란 쇼트커트 스타일로 변신했다. 거기에 아슬아슬한 미니스커트 차림이었다. 종합병원에 그런 차림을 한 여자가 있다면 외부인으로 판단해야 한다.

1층에서 셋이 함께 엘리베이터를 기다리고 있었다. 부동산 아주머니가 상체를 살짝 뒤로 젖혀 젊은 여자 몰래 내게 눈신호를 보냈다. 그러더니 그녀의 염색한 머리카락을 가리키며 입술을 동그랗게 내밀어 놀란 표정을 짓고는 내게 엄지손가락을 내밀었다. 간호사가 아닌 줄 어떻게 알았느냐는 몸짓이었다. 나는 어깨를 으쓱해 보였다.

606호 문을 열어주자 젊은 여자는 벽지와 장판을 꼼꼼하게 점검하더니 "쓰읍" 소리를 내며 고개를 갸우뚱거렸다. 뭔가 마음에 들지 않는다는 뜻이다. 그녀의 시선을 좇아보니 벽지가 조금 울기는 했다. 부동산 아주머니가 나 대신 거들었다.

"어때, 깨끗하지? 이 정도면 새집이야, 새집."

탐탁지 않은 표정으로 젊은 여자는 고개를 끄덕였다. 계약하겠다는 뜻이다.

다시 1층으로 내려와 부동산으로 향했다. 유리로 된 동그란 테이블 주위에 세 명이 앉았다. 테이블 위에는 미리 출력해둔 계약서가 놓여 있었다. 아주머니가 커피믹스 세 잔을 타는 동안 젊은 여자는 계약서를 꼼꼼하게 읽어보았다. 이제 도장 찍는 일만 남았다.

"그런데요. 계약하는데 집주인분이 안 오시나요?"

"저 총각이 대리인이라니까?"

"오늘 계약하는 거 아니었나요?"

"맞아요. 오늘 계약하는 건데 저랑 하는 거라고요."

테이블 위에 올려둔 위임장을 가리키며 부동산 아주머니 대신 내가 말했다.

"집주인 분이 큰 건물 여러 채 가지고 계신 회장님이거든. 직접 오시는 경우는 없어. 집주인하고 마주칠 일 없으니까 얼마나 좋아? 여기 물건은 다 내가 관리하니까, 걱정하지 말고. 여기 보면, 건물 등기부 등본, 오늘 날짜 맞죠? 근저당도 하나 없어. 여기 봐, 깨끗하잖아."

제대로 아는 게 별로 없는 아주머니지만, 오랜 연륜 덕분인지 쉽게 사람을 설득하는 재주만큼은 가지고 있었다. 어느 분야든 오래 살아남는 사람은 다들 나름의 경쟁력이 있기 마련이다.

그녀가 도장을 찍었다.

"이제 됐죠?"

"응. 아가씨도 이거 한 부 챙겨가고. 봉투에 넣어줄게. 전 세입자도 거기 살면서 돈 많이 모아서 좋은 데로 이사 갔어요. 자기도 대박 날 거야. 병원에서 일한다고 했죠?"

"지금은요. 그럼, 저 갈게요."

그녀가 빈 종이컵을 수거함에 넣고 부동산에서 나가자 은근한 향수 냄새만 남았다.

"병원 식당에서 일하는 아가씨 같지는 않은데? 아니면 원무과 직원일까?"

왜 그렇게 남의 직업이 궁금한지 모르겠다. 병원 콜센터에서 예약전화 받는 상담사 같다고 대답해주었다. 병원 건너편 오피스텔에 그들이 쓰는 사무실이 있다. 아주머니는 딸이 간호조무사 준비를 하는데 돈이 많이 들어가서 걱정이라고 했다. 잘될 거라고 덕담을 해주고 나왔다.

오피스텔로 돌아가는 골목에서 노란 쇼트커트 머리의 젊은 여자를 또 보았다. 공동현관에 있는 로비폰을 요리조리 살펴보고, 주차장과 분리수거장까지 둘러보느라 분주했다. 막 계약을 마친 세입자들, 그중에서도 첫 독립을 시작한 젊은 사람들에게서 흔히 볼 수 있는 행동이다. 마주치면 서로 민망할 수 있는 상황이지만, 그렇다고 내가 그녀를 피해 돌아갈 이유는 없었다.

가까이 다가가니 그녀는 남자친구와 통화하는 중이었다. 오빠가 시킨 대로 벽지랑 장판 다시 보여달라고 했는데, 마음에는 안 들었지만 어쩔 수 없었다느니, 집주인은 코빼기도 안 비치고 이상한 아저씨랑 못 미더운 부동산 아주머니랑 계약해서 불안하다느니, 계약서에 오빠가 말한 특약사항 같은 거 없는데 어떻게 된 거냐느니, 짧은 시간에 참 많은 말을 쏟아냈다.

"어? 자기야, 끊어. 응. 내가 사진 찍어서 카톡으로 보낼게."

나와 눈이 마주친 그녀가 서둘러 전화를 끊고 내게 다가왔다.

"아저씨, 현관 비밀번호 뭐예요?"

"다음주에 이사 오시잖아요. 들어올 때 알려드릴게요."

"아니, 제가 이따 줄자 가지고 와서 방 사이즈 좀 재보려고요."

"제 폰번호 알죠? 이따 저한테 전화 주세요."

공동현관 비밀번호를 알려주는 것과 방 열쇠를 넘겨주는 건 임대차계약서에 적힌 인도일에 하는 게 원칙이다. 그게 다 세상에 널리고 널린 이상한 사람들이 저지른 수많은 사건, 사고를 바탕으로 만든 집단지성의 결과물이다.

"그러면, 이따 연락하고, 가구 들어올 때마다 또 번번이 연락해요? 안 번거로우시겠어요?"

"이사 전에 가구를 들여놓는다고요?"

"아니, 제가 들어와 산다는 것도 아니잖아요. 몇 개만 미리 들여놓게요."

"하······. 참. 그러시면 안 돼요."

"사정 좀 봐주세요."

대체 그 좁은 방에 무슨 가구를 들여놓는다는 건지 이해할 수 없었지만, 마음속으로 따져보았다. 이 여자가 위험한 인물인가? 멍청해 보이지만 위험한 것 같지는 않다. 비슷한 전례가 있는가? 있다. 방에 택배만 넣어두겠다며 미리 열쇠를 받아 간 사람이 여럿이다. 만약의 경우라도 내게 불이익이 있을까? 그럴 것 같지는 않다.

젊은 여자의 부탁을 거절하는 건 참 어려운 일이다. 어느새 나는 그녀에게 '#1011#'을 누르고 호출 버튼을 누르면 된다는 것을 알려주었고, 606호 방 열쇠도 건네주었다. 꽤 단순한 여자였다. 열쇠를 받자 표정이 밝아지더니 나를 향해 환하게 웃어주기까지 했다. 웃는 여자는 다 예쁘다. 예쁜 미소를 보자 기분이 좋아졌다.

그날부터 606호 앞에 택배 박스가 쌓이기 시작했고, 그녀는 이사 들어오기 전까지 나와 세 번 더 마주쳤다. 우리 건물에 이사 오는 사람들이 대부분 그렇지만, 그녀 역시 이삿날 용달차를 쓰지 않았다. 남자친구 차에서 박스 몇 개를 내린 게 전부였는데, 보나 마나 옷가지였을 것이다. 오후에 입주자용 카드키를 주기 위해 606호를 찾았다. 그녀가 문을 열어주는 순간 나는 내 눈을 의심했다.

분명히 하얀색 하이그로시만 번들거려야 하는 여섯 평짜리 방이 노르웨이나 덴마크, 핀란드, 아무튼, 스칸디나비아반도에서나 볼 수 있는 감성 공간으로 변해버렸다. 창문 앞에 바 테이블을 놓았고, 기본 옵션으로 들어간 책상은 갤러리로 변신했다. 이 건물에서 처음으로 방에 침대가 놓인 것을 보았다. 바닥에는 러그가 깔려 있었다. 그녀는 공공기관 인테리어 디자이너였다.

가난의 법칙

우리 건물 주차장에는 벤츠 E클래스 한 대가 항상 서 있다. 본고장에서는 택시로 쓰일 만큼 흔하지만, 한국에서는 어느 정도 먹어주는 차다. 내 거다. 번호판에 '허', '하', '호'가 들어간 렌터카 따위가 아니다. 강남에서 사업하는 양반이 타던 걸 승계받았다. 2019년식에 완전 무사고, 원가 8천만 원짜리다. 매달 백만 원 조금 넘는 리스비를 내면 어디 가도 꿀리지 않는 대접을 받을 수 있다.

애지중지할 가치가 있는 차다. 세워두기만 해도 뿌듯한 무언가가 느껴지고, 바라보고 있기만 해도 멋진 차에 어울리는 사람이 되어야 한다는 사명감이 생긴다. 일주일에 한두 번 정도는 차를 몰고 드라이브를 하는데, 웬만한 차들은 내 근처에 오지도 못한다. 투자 가치가 있는 것에 과감하게 투자하는 사람만이 미래를 바꿀 수 있다. 그게 내가 살아온 방식이다.

나는 스무 살 때부터 월급을 받기 시작했다. 그러기에 월급 쟁이로는 결코 부자가 될 수 없다는 걸 일찌감치 깨달았다. 일확천금을 노리는 일이 얼마나 허망한지도 배웠다. 전역한 뒤 마트에서 일할 때, 아는 분의 추천을 받아 과천 경마장에서 주말 알바를 하며 투잡을 뛰었다.

한국에서 가장 많은 관중이 몰리는 스포츠는 야구가 아니라 경마다. 대한민국 4대 프로 스포츠인 야구와 축구, 농구, 배구 관중을 다 합쳐도 경마를 못 따라잡는다. 매출로 따지자면 프로 야구 전체의 열 배가 한참 넘는다. 경마장 주차팀에서 일하면서 남녀노소 구분 없이 수많은 인간을 관찰했다. 우리가 '꾼'이라고 부르는, 도박에 찌든 중독자가 대부분이다.

꾼들은 딱 봐도 가난하게 생겼고, 대체로 웃는 법이 없다. 대부분 얼마 안 되는 밑천을 잃고 나가지만 대박을 터뜨리는 일부가 있다. 그중 극소수는 연달아 대박을 터뜨리기도 한다. 자신도 그 극소수가 될 수 있다는 헛된 욕망의 노예들은 집 팔고, 차 팔고, 나중에는 몸이나 장기까지 판다. 다음달에 두 배로 갚아야 하는 사채를 끌어쓰기도 하고, 범죄를 저지르기도 한다.

소풍이나 데이트를 위해 경마장을 찾는 가족이나 연인도 있다. 얼굴에 밝은 미소를 띠고 있다는 점 하나로 그들과 꾼을 쉽게 구분할 수 있다. 그들의 얼굴에는 돈을 벌어가겠다는 비장한 각오가 보이지 않는다. 기분 좋게 돈 쓰고 가겠다는 자세다. 매너도 깔끔한 편이다.

그중 일부에게 초심자의 행운이 찾아오기도 한다. 재미 삼아 투자한 천 원이 수백 배로 돌아오는 것이다. 그 짜릿한 흥분을 경험하게 되면 중독자가 될 확률이 기하급수적으로 높아진다. 갑자기 찾아온 작은 행운은 큰 불행의 씨앗이며, 평탄하게 살아온 자기 인생을 다시는 복구할 수 없을 정도까지 추락시키는 신호탄이라는 것을 알아야 한다.

한 사람이 구매할 수 있는 마권은 최대 10만 원으로 정해져 있지만, 무인 발권기 여러 개를 돌아다니며 뽑는 사람을 제지하는 직원은 없다. 개털들이 하루 수십에서 수백만 원을 쓰는 동안, 큰손들은 사람을 고용해 수천만 원씩 마권을 사들인다. 개털이건 큰손이건 돈을 잃는 게 대부분이다. 경마라는 시스템이 그렇게 설계되어 있다는 걸 모두 잘 알고 있다. 그래서 큰손들은 기사나 조교사, 혹은 그들의 측근에게 정보를 얻어 확률을 높이려고 무진 애를 쓴다.

아버지가 돌아가신 뒤 나는 주차팀에서 질서팀으로 부서를 옮겼다. 그리고 야외주차장에서 보지 못한, 확연히 다른 부류의 존재들이 경마장에 있음을 알게 되었다. 경주로 전체가 훤히 내려다보이는 VIP 전용 공간을 자기 집 안방처럼 드나드는 이들, 바로 마주다.

마주는 1~2년에 한 번씩 모집하는데, 조건이 있다. 첫째가 경제력이고, 둘째가 품위다. 세금을 체납했으면 가입할 수 없다. 금고 이상의 형을 받았다면 집행이 끝나고 5년이 지나야 가입할 수 있다. 개인 마주는 대기업 회장님 같은 기업인과 부동산 재벌이 대부분이고, 전문직 종사자들이 구색을 갖춘다. 가끔 연예인이나 예술인도 보인다.

과천 경마장의 해피빌 건물 맨 위층은 아무나 들어갈 수 없다. 방송팀과 심판실 같은 오피스가 들어선 그곳에 마주 전용 VIP실이 있다. 예로부터 건축물은 그 안에 들어선 사람의 시선이 곧 권력임을 드러내도록 설계되어 있다. 6층 VIP 공간의 야외 관람대에서는 경기가 벌어지는 트랙 전체는 물론 아래층 사람들 모습까지 훤히 내려다볼 수 있다.

그곳에서 보는 일반 관람석 풍경은 욕설과 폭력이 난무하고, 때로는 난동까지 벌어지는 아비규환의 지옥이다. 경마꾼들에 비하면 야구장의 진상 관중 같은 건 양반에 속한다. 저마다 뿜어대는 담배 연기 때문에 화재 현장처럼 보이기도 한다. 온통 담배꽁초와 정보지, 가래침으로 덮인 바닥은 보기만 해도 역겹다. 비교적 최근에 생긴 지정석은 일반 관람석에 비하면 천국 같지만, 여기저기 욕설이 난무하고 직원에게 시비 거는 이들이 있기는 마찬가지다.

정장 차림만 입장이 허용되는 6층은 천상계다. 왁스를 먹여

닦았기에 바닥부터 반들반들하다. 하얀 커버를 덮은 동그란 테이블 옆 폭신한 의자 위에 우아한 사람들이 앉아 여유롭게 경기를 관전한다. 로비에 있는 카페에서는 커피와 음료가 무료로 제공된다. 경마장은 양극화의 끝판왕이다.

운 좋게 6층을 담당하다 지금의 사장님을 만났다. 누구보다 성실하게 일하는 내 태도를 눈여겨본 그가 언젠가부터 하나둘씩 심부름을 시키기 시작한 게 인연이 됐다. 커피를 가져오거나, 현금을 뽑아오거나, 대신 마권을 사서 베팅하는 일이었다.

그가 복승식에 건 말 두 마리가 1, 2등으로 들어와 700배가 넘는 고배당을 올린 날이었다. 커피 심부름을 시키기에 카페에 다녀왔더니, 그가 용돈으로 쓰라며 5만 원짜리 뭉치를 내밀었다. 5만 원 권이 발행된 지 얼마 안 됐을 때였다. 처음에는 이게 뭔가 싶었다가, 신사임당이 그려진 신권이란 걸 깨달았다. 허리를 넙죽 구부려 두 손으로 받았다.

"거, 뭐냐. 너 몇 살이라고 그랬지?"

"올해 스물여덟입니다."

"보기보다 나이가 많네. 군대는 다녀왔고?"

"네. 백두산 부대 나왔습니다."

"양구에 있었어? 메이커부대잖아. 빡센 곳에 있다 왔네."

사장님은 냉정한 승부사였다. 700배가 넘는 배당을 받은 것에도 그는 그다지 기뻐하지 않았다. 쌍승식에 걸어야 했는데 복승식에 걸었다고, 오히려 안타까워했다. 가장 먼저 들어온 말 두 마리를 맞추는 복승식과 달리, 쌍승식은 그 두 마리의 순서까지 맞추는 방식이라 배당이 훨씬 높다.

"너, 운전은 할 줄 알지?"

"네, 사장님."

"그래. 오늘 너한테 운전 좀 부탁하자."

그렇게 고압적인 말투로 부탁하는 사람은 처음 봤다. 벤츠를 몰아본 것도 그날이 처음이었다. 그는 도착할 때까지 차 안에서 여기저기 전화통화를 하느라 바빴다. 부자들은 주말에도 쉬지 않고 일한다는 것을 깨달았다. 내가 평생 근처에도 못 갈 줄 알았던 사람과 차 안에 단둘이 있다는 게 신기하기도 했다.

탄천을 건널 때쯤 뒷좌석에 앉아 있던 사장님이 내게 말을 걸었다.

"너, 베팅도 좀 하고 그러니?"

"안 합니다."

"똘똘한 친구고만. 그렇지. 경마장에서 돈 버는 사람은 따로 있어."

경마꾼이 기대에 부풀어 마권을 발급받은 순간부터 그것을 휴지쪼가리처럼 구겨 땅바닥에 집어 던질 때까지 걸리는 시간은 대부분 똥 누는 것보다 짧다. 돈을 챙기는 사람은 따로 있다. 경마장 앞부터 지하철역까지 이어진 노점상과 포장마차 주인들, 사채업자, 수표거래상, 예상지 판매자 등이다. 그들과 비교도 할 수 없는 규모의 돈을 버는 건 마사회다. 경마꾼이 많이 모이기만 하면 어떠한 경기 결과가 나오더라도 돈을 쓸어 담는 구조이기에, 마사회 직원들은 공기업 중에 가장 많은 평균 연봉을 받는다.

말을 사랑하고, 경마 자체를 즐기는 사람들이라는 게 마주에 대한 사람들의 인식이다. 정확히 말하자면 마주협회가 얻고 싶은 이미지다. 하지만 사장님을 통해 나는 그들의 진짜 모습을 보았다. 자신이 소유한 말이 승리하면 마주도 상금을 받는다. 억대가 넘는 돈이 들어와도 그들에게 그 정도 돈은 큰 의미가 없다. 그보다는 경쟁에서 이긴 짜릿함이 더 큰 보상이다. 사회에서 일정 수준 이상에 오른 이들의 승리욕은 일반인의 상상을 초월한다. 승리욕이 그들을 그 자리에 올려놓은 원동력이었다.

수백, 수천억을 가진 자산가들이니 푼돈 정도는 신경도 안 쓸 것 같지만 정반대다. 천 원짜리 한 장 쓰는 것에도 인색하게 굴어야 부자가 된다. 대신에 투자할 타이밍에는 과감하게 결단한다. 경마장에서도 마찬가지다. VIP 전용 공간에서 마주들이 품위 있게 나누는 대화는 대한민국 경마 문화 발전 방안을 모색하는 고상한 내용이 아니었다.

그들은 경쟁에서 이기려는 본능이 가장 왕성한 사람들이고, 아주 짧은 시간에 결과가 나오는 경마는 욕구를 해소하기에 딱 맞는 유희였다. 주중에 기수와 조교에 대한 첩보를 수집하는 것부터 경쟁이다. 경기 당일에는 경마장 여기저기에 정보원을 풀어 말 컨디션과 시간별 주로 상태를 면밀히 관찰하게 한다. 경기 직전까지 수집된 정보를 바탕으로 통계학적 계산을 거듭하고, 확신이 서는 단 하나의 경주에 고액을 베팅한다. 베팅한 경기를 관람할 때는 그들도 우아한 모습이 아니다.

개털들은 모든 경주에 베팅한다. 조악한 예상지와 전문가라는 사람의 말, 카더라 통신, 유튜브 방송, 전문 사이트에서 보내주는 문자만 믿고 돈을 건다. 당연히 지는 경우가 대부분인데, 그럴수록 더 확률 낮고 배당이 높은 말에 거는 것을 반복한다. 예측이라는 건 변수를 최대한 줄여나가야 가능한 일이다. 내부 정보를 직접 듣는 것 외에 변수를 최소화할 방법은 없다. 그러니 말 그대로 도박이고, 도박의 불문율은 돈 많은 사람이 많이 번다는 것이다.

강동구에 있는 사장님 댁 지하 주차장에 도착했다.

"너, 거기서 언제까지 일할 거냐?"

주차까지 마쳤는데 사장님은 내리지 않고 담배를 입에 물었다. 집에 들어가기 전에 마지막으로 피우려는 것 같았다. 재빠르게 운전석 창문을 살짝 열고, 에어컨을 외부공급으로 바꿨다. 룸미러로 힐끗 보니 사장님은 담배 연기가 창밖으로 빠져나가는 모습을 흐뭇한 표정으로 바라보고 있었다.

"제가 준비하던 게 있는데 이제 곧 시작하려고요. 평일에 하던 일도 정리했습니다. 몇 달만 더 일하고 제 사업 시작할 겁니다."

"그래? 아깝네. 내 밑에서 일 좀 시키려고 했더니."

"죄송합니다, 사장님."

"죄송은 무슨. 오늘 수고했다. 야, 여기. 이걸로 택시 타고 들어가."

알고 보니 사장님은 잠시 공석이던 수행비서 자리에 나를 점찍어놓고 있었다. 그렇게 대단한 사람의 눈에 띄었다는 사실만으로도 나는 만족했다. 이후 두 달 더 경마장에 있다가 일을 그만두었다. 마지막으로 출근한 날, 사장님은 내게 명함을 주시며 자기도 이제 바빠서 당분간 경마장 오기 힘들 것 같다고 했다.

평일에는 마트에서, 주말에는 경마장에서 일하며 모은 돈을 전부 털어 신길동 다세대 건물에 있는 커다란 원룸으로 이사했다. 성능 좋은 컴퓨터와 모니터 두 대도 들여놓고 전업 투자를 시작했다. 첫술에 배부를 수 없겠지만, 그래도 첫 달에 한 자릿수 수익률을 거두었다. 손익계산서나 대차대조표가 뭔지도 모르던 놈이 꾸준하게 공부한 성과였다. 예능 프로보다 기업의 연례보고서를 읽는 게 더 재미있었다.

주식에 관심을 가지게 된 것은 워런 버핏이라는 사람을 알게 되면서였다. 마트에서 함께 일하던 형이 결혼을 앞두고 신혼집으로 이사한다고 해서 도와주러 간 적이 있다. 그가 버리려고 따로 모아둔 책이 수십 권 있었는데, 읽고 싶은 게 싶으면 다 갖고 가도 된다고 했다. 두 권을 들고 왔는데, 그중 한 권이 바로 워런 버핏에 관한 책이었다. 버핏은 가치투자라는 확고한 철학을 가지고 있다. '절대로 돈을 잃지 말라'는 게 그의 투자 원칙이다. 마음에 확 와닿았다. 단숨에 책 한 권을 다 읽으니 주식으로 돈을 벌 수 있겠다는 자신이 생겼다.

공부 삼아 조금씩 투자할 때와 달리 아예 전업투자가 되니 삶이 꽤 퍽퍽해졌다. 거래가 모두 끝난 뒤에도 주식정보 카페를 돌아다니며 밤늦게까지 정보를 얻어야 했다. 정보를 얻으면 얻을수록 공부할 건 끝없이 많아졌다. 서너 시간 정도 자고 일어나 새벽부터 국내외 뉴스를 확인했고, 장이 열리기 전부터 거래를 시작했다. 눈으로 차트를 보고, 귀로는 증권방송을 들으며, 두 손으로는 키보드를 두드리고 마우스를 바쁘게 움직였다. 컵라면으로 끼니를 때우는 건 스무 살 때부터 익숙한 일이었다.

반지하도 아니건만, 암막 커튼을 쳐두어 밤이건 낮이건 어두웠다. 그런 방에서 내내 모니터만 들여다보고 살다 보니 우울해지기도 했다. 주말에는 기분전환을 위해 일부러 정장을 빼입고 카페에 가서 커피를 마시고 오기도 했다. 혼자서도 여유를 즐길 수 있는 멋진 도시 남자인 척하려고 한 건데, 창가에 비친 내 모습은 그냥 백수나 양아치였다. 멋진 도시 남자가 되기 위한 전제가 있었다. 잘생길 것.

고된 생활이었지만 우상향을 그리는 수익률 그래프를 보면 피로가 다 풀렸다. 밑천만 조금 더 있으면 금방 큰돈을 벌 수 있겠다는 생각이 점점 더 커질 무렵이었다. 활동하던 주식정보 카페 중 한 곳에서 쪽지가 왔다. 우리나라에서 다섯 손가락 안에 드는 증권사의 현직 직원이 선착순으로 종목 상담을 해주고 있으니 채팅방에 들어오라는 내용이었다.

서둘러 채팅방에 들어가니 정말 상담이 진행되고 있었다. 증권사 직원은 어쭙잖은 지식을 자랑하는 카페 회원들과 달리, 진정한 고수의 아우라를 풍겼다.

"명동 쪽 큰손들 사이에서만 도는 정보 하나 알려드릴게요. 아까 말씀드린 코스닥 추천 종목 중의 하나가 조만간 크게 떠요. IT는 아니고 바이오 쪽. 영화 〈해운대〉가 제 말대로 기어이 대박 난 거 다들 보셨죠? 그거보다 더 크게 터집니다. 완전 쓰나미급이에요. 자세한 얘기는 내일 빨간 넥타이를 통해 다시 말씀드리죠."

자정도 되지 않은 시각에 일찍 채팅을 마치면서 증권사 직원은 의미심장한 말을 남겼다. 그 종목이 뭔지 궁금해 죽을 지경이었던 건 채팅방에 있던 모두가 마찬가지였을 것이다.

다음날 아침, 여느 때처럼 케이블TV로 증권방송을 틀어놓고 모니터를 보고 있었다. 점쟁이처럼 늘 아리송한 말만 하는 증권 전문가의 말을 대충 흘려듣고 있었는데, 그의 입에서 갑자기 전날 증권사 직원이 얘기했던 바이오 종목 얘기가 튀어나왔다. 본능적으로 모니터에서 고개를 돌려 TV를 바라보았다. 촌스러운 스트라이프 정장은 여느 때와 같았지만, 빨간 넥타이가 눈에 확 들어왔다. 그는 조만간 크게 흔들릴 것이라며 눈여겨봐야 할 분야를 예고했다. 온몸에 소름이 돋았다.

카페에 들어가니 저마다 빨간 넥타이 봤냐고, 대체 그 종목이 뭐냐고 난리였다. 그때 단체 쪽지 하나가 도착했다. 열어보니 전날의 그 증권사 직원이 보낸 것이었다. TV를 보고 너무 많은 사람이 정보를 달라고 연락한다며, 개미들까지 따라붙으면 재미를 못 보니 자신의 카페에 들어오면 따로 알려주겠다고 했다. 기대와 의심이 반씩 섞인 마음으로 카페 주소를 클릭했다. 역시나 게시물을 읽으려면 등업을 해야 했다. 잠시 머뭇거리고 있는데 증권 메신저 소리가 들렸다.

─형 아직 안 들어왔어요? 나 자리 잡았음.

주식 카페에서 알게 된 두 살 어린 동생이 쪽지를 보냈다. 녀석은 전주 한옥마을 근처에서 제법 큰 카페를 운영하고 있었다. 커피 팔아서 버는 것보다 주식으로 버는 걸 더 재밌어했다. 얼굴 한번 본 적 없고 온라인에서 댓글만 주고받던 사이였는데, 밤새 채팅하며 친해진 날 이후로 나를 형이라고 부르며 잘 따랐다.

등업을 하려면 회비를 내야 했다. 월 회비가 60만 원인데 35만 원에 할인 중이었다. 공지사항에 나온 가격표를 보니 한 번에 여러 달 치를 결제하면 할인율이 더 높았다. 상술인 게 뻔히 보였다. 딱 이번 한 번의 정보만 필요했기에 속는 셈 치고 한 달 치를 결제하기로 했다.

결제하기 위해서는 카페 운영자 휴대폰 번호로 회원가입을 하겠다는 문자를 보내야 한다. 그러면 증권 하는 사람들이 쓰는 메신저 ID 하나를 답장으로 받는다. 그 ID로 친구 신청을 한 뒤 메신저로 쪽지를 보내면 입금할 은행 계좌를 알려준다. 번거로운 과정을 거쳐 입금하고 등업을 마쳤다. 그제야 게시판에 있는 글을 읽을 수 있게 되었다. 30분도 안 되는 시간에 증권사 직원은 여러 개의 게시물을 올렸다. 게시물 제목이 사람을 감질나게 했다.

"비밀유지에 각별히 노력해주시기 바랍니다", "이 건은 정말 우리 카페 우수회원에게만 공개", "명동 쪽에서는 이렇게 움직인다고 합니다", "매수 타이밍이 가장 중요합니다", 이런 제목들이었는데, 막상 게시물을 열어보니 본문에는 별 내용 없이 카페 운영 수칙에 대한 것만 적혀 있었다. 의아해하고 있을 때 기다리던 새 글이 올라왔다.

"회원 여러분, 반갑습니다. 다들 잘 아시리라 믿습니다만, 이

번 A사 건은 '특허' 비밀유지에 각별한 노력이 필요합니다. 이 건은 우리 카페 우수회원 외에는 '절대' 비밀입니다. 지금 명동쪽에서 '큰손'들이 작업 중인데 규모가 어마어마합니다. 우리는 큰손들보다 '먼저' 매수할 예정이고, 매수 시점은 'SMS'와 '쪽지'로 개별 안내합니다. 본인 사정으로 매수 타이밍을 놓친 경우는 '책임'지지 않습니다. 참고로 A사는 '제3상 임상 시험'에 들어갔고, '식품의약품안정청' 허가를 받았다는 '뉴스'가 며칠 내에 발표됩니다."

글 내용은 대부분 앞서 올린 글 제목들의 조합이었지만 마지막 세 문장이 강렬했다. 35만 원 따위에 망설였던 내가 부끄러워졌다. 모니터 아래쪽이 깜빡거렸다. 전주 동생에게 다시 쪽지가 왔다는 알림이었다.

―형은 얼마 달림? 나는 딱 1억 생각하고 있음.

―아직 고민 중.

―솔직히 첨에는 반반이었는데, 이건 진짜잖아. 지금까지 딴 돈에 인테리어 업체에 줄 대금까지 합쳐서 1억. 올인이여. 이거 날리면 난 앞으로 대가리 박고 물장사만 해야 돼.

―그랴. 에라 모르겠다. 나도 몰빵이다. 달리자. 달려!

찌릿한 전기가 몸을 관통하는 느낌과 함께 혈관에 흐르는 피가 뜨거워졌다. 녀석에 비하면 보잘것없는 액수지만, 나 역시 내가 가진 전부를 걸기로 했다. 혹시 모른다는 생각에 미수 거래를 하거나 돈을 끌어 쓰는 무리수까지는 던지지 않았다. 그러면서 내가 너무 배짱이 없는 건 아닌지 아쉬운 생각이 들었다.

디데이는 이틀 뒤였다. 증권사 직원은 "TV에 나오는 빨간 넥타이의 증권 전문가가 왼손 중지로 안경테를 올리는 게 신호"라는 내용의 문자와 쪽지를 보냈다. 그 시점에 A사 측에서 보도자료를 배포한다는 시나리오였다. 명동 쪽에서 눈치 채기 전에 일제히 매수하는 게 중요할 뿐, 매도 시점은 개미들이 뒤늦게 몰릴 때로 잡거나 아예 장기로 묻어도 된다고 했다.

TV 화면을 뚫어져라 쳐다보고 있을 때, 증권 전문가가 왼손을 들어 머리를 만지작거렸다. 그러다가 머리에서 손을 내리며 아주 자연스럽게 중지를 뻗어 안경테를 올렸다. 바로 그 순간, 나를 포함한 카페 회원들은 번개같이 마우스를 딸깍여 시장가로 주문을 넣었다. 성공. 과연 불과 몇 분 사이에 주가가 크게 오르기 시작했다. 전주 동생에게 쪽지를 보내니 녀석은 나보다 더 흥분한 상태였다.

내가 투자한 건 고작 4천만 원이었다. 많지 않은 액수였지만 그래도 증권사 직원의 말처럼 2,000% 급등에 성공한다면, 젊은 놈치고 꽤 많은 돈을 갖게 될 터였다. 갑자기 큰돈이 생긴다고 해서 사치를 부리거나 일을 게을리 할 생각은 전혀 없었다. 한강이 내려다보이는 오피스텔에 들어가서 더 좋은 장비와 빵빵한 밑천으로, 버핏처럼, 가치투자 대상을 더 면밀하게 살펴

분석하고 투자할 생각이었다.

모처럼 커튼을 활짝 열고 환기를 시켰다. 눈부신 햇살을 맞는 것도 오랜만이었다. 기분 좋게 담배를 물었는데, 창밖에서 푹푹 찌는 듯한 뜨거운 공기와 함께 시끄러운 소리가 들어왔다. 내려다보니 트럭 한 대가 느릿느릿 지나가고 있었다. 고장난 냉장고, 에어컨, 세탁기를 산다는 확성기 소리가 골목을 가득 메웠다. 후진 동네에서나 들을 수 있는 누추한 소음 속에 사는 게 지긋지긋했다. 한강이 보이는 오피스텔 중에서도 무조건 높은 층으로 이사하리라 다짐했다.

장 마감 때까지 아무리 뉴스를 보고 검색을 해봐도 A사의 보도자료는 나오지 않았다. 가파르게 오르던 주가도 주춤했다. 서늘한 느낌이 들었다. 카페에 가보니 역시 난리가 났다. 증권사 직원이 짜고 내놓은 주식을 우리가 산 것이라는 견해가 지배적이었다. 증권사 직원의 휴대폰은 꺼져 있었고, 메신저도 오프라인 상태였다. 회원들은 금감원에 민원을 넣는다고 난리였지만, 나는 이내 체념하고 관심을 끊었다. 당한 놈이 잘못이다.

애초에 남의 말만 믿고, 잘 알지도 못하는 바이오 분야에 투자할 생각을 한 것부터 잘못이었다. 내가 직접 노력해서 얻었거나 진짜 내부자에게 받은 것이 아니라면, 돈이 되는 정보라는 건 세상에 없다. 큰 투자수익을 얻을 게 확실한 정보를 갖고 있다면 빚을 내서라도 자신이 직접 투자한다. 푼돈을 받고 정보만 팔 리가 없다. 너무나도 상식적인 얘기다.

전업투자자를 시작한 뒤 가장 큰 규모를 투자했던 프로젝트는 그렇게 끝이 났다. 그나마 빚을 지지 않은 게 다행이었다. 늘 부족해서 아쉬웠던 그 밑천마저 바닥났지만, 내가 완전히 쓰러진 것은 아니었다. 살짝 헛디뎠을 뿐이라고 생각하기로 했다. 다시 초심으로 돌아갔다. 종잣돈으로 남겨두었던 100만 원을 밑천으로 단타 매매를 시작했다. 몇 분 만에 하루 밥값을 벌기도 했고, 일주일 치 수익을 한 방에 날리기도 했다.

투자자를 가장 괴롭히는 건 조바심이다. 조바심은 굴리는 돈의 자릿수와 반비례한다. 여러 개의 창을 띄워놓은 모니터 두 개, 커피를 마시고 난 종이컵으로 쌓은 탑, 두루마리 휴지가 놓인 책상 앞에서 매일 조바심, 기대감, 허탈감과 싸웠다. 100만 원이 200만 원이 됐다가, 50만 원이 됐다가, 다시 500만 원이 되기도 했다. 대체 이 주식 시장이라는 게 어떻게 돌아가는지 알고 싶어 치열하게 보낸 날들이었다.

이듬해 나는 다른 투자자보다 빨리 깨달음을 얻고 주식을 그만두었다. 깨달은 건 내가 밑천도, 일정한 수익도 없는 주제에 가치투자라는 우아한 단어에 현혹됐다는 현실 인식이었다. 주식이란 성공한 사람에게는 투자고, 실패한 사람에게는 도박이었다. 게다가 중독은 도박보다 강하다. 여의도 증권가에 "도박을 끊게 하려면 마약을 가르쳐라. 마약을 끊게 하려면 주식을 가르쳐라"라는 오래된 농담이 있을 정도다.

버핏이 성공할 수 있던 이유는 빵빵한 집안에서 태어났기 때문이었다. 부자인 아버지를 보고 자랐고, 우수한 유전자를 물려받았다. 내가 버핏이 될 확률은 현실적으로 제로에 가까웠다. 버핏 같은 사람을 찾아 그의 곁에 있는 게 훨씬 낫다는 것을 깨달았다. 그때가 올 때까지 성실하게 일하며 투자금을 모으는 게 현명한 판단임을 알게 됐다.

투 트랙 전략을 쓰기로 했다. 매달 안정적으로 돈이 들어오는 직업을 주업으로 하고, 최대한 절약해 남는 생활비를 하이리스크-하이리턴에 투자하는 부업을 시작한 것이다. 주업은 자주 바뀌었다. 반년 정도 노래방 웨이터를 했고, 안마방에서 카운터를 보기도 했다. 역시 예쁜 애들이 돈도 많이 벌고 마음 씀씀이도 좋았다. 가끔 "오빠가 고생이 많다"라며 내게 몇만 원씩 팁을 주기도 했다. 그러다 단속에 걸려서 가게가 영업정지를 당했고, 나까지 경찰서에 끌려갔다 왔다. 경찰청 서버에는 아직도 기록이 남아 있을 것이다.

택배 상하차는 너무 힘들어서 중간에 도망쳤고, 원양어선도 잠깐 타봤다. 가장 안정적인 직장은 마트였다. 그러는 동안 천안함이 침몰했고, 연평도 포격 사건이 발생했음에도, 코스피지수는 다시 2,000선을 돌파했다. 호기심 때문에 주식 카페를 둘러보니 IPO로 대박을 터트렸다는 사람들의 후기가 줄을 이었다. 나는 관심을 두지 않았다. 어차피 다 벌 놈이 버는 것이다. 경마장에서 돈 버는 놈은 따로 있다던 사장님 말씀처럼 주식 시장에서도 돈 버는 놈은 따로 있다.

시행착오도 있었지만, 음지부터 양지까지 다양한 직업을 순회하며 안정적인 월급을 받는 생활을 지금까지 계속 이어오고 있다. 그러면서 매일 하이리스크-하이리턴 투자를 쉬지 않고 했다. 스포츠 토토였다. 주식과 경마보다 훨씬 공정한 판이라고 판단했다. 조작 가능성이 있는 건 모든 투자 활동이 마찬가지고, 수수료가 높은 건 모든 도박이 다르지 않다. 살면서 배운 교훈대로 나는 베팅할 때 누구의 조언도 받지 않는다. 사이트에서 유료로 추천하는 픽 같은 건 거들떠보지도 않았다.

경마나 주식과 마찬가지로 토토에서도 추천해주는 놈은 다 사기꾼이다. 경기 결과를 정확히 예측할 정도의 실력이라면 어떻게든 돈을 끌어모아 직접 베팅하는 게 상식이다. 사람이 급하면 원칙과 상식을 잊게 된다. 그러면 망한다. 가난한 사람들은 상식에서 벗어난 것에 열중한다. 사기꾼들에게 속아 베팅해놓고는 나중에 가서야 자기가 당한 게 억울하다고 한다. 스포츠 뉴스에 악성 댓글을 다는 사람은 대부분 이 부류다.

스포츠 종목별로 온갖 통계 자료를 수집하고 팀 전력을 분석했다. 봄부터 가을까지는 야구, 겨울에는 축구와 농구 경기를 보느라 늘 수면이 부족했다. 해외 리그는 한국 시각으로 새벽에 하는 경우가 많기 때문이다. 국내외 스포츠 관련 뉴스도 매일 꼼꼼히 챙겨봤다. 엑셀을 배워 매일 베팅 기록을 정리하고 분석했다. 마트에서 퇴근하고 돌아오면 씻지도 않은 채 베팅 마감 시간까지 날카로운 긴장 속에서 신중하게 돈을 걸었다. 조금씩 승률이 오르기 시작했다. 한 달 치 생활비를 단번에 벌기도 했다.

안 되는 사람은 꼭 잘될 것 같은 희망이 보일 때 발목을 잡힌다. 제발 이 시점만큼은 아니기를 바라는 바로 그 순간 말이다. 마트에서 가장 일이 힘든 청과 쪽에서 일하다가 배달 파트로 옮겼는데, 언젠가부터 무거운 걸 들면 무릎이 아프기 시작했다. 그래도 꾹 참고 일하다가 제대로 걷기 힘든 지경까지 이르렀다. 업무 변경을 요청했지만 거절당했다. 일을 쉴 수밖에 없었다. 하필 유럽 축구 리그에서 가장 인기 있는 팀들이 연달아 격돌하던 때였다.

무릎도 회복시킬 겸 딱 한 달만 쉬며 베팅에 집중하기로 했다. 두 달 치 생활비를 비축해둔 게 다행이었다. 온종일 컴퓨터 앞에 앉아 아침에는 밤사이 경기 결과와 분석 자료를 검토하고, 낮에는 예측 자료를 만들었다. 밤에 베팅을 마치면 경기 중계를 지켜봤다. 좋아하는 일을 직업으로 삼는 게 어떤 것인지 느낄 수 있었다. 땀을 뻘뻘 흘리며 계단을 올라 쌀이나 생수병을 배달하는 것보다는, 잠을 못 자고 눈이 침침해도 숫자와 싸우며 전략을 구상하는 게 좋았다.

그러다가 커뮤니티에 올라온 사진 한 장에 평정심이 흔들렸다. 축구 경기에 1만2천 원을 베팅해 8억을 번 사람이 올린 인증샷이었다. 월급이 끊기며 살며시 파고들었던 일말의 조바심, 그것과 힘겹게 싸웠던 내 인내력이 순간 끊어져버렸다. 철저히 분석한 프리미어리그 다섯 경기를 포함해 유럽 축구만 스물세 경기가 몰려 있는 날이었다. 길고 치열했던 밤이었다. 스포츠 복권 공식 사이트는 물론, 사설 토토까지 들어가서 내가 가지고 있던 돈을 다 가져다 바쳤다.

그날을 기점으로 나는 전과 같이 살 수 없었다. 바보같이 돈을 잃어서만은 아니었다. 계속 아프던 왼쪽 무릎이 도무지 말을 듣지 않았기 때문이었다. 화병이었는지 열이 올라왔고, 몸살 기운까지 있어서 며칠을 끙끙 앓았다. 배당률이 낮은 똥배당이었지만 그나마 몇 게임 맞춘 게 있어서 통장으로 환급 신청을 했다. 돈이 들어오자마자 밀렸던 건강보험료를 냈다. 절뚝이며 정형외과를 찾았다.

접수를 마친 후 대기실에 앉아 있으니 조금 나아진 것 같기도 했다. 그냥 집에 가겠다고 하려는데 내 진료 차례가 왔다. 의사는 엑스레이 사진을 보더니, 외상성 활막염을 방치하는 바람에 퇴행성 관절염으로 발전했다고 했다. 그 상황에 발전이란 단어가 어울리기나 한 건지 잠시 멍해졌다. 어릴 때 다리가 부러진 것과는 상관이 없단다. 오랫동안 무릎에 무리가 가서 연골이 닳았다고, 무거운 걸 자주 들었냐고 의사가 물었다.

생각해보니 군대에 있을 때부터 무릎이 좋지 않았다. 우리 부대는 1년간 300킬로미터의 산악행군을 했다. 무거운 군장을 짊어지고 산에 오르다 무릎이 반대로 꺾이는 느낌이 들어 여러 번 쓰러진 적도 있다. 그래도 열외를 할 수는 없었다. 행군하다 쓰러지는 게 열외했다고 선임들에게 찍히는 것보다 나았기 때문이다. 그 무릎을 끌고 택배 상하차를 했고, 새벽부터 밤까지 배 위에서 통발 작업을 했고, 엘리베이터 없는 건물 꼭대기까지 생수를 배달했다.

"이게 젊은 분들은 잘 안 걸리는 건데. 오른쪽은 괜찮다는 거죠?"

가족력도 영향을 미친다는 의사의 말에 무릎에 붙인 파스를 신체 일부분처럼 여기고 살던 엄마가 떠올랐다. 아무튼, 나쁜 것만 물려줬다. 의사가 시키는 대로 왼쪽 무릎을 접었다 폈다 할 때마다 손가락 마디를 꺾을 때처럼 딱딱거리는 소리가 났다.

의사는 복잡한 얘기를 늘어놓았지만, 듣다 보니 별다른 치료법도 없다는 얘기 같았다. 고작 소염진통제를 처방하더니, 일주일 뒤에 다시 오라고 했다. 처방전을 쓰레기통에 넣은 뒤 약국에 들러 엄마가 매일 바르던 멘소래담 로션을 큰 통으로 사왔다. 병원에 다시 갈 생각은 없었다.

며칠을 방구석에 처박혀 고민하다 지갑에 고이 간직했던 사장님의 명함을 꺼냈다. 떨리는 손으로 전화를 걸었다. 경마장부터 시작해서 구구절절이 내가 누구인지 설명하려고 했다. 사장님이 내 이름을 기억하며 반가운 목소리로 전화를 받아주리라는 건 상상도 못한 일이었다. 무려 6년이라는 시간이 지났는데도, 한낱 미물 주제인 나 같은 사람을 기억해준 게 고마웠다.

사장님은 내게 자신의 빌딩 중 하나를 관리하는 자리를 주셨다. 무릎을 쓰지 않아도 되는 일자리를 얻게 된 것도 기뻤지만, 그분과 내가 제대로 엮인 사이가 됐다는 게 영광이었다. 돌고 돌아 기어이 한국의 워런 버핏 곁에 있게 된 것이다. 그렇게 사장님을 모신 지난 5년 동안 많은 것을 배웠고, 앞으로도 배울 게 한참 남았다.

금요일 저녁이 되어서야 403호의 일기를 다 읽을 수 있었다. 그리고 읽은 것을 후회했다. 자신의 생애를 정리하며 그녀가 고백한 내용은 내가 감당할 수 있는 이야기가 아니었다.

그녀의 전남편을 만나기로 했다. 아이 신발을 처분할 수 있는 사람은 그밖에 없다고 생각했기 때문이었다. 긴장한 채 그에게 전화를 걸었다. 그는 한참 신호가 가고 나서야 전화를 받았다.

"여보세요."

"네, 누구시죠?"

"여보세요?"

"말씀하세요."

"잘 안 들리네요."

"아, 여기가 좀 시끄러워서 그런가봐요. 잠시만요."

전남편 쪽에서 요란한 소음이 들려 제대로 통화를 할 수 없었다. 잠시 뒤 그가 자리를 옮겼는지 조금 조용해졌다.

간단하게 내 소개를 한 뒤 403호의 이름을 얘기하자, 그의 목소리에서 긴장이 느껴졌다. 최대한 차분하게 말하려고 노력하며 그에게 아내의 죽음을 알렸다. 잠시 무거운 침묵이 흘렀다. 그가 천천히 입을 뗐다.

"네……. 알려주셔서 고맙습니다, 선생님."

"저기, 좀 뵐 수 있을까요? 전해드릴 게 있어서."

"저한테요? 뭔가요?"

"아내분이 남기신 게 있는데, 제가 어떻게……. 처리할 수가 없네요."

저녁 8시에 신림역 근처에 있는 카페에서 보기로 하고 전화를 끊었다.

약속 시간 10분 전에 신림역으로 걸어가서 근처 골목에 들어갔다. 바닥에 담배꽁초가 많이 떨어진 곳을 찾아냈다. 전봇대 아래에서 담배 한 대를 피운 뒤 카페에 들어가 창가에 자리를 잡았다. 처자식과 헤어진 뒤 고작 석 달 치 생활비만 준 비정한 남자, 예술을 한답시고 폼이나 잡다 사기당한 무능한 남자, 산후우울증이란 핑계로 여자를 때린 비겁한 남자를 기다렸다.

커다란 통유리 밖을 보니 젊은이들이 하하호호 웃고 떠들며 분주하게 걸어가고 있었다. 좋을 때다. 불금이랍시고 밤새 술을 마실 것이다. 잠시 뒤 8시 5분쯤에 제법 인물 좋고 허우대도 멀쩡한 남자 하나가 들어왔다. 눈이 마주치자마자 서로를 알아봤다.

내 맞은편 의자에 조심스럽게 앉은 그에게서 진한 땀 냄새가 났다. 국방색 티셔츠가 땀에 흠뻑 젖었고, 가슴팍 부분에 하얀 소금기가 남아 있었다. 어떤 카테고리에서 일하는지 쉽게 짐작할 수 있었다. 서로 가볍게 고개를 숙여 인사했다. 그가 먼저 입을 열었다.

"선생님, 제 번호는 어떻게 아셨죠?"

예측하지 못한 질문이었다. 당황하지 않고 침착하게 대답했다.

"아⋯⋯. 그게, 저희 오피스텔 입주자 카드에 가족 연락처 적는 게 있거든요."

"그렇군요. 아내가 제 번호를 적었군요."

거짓말이었다. 그녀의 일기 중에 "낯선 번호로 전화가 걸려왔다. 그이였다. 010-2271-98XX로 번호를 바꾸었단다"라고 적힌 부분을 보고 남자의 전화번호를 알아냈다. 아무리 전남편이라고 해도, 그녀가 남긴 일기장이 존재한다는 얘기는 할 수 없었다. 때로는 모르는 게 약이다.

상자가 담긴 작은 쇼핑백을 건넸다. 상자 안에 들어 있던 신발을 보자마자 그는 오열하기 시작했다. 카페에 있던 젊은이들이 그를 곁눈으로 쳐다보며 수군거렸다. 뭐라고 위로할 말도 없어서 그냥 가만히 있었다. 얼마나 시간이 지났을까, 고개를 숙인 채 흐느끼던 그가 조금은 진정이 된 것 같았다.

"아이가 죽었을 거라고 예상은 하고 있었어요."

"네?"

"아내가 언젠가부터 술을 마시는 것 같더라고요. 절대 술 마실 사람이 아닌데…… 그리고 연락도 되지 않더군요."

날카로운 흉기에 뒷골을 찔린 느낌이었다. 자신의 아이가 죽은 것을 알고 있었다니. 예상 밖이었다. 가족이란 건 그런 것일까? 아내가 술을 마신 것 같다는 추측만 두고도 아이의 죽음을 예상했다고?

"그 사람을 찾아가 아이 안부를 확인할 용기가 없었어요. 아내가 제게 알려줄 때까지 그냥 모른 척하며 비겁하게 살기로 했는데…… 제가 이런 사람이에요. 이렇게 선생님을 통해 알게 되네요. 튼튼이도, 아내도 죽었다는 걸."

남자가 일찍 부모님을 여의었다는 그녀의 일기 내용이 생각났다. 부모에 이어 자식과 아내까지. 그녀는 남자 주변에 온통 죽음의 그림자가 드리운 것을 이미 알고 자꾸 '딱한 사람'이라고 표현했던 것일까. 부모님에 이어 이혼한 아내와 아들까지 저세상으로 보낸 사람이 느끼는 감정이란 게 어떤 것일지 짐작도 되지 않았다.

그가 고개를 들었다. 충혈된 두 눈은 슬픔마저 느껴지지 않았다. 영혼이 빠져나가 생기를 잃어버린 듯 공허한 눈빛이었다. 그에게 뭐라고 위로의 말을 건네야 할지 고민됐다. 나가서 소주라도 한잔하자고 할까? 아니, 그러면 오히려 실례려나? 조용히 자리에서 먼저 일어서는 게 맞나? 생각해보니 나는 누군가를 위로해본 적이 없다. 위로를 받아본 적이 없기 때문이다.

"튼튼이는 엄마 배 속에 있을 때부터 아팠어요. 그래서 튼튼하게 자라라고 태명을 그렇게 지었는데, 부르다 보니 마음에 들어서 그대로 호적에 올렸죠."

남자는 나를 바라보며 아이에 관한 얘기를 시작했다. 두서가 없는 말을 혼잣말처럼 길게 얘기하는 건 누군가와 대화해본 지 오래된 사람의 특징이다. 나도 하루에 단 한마디도 하지 못하고 지내본 날이 많아서 잘 안다.

"제가, 제가 무능해서 그랬어요. 그래서 가족도 지키지 못했는데……. 아내하고 튼튼이까지. 애를 임신하고 있을 때 아내가 암 진단을 받았어요. 입덧이 심한 줄로만 알았는데 소화기 암이래요. 이미 많이 진행된 상태라 아이도 아내도 위험하다고 하더군요. 노산이기도 했고. 아내가 묻더라고요. 아기랑 자기랑 둘 중 하나를 선택하라면 누굴 선택하겠냐고."

"대답하기 난감한 질문이네요."

"그렇죠. 머뭇거리다가 아이는 또 낳으면 되니까 너만 살면 된다고 대답했죠. 진심이었어요. 그런데 아내는 서운해하는 눈치였어요."

사실이 아니다. 그녀는 그때 자신의 심경을 일기장에 분명하게 기록했다. 남자의 사랑에 크게 감동했다고, 가슴이 뭉클해서 눈물까지 흘렸다고 적어놓았다. 그래서 암과 싸울 용기를 얻고, 아이를 낳을 힘도 얻었다고 했다. 예술을 했다는 이 남자는 왜 그녀가 서운해했다고 기억할까.

403호도 이해할 수 없다. 왜 그토록 잔인한, 우물에 독을 탄 질문을 했을까? 사랑을 확인하고 싶어서 한 질문은 아니었을 것이다. 흔들리는 자신을 잡아달라는, 불안한 마음을 단단히 붙들어달라는 애원을 담아 물은 것이었을지 모른다. 그래도 동의할 수 없다. "말의 내용보다 내가 어떤 의도를 가지고 말을 한 것인지가 더 중요한데, 그걸 왜 몰라주느냐"라고 말하는 사람들은 대개 정신적으로 상당한 문제를 가지고 있다. 범죄자가 흔히 쓰는 화법이다.

"둘 다 무사했으니 천만다행이었죠. 그런데 아이가 백일이 지나도 계속 아팠어요."

"네."

"아내는 다 자기 때문인 것 같다고 자책했죠. 우울증이 심했어요."

"네?"

두 사람의 증언이 또 엇갈렸다. 그녀는 아이를 처음 품에 안은 그 순간부터 처음 맛보는 행복을 느꼈고, 세상을 다 얻은 것 같다고 했다. 남편과 함께 셋이 살던 신혼 생활이 꿈같았다고 적었다. 그러다가 전원주택 건이 터지고, 남편이 산후우울증에 걸리면서 나락으로 떨어졌다는 게 내가 알고 있는 이 부부의 역사였다.

"아이는 밤이고 낮이고 울었고, 달래던 아내가 같이 우는 날이 많았죠. 그러다 애 젖이 안 나온대요. 자기가 밥을 먹어야 젖이 나올 텐데, 하루에 한 끼도 제대로 안 먹었으니……. 그때가, 제가 하던 일이 안 풀려서 그만두고 학원에 나가던 때거든요. 마감하고 집에 오면 한밤중인데, 불도 안 켜놓고 깜깜한 방에 있는 거예요. 매일 그랬어요. 한번은 집에 불이 날 뻔한 적도 있었어요. 회식 때문에 자정이 넘어서야 들어갔는데, 어두운 집 안에 타는 냄새가 진동하더라고요. 아내가 이유식 끓인다고 가스레인지에 냄비를 올려두고 놔둔 거죠."

헷갈리기 시작했다. 활자로 본 403호의 기록과 내 앞에서 말하는 남자의 육성 증언, 둘이 서로 충돌을 거듭하고 있는데 무엇을 채택해야 할지 갈피가 잡히지 않았다.

"그런데 뭐가 무서웠는지 아세요?"

"글쎄요. 부인이 가스 켜둔 것도 모르고 주무시고 계셨나요?"

"아니요. 반대예요. 안 자고 있더라고요. 불 꺼진 거실에서 아내 눈빛이 번쩍이는 걸 보고 소스라치게 놀랐어요. 불이 나는 것보다 그게 더 무섭더라고요."

"왜요?"

"곧 불이 날 거라는 걸 알면서도 가만히 있던 거니까요."

남자는 잠시 말을 멈추더니 그때가 떠올랐다는 듯 미간을 찌푸리며 두 손으로 얼굴을 덮었다. 남자의 손을 자세히 보았다. 마디마다 거칠어진 손이 예술가의 것은 아니었다.

"저는 애를 안 키워봐서 모르지만. 너무 힘들어서 그랬던 거 아닐까요?"

"힘들죠. 힘들었을 거예요. 병원에 가서 진료를 좀 받자고 했죠. 산후우울증인 거 같으니까."

"아, 남자도 산후우울증에 걸린다면서요?"

"네. 나중에는 저한테도 우울증이 왔죠."

질문을 내뱉자마자 실수했다고 생각했다. 점쟁이 같은 질문이었다. 남자가 순순히 대답해서 다행이었다. 일기장에 의하면 그맘때쯤 남자는 매일 술에 취해 들어왔고, 여자에게 화를 내기 일쑤였다. 남자는 그 얘기는 쏙 빼놓고 말을 이었다. 여자에게 손찌검했다는 얘기도 숨겼다.

"죽어도 병원에 가기는 싫다는 겁니다. 자기는 괜찮대요. 같이 사는 나는 죽겠는데. 의사한테 강제로 끌고 갈 생각도 했죠. 그러다 아는 분한테 급한 연락을 받았는데, 사기꾼을 봤다고 빨리 오래요. 아, 제가 예전에 큰 사기를 당했거든요. 그것만 아니었어도 모든 게 괜찮았을지 모르는데. 아무튼, 사기꾼 잡으러 양산까지 차를 몰고 갔어요. 그놈 잡을 때까지 여관에서 며칠 동안 먹고 자고 했어요. 결국 잡긴 잡았죠."

"잡고 나니 개털이었죠?"

"어? 그걸 어떻게 아세요?"

"당해봐서요. 피해자한테 잡히는 수준의 사기꾼은 개털이에요."

"힘이 쪽 빠지더라고요. 아직까지 민사소송 진행하고 있는데…… 답이 안 나오네요, 답이."

남자가 긴 한숨을 뱉었다. 그녀의 기록과 남자의 말은 선후관계도 조금씩 달랐다. 매체의 특성 때문일 수도 있겠다. 일기장에는 자신의 심정을 솔직하게 쓰는 게 보통이지만, 아무래도 주관이 많이 개입될 것이다. 남자가 초면인 내 앞에 마주 앉아 얼굴을 빤히 보며 거짓말할 이유는 없겠지만, 자신의 말에 스스로 심취하여 사실을 왜곡하는 것일 수도 있다.

"양산에서 올라오니까 아내가 병원에 데려가달라고 하더라고요."

"진료를 받겠대요?"

"네. 그래서 같이 갔는데, 제 이름으로 접수를 하더라고요. 진료받을 게 저라는 거죠. 난데없이 정신과 상담을 받았어요. 신기한 건 의사가 제 마음을 꿰뚫어보는 것 같은 거예요. 뭐, 영 아닌 건 같은 얘기도 했지만. 글쎄, 저보고 산후우울증이라고 하더라고요. 부모님이 일찍 돌아가셨는데, 그것도 원인이 될 수 있다고 하대요? 결혼 전까지는 사실 아이를 낳는 건 생각해본 적이 없었죠. 진짜 번갯불에 콩 볶아먹듯 결혼했거든요. 병원에 다녀와서 제가 가만히 제 안을 들여다봤어요. 만약 의사 말이 맞다면, 진짜 원인이 무엇일까?"

대화가 잠시 멈추었다. 그의 시선은 부모의 손을 잡고 걸어가는 어린 아이에 닿아 있었다. 남자는 통유리창 밖을 한동안 바라보다 아이가 시야에서 사라지자 말을 이었다.

"어디까지 말씀드렸죠?"

"진짜 원인이요. 산후우울증."

"아, 산후우울증. 아이한테 미안해서 그랬던 것 같아요. 죄의식이죠."

"사기당한 게요?"

"아니요. 아이와 엄마 중 엄마를 선택했잖아요."

차라리 사기당한 게 가족들에게 미안해서, 구체적으로는 근사한 전원주택이 아닌 허름한 빌라에 살게 만들어서 미안하다는 게 낫지 않을까 생각했다. 화가라서 사고방식도 독특한 것인가?

진지한 얘기를 하다 보면 어느 순간, 살짝 방전된 것처럼 긴장이 풀리고 얘기에 집중이 되지 않을 때가 있다. 화제를 돌리고 싶었다. 생각해보니 여태껏 주문도 하지 않았다. 그제야 카페 알바생이 탐탁지 않은 눈빛으로 우리 테이블을 바라보는 걸 느꼈다.

가슴 부분이 하얀 소금기로 얼룩진 티셔츠를 입은 중년 남자에게 커피를 얻어먹을 생각은 없었다. 내가 커피를 사겠다고 하자, 그는 사양하지 않고 아이스 아메리카노를 골랐다. 나는 아인슈패너를 주문했다. 얘기하다 보니 당이 떨어지는 기분이 들어서였다. 주문한 커피가 나오는 동안 담배를 피우려고 가게 문을 나서니 남자도 따라 나왔다.

카페 맞은편 건물 입구 주변에 꽁초가 수북하게 쌓인 화분이 있었다. 빈 화분은 커다란 업소용 깡통과 함께 흡연 구역임을 알리는 표지판이자 공용 재떨이로 통한다. 한때는 카페 테이블마다 재떨이가 놓여 있어 당당하게 앉아서 담배를 피울 수 있었는데, 세상 참 많이 변했다. 이제는 뒷골목에 있는 허름한 주차장이나 분리수거장을 찾는 구차한 과정을 거쳐야 겨우 눈

148

치 안 보고 한 대 피울 수 있다. 볼 것 하나 없는 외진 곳에서 담배를 피우는 자신이 초라하게 느껴지기 때문에 골초들은 다 인상을 쓰고 있다.

"요즘은 어떤 일 하세요?"

"아, 저요? 에어컨 설치 기사 하고 있어요."

"그거 돈 많이 번다고 그러던데."

"저는 보조라서 얼마 못 벌어요. 아직 일 배우고 있죠."

에어컨 설치는 일머리가 조금만 있으면 금방 깨우치는 분야지만, 보조라면 인건비도 안 나온다. 어떻게든 가스 충전을 하도록 유도해서 남겨먹는 것 말고는 돈 들어올 구석이 없다. 빨리 독립하는 게 답이다. 1~2년 동안 사수를 따라다니며 궂은 일만 할 필요가 없다.

그런 직종에서 기술력보다 중요한 건 영업력이다. 경쟁이 치열한 분야라 영업에 투자하지 않으면 실력이 좋아도 손가락만 빨 가능성이 크다. 비수기에는 건물 짓는 현장에 가서 시스템 에어컨을 설치하는 일만 드문드문 나온다. 제대로 된 안전 장비 없이 해야 해서 상당히 위험하다. 그러니 성수기에 왕창 벌어놓는 것이 중요하다.

'우산 장수와 짚신 장수'라는, 멍청이 형제를 다룬 전래동화가 있다. 나 같으면 우산과 짚신을 함께 팔 것이다. 에어컨만 다루는 게 아니라 보일러도 배울 것이다. 더울 때 에어컨을 설치하고, 추울 때 보일러 수리를 하면 계절에 따른 비수기가 없다.

　게다가 세상사람 대부분은 에어컨과 보일러에 대해 잘 모른다. 정보의 비대칭만으로 돈을 벌 수 있는 시장이다. 그래서 에어컨 설치할 때는 파이프 연장, 벽에 구멍 뚫기, 실외기 받침대, 위험수당 같은 항목으로 비싼 비용을 청구하고, 보일러 수리할 때는 인건비에 온갖 부품비를 챙겨 돈을 번다. 게다가 보일러가 고장 났다고 해서 가보면 리셋 버튼 한 번만 누르면 되는 경우가 대부분이다. 이 때도 상대에 따라 갖가지 항목으로 비용을 청구한다.

　"오늘도 일하고 오셨나봐요."

　"네. 인천 쪽에서 주로 하는데, 오늘은 부천에서 마감하고 전철 타고 왔어요."

　"고생 많으시겠네요."

　"먹고살아야죠."

　그에게 빨리 보조 생활 그만두고 독립하라고, 에어컨 설치만 하지 말고 보일러 수리까지 하라고 말해주고 싶었다. 맞다, 건당 10만 원 넘게 받는 에어컨 청소도 있다. 꽤 짭짤한 일이다. 세 가지 분야에 대해 블로그 포스팅을 열심히 하다 보면 자동으로 고객이 늘어날 것이고, 쉽고 돈 되는 건만 골라서 할 수 있는 지경까지 이를 것이다.

　하지만 누군가에게 함부로 충고하는 건 최대한 자제해야 한다. 남의 인생에 끼어들기 시작하면 때로 의도치 않은 책임을 지기도 하고, 귀찮은 일이 생기는 경우가 많기 때문이다.

카페 알바생이 휘핑크림을 짜고 있는 게 보였다. 아인슈페너가 곧 나온다는 뜻이다. 화분에 꽁초를 버린 뒤 카페 안으로 들어가 커피를 받아들고 자리에 앉았다.

"사실 저는 아이가 생긴다는 게 무서웠어요."

"왜죠?"

"아이들 키우기 참 힘든 세상이잖아요."

"위험해서요?"

"위험하기도 하죠. 저만 해도 어릴 때 숱하게 죽을 고비를 넘겼거든요. 사고도 많이 쳤어요. 환타 병에 든 석유를 벌컥벌컥 마신 적도 있고. 공사장에서 장난치다가 커다란 못이 발바닥에 쑥 들어가서 병원에 간 적도 있고요."

사고 쳤다며 예로 드는 수준을 보니 남자가 겁이 많은 건 확실했다. 어린 시절에 그 정도 에피소드 없는 사람이 어디 있을까? 나로 말할 것 같으면, 초등학교 때 읍내로 가는 큰길을 자전거로 달리다가 마주 오던 화물차와 정면으로 받을 뻔한 적이 있다. 급하게 핸들을 틀어서 살긴 했는데, 길 아래 수로로 떨어졌다. 팔다리가 하나씩 골절됐고, 스물여섯 바늘을 꿰맸다.

남자가 말을 이었다.

"키우다 보면 욕심도 생길 수 있잖아요. 다른 애들보다 더 낫기를 바라는 욕심이요."

"그건 뭐 부모들이 다 그렇겠죠."

"제가 어릴 때 그런 스트레스를 많이 받았어요. 그런 게 너무 싫었거든요. 그냥 아내하고 단둘이서 평생 살고 싶었어요. 그런데 아이가 생겼고, 아내는 암이라고 하고. 그래도 겨우 출산을 하긴 했는데, 아이는 아프고, 아내는 우울증이 심하고. 아내 대신 아이를 볼 때가 많았는데, 애 눈을 똑바로 보기가 힘들었어요."

"왜죠?"

남자는 답을 하는 대신 갑자기 자리에서 일어섰다. 커피를 들고 알바생에게 다가가 뭔가를 묻더니, 카운터 옆에 있던 시럽통 펌프를 여러 번 눌렀다. 대화 중에 양해도 없이 자리를 뜨는 사람이라는 것에 한 번 놀랐고, 예술 했다는 사람이 촌스럽게 커피에 시럽을 넣는다는 것에 두 번 놀랐다. 돌아온 그가 커피를 한 모금 마시더니 만족스럽다는 표정을 지었다.

"아, 죄송합니다. 너무 써서."

"네."

"저는 아이가 생기지 않기를 바랐잖아요. 태어난 내 새끼가 아프다고 하는데, 참 뭐랄까…… 후회스럽다? 그런 기분이 드는 거예요. 아이 얼굴을 보는 게 괴로웠어요. 아내가 아이와 둘 중 하나만 선택하라고 했을 때 저는 솔직히 별 고민도 들지 않앉어요. 차라리 아내가 먼저 아이를 포기하겠다고 했으면 하는 생각도 했거든요. 튼튼이의 해맑은 눈빛을 보면, 그런 생각을 했던 제가 막 악마 같기도 하고. 그래서 미안하기도 하고. 죄책감이 컸죠."

이어진 대화가 끝나고 나서도, 나는 아이에 대한 그의 죄책감이 뭔지 이해할 수 없었다. 카페에서 나온 우리는 각자의 집으로 향했다. 나는 6번 출구 쪽으로 길을 건넜고, 그는 4번 출구 계단으로 내려갔다. 그의 오른손에 들린 작은 쇼핑백이 앞뒤로 흔들렸다.

다음날 오후, 그에게 다시 전화를 걸었다. 전날 헤어지기 전에 남자는 내게 부탁 하나를 했다. 나중에라도 아내의 유골을 받을 방법이 있는지 물어보았다. 전화 몇 통이면 끝나는 내용일 것 같아서 흔쾌히 알아보겠다고 했다. 남자는 신호가 울리자마자 전화를 받았다.

"네, 선생님."

"지금 통화 가능하세요?"

"네. 마침 한 군데 작업 끝내고 잠깐 쉬고 있습니다."

"알아봤는데, 무연고 사망자는 따로 장례를 치르지 않는대요."

"그렇군요."

"화장은 벽제에서 하고, 파주에 가서 봉안한다네요."

몇 달 뒤 403호는 관악구청에 의해 무연고 사망자로 처리될 것이다. 시신은 서울시에 위임될 것이고, 서울시는 다시 위탁업체에 시신 수습을 맡길 것이다.

"언제쯤 아내 유골을 받을 수 있을까요?"

"그건 저도 모르죠. 장례식장에서는 돈이 드니까 빨리 처리하고 싶어 하는데, 구청은 또, 공무원들이 그렇잖아요? 연고자가 있는지 열심히 찾아봤다는 근거를 남겨야 할 테니까, 시간이 걸리고. 건 바이 건인가봐요."

사실 남자가 유골을 찾을 가능성은 희박하다. 403호와 법적으로 아무런 관계가 없기 때문이다. 그 말은 차마 할 수 없었다.

"그렇군요. 관악구라고 하셨죠?"

"네. 몇 달 걸릴 거 같으니까, 여름 되면 알아보세요. 봉안당에서 10년 동안 보관한대요. 이름이…… 무연고 추모의 집인가? 그럴 겁니다."

늘 가난이 문제다. 가족이 사망해도 시신 인도를 거부하는 유가족이 늘어나고 있다고 한다. 돈이 들기 때문이다. 돈을 내지 않은 시신은 봉안당에 보관할 수 없어서 화장터에서 처리한다. 가난한 사람은 사는 동안 외면받고, 죽고 나서도 대접을 못 받는다.

가난하게 사는 사람들은 다 이유가 있다. 본인들만 모른다.

남자처럼 부유한 집에서 태어난 사람마저 가난하게 되는 경우가 있다. 이유는 단순하다. 그게 원래 자신의 위치였기 때문에 제자리로 간 것이다. 남자는 모든 면에서 게으르다. 게으른데 머리도 쓰지 않는다. 게다가 기본적인 사리 판단도 하지 못한다. 현재의 가난이 미래에도 계속될 것이라는, 확신에 가까운 비관에 사로잡혀 살면 그렇게 된다.

"무연고 추모의 집, 무연고 추모의 집, 무연고 추모의 집."

그는 '무연고 추모의 집'이라는 단어를 잊지 않으려는 듯 입으로 세 번이나 되뇌었다.

"저기요, 선생님. 진짜 이상한 말일 수도 있는데, 하나만 여쭤볼게요."

"네."

하나만 더 묻는다며 말을 꺼내는 그의 조심스러운 말투가 불안했다.

나는 그에게 헤어진 아내의 사망 소식을 전달했고, 죽은 아이의 신발도 챙겨 전해주었다. 경찰과 구청에 연락해 무연고 사망자의 처리 절차를 알아내어 친절하게 설명도 해주었다. 함께 차를 마시고 담배를 피운 사이라고 하기에는 과할 만한 일이었다. 하지만, 이런 사람들은 적당한 범위가 어디까지인지를 모른다.

"혹시, 나중에 봉안당에 연락해서 택배로 보내달라고 하면…… 안 되겠죠?"

"택배요? 유골을, 택배로요?"

"역시 이상하게 생각하겠죠? 제가 이렇게 정신이 없네요. 죄
송합니다, 선생님. 감사합니다."

그럴 줄 알았다. 상식에서 벗어난 판단을 하는 사람은 가난
을 벗어날 수 없다. 몸이 가난한 사람도 열심히 노력하면 가난
을 벗어날 가능성이 있다. 하지만 정신이 가난한 사람은 그나
마 가진 것도 모두 잃는다. 가난의 법칙이다. 실패를 통해 배운
게 없는 사람, 자신의 힘으로 좌절을 극복한 경험이 없는 사람
에게는 미래가 없다.

투 트랙 전략의 실패를 딛고 일어서기 위해 내가 세운 전략은
쓰리 트랙 전략이었다. 먼저, 사장님께 세상의 모든 지혜를 배
우며 따박따박 월급을 받는 급여 생활자로서의 내가 있다. 다
음은 건물을 관리하면서 챙기는 짭짤한 부수입과 스포츠 토
토다. 당연히 예전처럼 도박하듯 베팅하지는 않는다. 수입의
10퍼센트만 거는 원칙을 준수한다. 마지막은 앞의 두 활동으로
번 자금을 유망한 사업에 투자하는 것이다. 바로 암호화폐다.

기술 발전에 따라 재테크 수단도 바뀌고 있다. 펀드니 변액보
험이니 하는 건 다 사기다. 한국에서는 부동산과 주식이 최고
라지만, 둘 다 작전 세력이 가지고 노는 위험한 도박판이 된 지
오래다. 사람들은 암호화폐의 시대가 저문 줄 알지만, 이제야

서서히 동이 트고 있다. 비트코인 투자 광풍과 몰락이 짧은 기간에 벌어지며 부정적인 이미지가 씌워진 덕분에 오히려 기회가 찾아왔다. 매일 "가즈아!"를 외치다 쪽박 찬 이들은, 미안한 표현이지만, 생동성 시험 대상이자 테스트베드 역할을 해준 고마운 존재들이었다.

그새 기술과 정책 모두 엄청난 진화를 거듭했다. 이제 안전성이 백프로 보장되는 거래소가 생겼다. 부동산과 주식밖에 모르는 무식한 이들이 몰려들어 거품만 잔뜩 꼈던 예전과 다르다. 이제 젊고 기술력 있는 이들이 시장을 주도하고 있다. 이번만큼은 나도 초기에 합류했다. 여느 선각자들처럼 남들이 내 등만 바라볼 날이 다가오고 있다는 뜻이다.

남자와의 통화를 마친 뒤 도시락을 사러 편의점에 가려고 다시 휴대폰을 집었다. 별생각 없이 최근 통화목록을 확인했다. 403호 전남편, 사장님, 부동산 아주머니, 경찰서, 관악구청, 엄마가 전부였다. 담백하다. 변수가 많은 삶은 피곤하다. 갑작스러운 액운이 찾아올 가능성이 크다는 뜻이기도 하다.

주말이니 엄마에게 전화가 올 것이고, 그 시점은 하루 중 가장 받기 싫을 때가 될 것이다. 선제적 대응이 필요하다는 생각에 통화 버튼을 눌렀다.

"여보세요. 아들이 웬일이야?"

"어. 엄마, 별일 없지?"

"아들, 엄마 지금 보건소 가고 있어."

"왜? 어디 아퍼?"

"엄마야 나이 먹었으니까 매일 아프지 뭐. 걱정하지 마."

엄마는 늘 이렇다. 걱정하지 말라고 할 거면 보건소에 가고 있다고 하지 말았어야지. 엄마는 내가 어릴 때부터 하루도 빼놓지 않고 아팠다. 관절은 매일 쑤시고 결렸고, 걸핏하면 소화가 안 된다며 바늘로 손가락을 땄다. 내 생일 때가 되면 나 낳느라 힘들었다며 몸져눕곤 했다.

"병원비 필요하면 말해. 바로 부쳐줄 테니까."

"엄마는 돈 필요 없어. 아들 맛있는 거나 사먹어. 반찬 좀 보내줄까?"

"됐어."

전화를 끊었다. 토요일 오후, 이제 내 기분을 상하게 할 요소는 하나도 없다.

방에서 나와 엘리베이터 버튼을 눌러놓고 SNS를 확인했다. 주말에도 사무실에 나와 연구하고 있을 조 박사님의 계정에 새로운 포스팅이 올라왔다. 경제지에 실린 여러 장의 인터뷰 사진이었다. 우리나라 암호화폐계의 인플루언서이자 내 스승님인 이분은 2017년 암호화폐가 계속 J커브를 그릴 때 가장 먼저 거품 붕괴를 경고했다.

조 박사님은 요즘 미국과 유럽의 개발자와 함께 일하고 있다.

사람 몸에 연결한 센서에서 얻은 데이터를 채굴에 연동시키는 방식을 개발하고 있는데, 국제특허까지 출원한 상태다.

머지않아 엘리베이터 대신 계단을 이용하면, 그 대가로 암호화폐가 지급되는 시대가 도래할 것이다. 그것이야말로 녹색 성장이며 블록체인 기술을 활용한 ESG 투자다. 인터뷰 사진에 '좋아요' 버튼을 누르자 타이밍 좋게 엘리베이터가 도착했다.

새로운 세상이 열리고 있다. 그 세상으로 가는 특급열차에 내가 가까스로 올라탈 수 있었던 건 그동안 겪은 고된 불운에 대한 보상일 것이다. 가난의 법칙에서 벗어날 수 있는 막차에는 이제 남은 자리가 몇 석 없다. 빨리 올라타지 않으면 영영 구원받지 못할 것이다.

몰라야 하는 이야기

관리인으로 처음 출근하던 날, 나는 세입자들의 출근 시간에 맞춰 1층 공동현관에 섰다. 사무직 회사원처럼 정장에 넥타이 차림까지는 아니었지만, 나름대로 깔끔한 셔츠와 점퍼를 입었다. 엘리베이터에서 사람이 내릴 때마다 허리를 숙여 인사했다. 누가 시켜서 한 일도 아니었다.

"안녕하세요. 새로 온 관리인입니다. 반갑습니다."

나로서는 꽤 용기를 내고 시작한 일이었는데 사람들의 반응은 냉담했다. 고개라도 살짝 끄덕여주던 사람 몇을 빼면, 다들 나를 외면한 채 빠르게 건물을 빠져나가느라 바빴다. 내가 상상했던 것은 첫날부터 얼굴을 익혀놓고, 마주칠 때마다 반갑게 인사하는 풍경이었다. 지금 생각해 보면 정말 민망한 짓이었다. 1층 로비에 커다란 안내데스크가 있는, 500세대가 넘는 대형 오피스텔에서 그렇게 했으면 또 모르겠다.

사람들이 바라는 건 내가 되도록 보이지 않는 곳에 있는 것이란 걸 알게 됐다. 이튿날부터는 다른 세입자들처럼 서로 마주쳐도 모른 척했다. 자기가 아쉬워서 불렀을 때는 내 얼굴을 보고 반갑게 인사하던 사람들이 다음날이면 표정을 싹 바꾸어 나를 투명인간 취급했다.

이 동네에 산 지 5년이 되었지만, 내가 인사하고 지내는 사람은 청소하는 여사님, 부동산 아주머니, 도배하는 아저씨, 철물점 사장님 정도다. 젊은 사람은 한 명도 없다. 주말 저녁에 함께 밥이나 먹자고 연락 오는 곳도 없다.

나만 그런 건 아니다. 이 동네 사람들이 다 그렇다. 수도 서울에 있는 425개 동 중 30번째로 인구밀도가 높지만, 룸메이트가 있다면 모를까 대화 상대가 없는 사람들이 사는 곳이었다. 퇴근하고 오면 다들 보지도 않는 TV를 틀어놓은 채 혼자 밥 먹고, 혼자 술 마시고, 혼자 휴대폰을 만지작거리다 잔다.

그게 싫은 사람은 딱히 일이 없는데도 회사에서 야근하며 시간을 보내고 수당도 번다. 가끔은 별로 내키지도 않는 상대와 약속을 만들기도 한다. 출근할 직장도 없고, 약속도 잡지 못하는 사람들은 인터넷 커뮤니티나 유튜브에서 시간을 보낸다.

일요일에 외출할 일이 생기면 보통 모자를 눌러쓰지만, 모처럼 동호회 정모가 있는 날이라 신경을 썼다. 머리를 감은 뒤 왁스로 깔끔하게 정리했다. 흰 티에 일자 청바지를 입고 거울을 보니 무난한 차림이었다.

나는 동호회 활동을 하기에 다른 투명인간들보다는 덜 외로운 편이다. 벤츠 E클래스 동호회는 서울에도 여러 개가 있지만, 그중에서도 내가 속한 곳처럼 폐쇄적인 곳은 드물다. 차를 살펴보니 일주일 사이에 먼지가 뽀얗게 내려앉았고 새똥까지 묻어 있었다.

셀프주유소에 들러 기름을 넣은 뒤 자동세차장에 들어갔다. 고급 세제를 사용하는 곳이라 자주 이용한다. 비싼 차라고 손 세차를 고집하는 건 촌스러운 짓이다. 자랑할 게 차밖에 없는 사람으로 보인다. 기어를 중립에 놓고 느긋하게 누워 차를 향해 쏟아지는 세찬 물줄기를 구경했다. 바람으로 말린 뒤 세차장을 빠져나오자 직원이 붙어 남은 물방울을 조심스럽게 닦아주었다.

큰길로 나와 창문을 열고 달리니 바람이 제법 상쾌했다. 동호회 성격상 보통 한적한 교외에 있는 카페나 대형 주차장이 있는 음식점을 모임 장소로 선호한다. 이번에는 관악산 근처의 카페에서 모이기로 했다. 가까운 곳이어서 금방 도착했다.

주차장에 들어서며 경적을 살짝 누르니 나이 지긋한 남자가 뛰어나왔다. 그에게 주차를 맡긴 뒤 카페에 들어섰다. 약속 시각이었던 5시를 살짝 넘겼다. 문을 열고 들어가니 딸랑거리는 종소리가 났다. 동시에 열 명 정도 되는 남자들이 일제히 고개를 돌려 출입문 쪽을 바라봤다. 가볍게 눈인사를 한 뒤 자리로 다가가자 회장이 손을 내밀어 악수를 청했다.

"어, 오셨네. 요즘 많이 바쁘시죠?"

대답 대신 웃는 표정을 지어주었다. 그는 IMF 때 은행에 다니다 구조조정을 당해 젊은 나이에 퇴직했다. 집에서 놀고먹다가 곱창집을 개업했는데, 그게 대박이 났다. 정작 자신은 곱창을 좋아하지 않는다. 지금은 강남에 건물 두 개, 강북에 세 개를 가지고 있다. 그는 일요일에도 바쁘다. 오전에는 절에 가서 일요법회에 참석하고, 오후에는 대형교회에 가서 예배를 드린다.

우리 동호회 회원 구성은 경마장 VIP와 비슷하다. 사업하는 사람이 가장 많고, 의사나 변호사처럼 자격증이 있는 사람, 방송이나 예술과 관계된 이들이 구색을 갖춘다. 딱히 티는 내지 않지만, 영업을 목적으로 들어와 활동하고 있음이 뻔한 직업군도 있다. 보험설계사나 자산관리사, 수입차 딜러나 정비소 사장, 튜닝숍이나 카 오디오숍을 운영하는 회원들이다. 입담이 좋고 남의 장단을 잘 맞춰주는 나름의 역할을 한다.

첫 정모에 나갔을 때 나는 "빌딩 하나 관리하고 있습니다"라고 간단히 소개했다. 결코 거짓말이 아니었다. 다들 젊은 사람이 대단하다며 나를 반겼다. 회원 중에는 재력이나 권력을 가진 이들이 많지만, 현재 자신의 삶이 만족스럽다는 이는 아무도 없다. 처자식이 있는 사람은 가정 생활이 행복하지 않다고 하고, 돈이 많은 사람은 미래가 불안하다고 하며, 권력이 있는 사람은 재미있는 게 없어서 매일 심심하다고 한다.

신기한 게 있다. 우리는 한 달에 한 번씩 만나 커피를 마시며 터놓고 얘기를 하고, 드라이브를 한다. 휴가철에는 만남의 광장 휴게소에서 만나 함께 전국을 돌며 여행도 한다. 가끔 차 없이 만나 술자리도 벌인다. 그럴 때는 정말 민망한 부분까지 진솔한 얘기를 터놓는다. 그런데도 우리는 여전히 한 치도 가까워지지 않았다. 비싼 외제차를 탄다는 이유로 모였을 뿐이지, 자신의 진짜 모습이 어떤지는 감추고 싶어 한다.

요즘은 모임 분위기가 바뀌고 있다. 자신이 가진 욕망과 감정을 거침없이 표현하는 이들이 나타나 주도권을 잡으려 하고 있기 때문이다. 이혼 전문 변호사인 '박 변'과 유명 사립대 교수인 '장 박사'다. 가입한 지 얼마 되지 않은 이 두 신입회원은 TV에도 나오는 나름 유명인이다.

방송에서 보여주는 차분하고 조심스러운 모습과 달리, 사석에서 이들이 보이는 모습은 시정잡배와 다를 바 없었다. 유명한 이들의 실명을 거론하면서 사생활을 까발리고 조롱하는 실력도 비슷했다. 처음에는 웃기려고 일부러 그러는 줄 알았는데, 그게 본모습이었다.

그 둘과 같은 테이블에 앉게 되었다. 잠시 후 주름치마를 입은 직원이 주문을 받으러 왔다.

"주문하시겠습니까?"

딱 봐도 이십대 중반 정도 되어 보이는 아가씨였다. 예쁘장하게 생긴 그녀를 위아래로 훑어본 두 사람이 발동을 걸기 시작했다. 시작은 장 박사였다.

"난 따뜻한 아이스 아메리카노."

"네? 아……. 저희는 커스텀 주문이 안 되고요. '따아'하고 '아아' 중에 선택하셔야 합니다."

"하하하, 오케이. 센스 좋으시네. '아아' 주세요."

일하면서 100번은 넘게 들었을 썩은 유머에도 직원은 미소를 보이며 능숙하게 받아주었다. 장 박사는 커다란 앞니를 드러내며 환한 표정을 지었다. 이어서 박 변이 거들었다.

"나는 에스프레소 위에 소젖 좀 올려줘요. 낭낭하게."

"네. 카페라테 준비해드리겠습니다."

"라테아트 되죠? 아가씨 전화번호 좀 예쁘게 그려주면 좋겠는데."

"손님, 저희 바리스타가 그 정도 실력은 아직 안 됩니다."

세상에서 제일 구린 농담을 하는 직업군 둘을 꼽는다면 교수와 변호사다. 차라리 의사가 낫다. 구린 농담을 하는 이유는 듣는 사람이 겉으로는 웃으면서 속으로 경멸하고 있다는 것을 눈치 채지 못하기 때문이다. 젊은 여자가 센스 있게 말을 받아주는 게 자신에게 호감이 있어서라고 착각하는 건 망상이 심해 서다.

박 변은 대머리에 곰보고, 장 박사는 땅딸보에다 대두다. 미안하지만 여자들이 좋아할 스타일이 아니다. 그런데도 SNS에 그렇게 셀카를 올려대는 걸 보면 자기 객관화 능력이 없는 이들이다. 쉰 살 동갑내기 나르시시스트 듀오가 급발진을 시작했다. 이미 중앙선을 침범했으면서.

"젖은 입 대고 직접 빨아먹는 게 최곤데. 안 그래요, 박 변?"

"푸하하하!"

장 박사의 말에 박 변이 박장대소를 했지만, 둘을 제외한 모두의 표정이 굳었다. 저속함이 선을 넘었고, 심지어 재미도 없었다. 못생긴 놈은 용서할 수 있지만, 재미없는 놈은 용서할 수 없는 게 남자들의 생리다. 변호사와 교수라는 직업만 아니었으면 진작에 퇴출당했을 것이다.

"그렇지. 산지 직송이 최고 좋은 거잖아요. 요즘은 정수기도 죄다 직수잖아, 직수."

박 변이 거드는 사이 직원은 말없이 메뉴판을 놓고 주방 안으로 들어갔다. 나는 그녀의 표정이 어둡게 변하는 걸 보았다. 박 변과 장 박사는 농담할 때 상대나 주변 사람의 눈을 쳐다보지 않는다. 남의 기분 따위 상관하지 않는 이들의 특징이다. 그런 놈들은 상대하지 않는 편이 좋다. 구강을 소화기관뿐 아니라 배설기관으로도 쓰는, 강장동물로의 퇴화를 시도하는 족속이다.

농담을 잘하는 것도 재주다. 머리와 센스, 둘 다 좋아야 가능하다. 머리가 좋아서 전문직에 종사한다고 착각하는 것도, 센스가 좋아서 사람들이 자기들 말에 귀 기울인다고 착각하는 것도 두 사람이 똑같다. 중고등학교 때 앞자리에 앉아 밤낮으로 공부만 하던 찐따들이 나이 먹고 잘 노는 척하면 딱 이런 꼴이 된다. 보면 볼수록 주먹을 꽂아넣고 싶은 안면을 가졌다.

음담패설은 농담 중에서도 가장 난이도가 높다. 수위가 높을수록 재미있지만, 너무 높으면 저질이 된다. 신동엽처럼 실수 없이 균형을 잘 맞춰야 한다. 내가 토토 베팅을 할 때 지키는 원칙과도 비슷하다. 너무 공격적으로 나가면 도박이 된다. 도박과 투자 사이의 균형을 잘 맞춰야 한다. 여전히 힘들지만, 그걸 매일 수련하듯 반복하고 있다. 욕심이라는 인력을 극복하기 위해 인내라는 척력이 필요하다. 치열한 노력 없이는 균형을 맞출 수 없다. 인생이 그렇다.

다른 모든 사람은 위선자고, 자기들만 솔직한 사람이라고 주장하는 점에서 둘의 지향점은 같다. 고등학교만 나온 나도 어떤 게 위선이고, 어떤 게 솔직한 것인지 잘 안다. 함께 식사하던 중에 일어나 "전화 좀 받고 오겠습니다"라거나 "볼일 좀 보고 오겠습니다"라고 말한 뒤 화장실에 가서 똥을 누고 오는 건 잘못이 아니다. 그런데 둘은 그게 위선적인 표현이고, "아 씨팔, 급똥 왔네. 나 빤쓰에 지리기 전에 똥수간 가서 뿌직뿌직 똥 누고 오겠습니다"라고 말해야 솔직한 것이라는 식이다.

내 눈에 비친 둘의 가장 큰 특징은 어른으로서 가질 지위는 다 갖추었지만, 아직 어른이 되지 못했다는 것이다. 학사, 석사, 박사를 거치는 동안 암기 말고는 배운 게 없는 자들이다. 전문직 명함과 학위, 사타구니와 겨드랑이에 난 털, 주름진 얼굴을 가졌다는 이유로 어른 대접을 받고 산다. 초등학생에게 변호사 자격증을 내주고, 중학생을 대학교 정교수로 임용하면 딱 이들처럼 살 것이다. 차에 달린 194마력짜리 엔진이 자신의 성능인 양 착각하면서.

박 변은 자신의 이혼 경력을 마케팅 포인트로 삼고 있는데, 사실 그의 이혼 사유는 본인의 외도였다. 인공지능 전문가라는 장 박사는 연구하는 것보다 SNS에 글 쓰는 것에 훨씬 많은 시간을 들인다. 여학생들과 함께 찍은 사진을 보여주며 회원들에게 얼굴과 몸매를 품평하게도 한다.

남들이 어른 대접을 해주니 자신들이 진짜 어른스러운 줄 안다. 같은 어른이니 다른 이의 말 따위는 듣지 않으려고 한다. 유아적인 사고를 부끄러워하는 법이 없다. 자기 전문분야를 떠나면 초등학생 수준의 얘기만 내뱉기 일쑤다. 머리가 나쁜데다 지적해주는 사람도 없어서 그렇다. 예의상 고개를 끄덕이며 공감하는 시늉을 하는 이들도 있지만, 보통은 아무 대꾸도 하지 않는다. 그러면 또 자기 말이 옳다고 착각하고 비슷한 수준의 얘기를 이어가는 악순환이 반복된다.

그 둘을 보며 나는 나 역시 어디선가, 누구에게 저런 모습을 보인 적은 없는지 깊이 반성했다. 반성적 사고라는 게 없는 그들은 죽을 때까지 자기들이 옳았고, 나머지는 다 멍청한 바보거나 위선자라고 생각할 것이다. 사람은 절대 바뀌지 않는다.

그동안 저 쉰 살 듀오는 비슷한 만행을 여러 번 저질렀다. 처음 정모에 참석했을 때는 지극히 얌전하고 겸손한 모습이었는데, 딱 세 번째 모임부터 본색을 드러냈다.

1차가 끝나자 장 박사는 자기 단골이라는 일식집으로 우리를 이끌었다. 그곳에서 둘은 노골적으로 여자 종업원을 희롱했다. 나중에 사장이라는 사람이 나타나기에 큰일이다 싶었는데, 말리기는커녕 귀한 분들 오셨다며 참치 머릿살을 내오더니 우리 일행에게 돌아가며 술을 따라주었다.

네 번째 모임은 드라이브였고, 광교에 있는 박 변의 단골 카페에 갔다. 장 박사는 알바생 가슴이 B컵인지 C컵인지를 놓고 내기를 하자고 제안했다. 몇몇이 내기에 응했고, 박 변은 알바생에게 대놓고 물어봤다. 알바생은 웃으며 C컵이라고 대답했다. 이어 자기가 대리비를 쏘겠다며 술집으로 장소를 바꾼 박 변은 젊은 여자 속기사를 전화로 불러내 자기 옆에 앉히고 술을 따르게 했다. 그래도 그때까지는 단골이어서, 여자들이 두 사람이 누구인지 잘 알기 때문에, 아니면 두 사람의 사회적 지위 때문에 그런 일들까지 가능한가보다 생각했다.

하지만 이곳은 관악산 자락의 한적한 카페다. 두 사람이 가끔 TV에 등장한다고는 해도 고작 대낮에 하는 종편 프로그램 정도가 전부다. 카페 직원이 둘을 알아볼 리도, 직업을 짐작할 수 있을 리도 없다. 나는 그 직원이 마음을 가다듬고 다시 나타나기를 바랐다. 성희롱을 당했다고 경찰을 부르거나, 적어도 두 사람에게 정식으로 사과를 요청하기를 바랐다.

하지만 그런 일은 드라마에서나 가능한 일이었나보다. 주방으로 들어간 그 직원은 다시 나타나지 않았다. 그녀의 용기가 부족했을까? 아니다. 반대로 저 둘을 뺀, 여기에 앉아 있는 나머지 모두야말로 용기가 부족한 게 아닐까 하는 생각이 들었다. 벤츠씩이나 타는 사람들이 모였는데 말이다.

변덕스럽게도 순식간에 다시 생각이 바뀌었다. 반대일 수도 있다. 용기가 부족한 사람들이어서 벤츠를 몰고 다닐 수 있는 것일지도 모른다. 조금 전에 있던 사건을 까맣게 잊은 듯, 세상에 그런 일이 발생하지 않은 듯, 다시 밝은 표정을 지을 수 있는 능력만큼은 누구보다 확실한 사람들이다. 카페 직원의 용기가 부족한 게 아니라, 혹시라도 일자리를 잃지 않을까 싶은 걱정이 더 컸을지도 모른다.

그때 동호회 회장님 또래로 보이는 카페 사장님이 우리 테이블로 다가왔다. 직원이 봉변을 당했다는 걸 아는 듯 모르는 듯, 온화해 보이지만 화를 참고 있는 듯도 한, 속내를 짐작할 수 없는 표정이었다. 그 얼굴을 보자 기대감이 생겼다. 카페 사장님이 직원의 아버지이기를 바랐다. 아니면 직원이 울먹이며 한 하소연을 듣고 불같이 화가 났기를 바랐다. 그래서 두 사람 멱살을 잡거나 망신이라도 주기를 바랐다. 하지만 이번에도 드라마 같은 일은 일어나지 않았다. 그는 직원 대신 주문을 받고 돌아갔다. 그냥 묘하게 생긴 얼굴이었나.

어쩌면 나는 정의로운 영웅을 기다렸는지 모른다. 뉴스를 보면 세상에는 숨어 있는 영웅이 참 많다. 강도를 보고 끝까지 추적해서 잡아낸 운동선수, 지하철 치한을 제압한 군인, 갑자기 쓰러진 노인을 심폐소생술로 살려낸 여고생도 있었다. 그런데 지금껏 내 눈으로 직접 본 적은 없다. 누군가 단 한 번이라도 내 앞에서 용기 내는 모습, 악당에 맞서는 모습을 보여주었다면, 내 삶이 달라졌을까.

"쏘리. 차가 막혀서 조금 늦었어요."

딸랑거리는 소리와 함께 성 사장이 경쾌한 발걸음으로 들어왔다. 또각또각 하이힐 소리에 모두 자동으로 고개가 돌아갔다. 가슴이 깊게 파인 원피스 차림의 그녀는 우리 동호회에서 보기 드문 여성 회원이다. 여자들은 벤츠보다 아우디를 더 좋아한다.

사람이 삼십대 중반이 넘으면 외모만 가지고 그의 나이를 추측하기 힘들다. 동창회 모임에서 반갑게 인사하며 손을 내미는 사람이 학창 시절 은사님인가 싶어서 머뭇거렸다가, 같은 반 친구라는 말에 놀라는 일도 생긴다. 그녀 역시 피부나 표정을 보면 내 또래 같기도 했고, 말하는 걸 보면 삼십대 초반 같기도 했으며, 종아리를 보면 사십대 같기도 했다. 밝은 곳에서 보면 오십대 같기도 했다.

"에이, 성 사장님 없으니까 칙칙한 남자끼리 심심했잖아. 빨리 와요."

그녀를 본 박 변이 얼마 안 남은 머리를 손으로 빗어넘기며 과장되게 맞이했다.

다들 그녀가 강남에 사업체를 가진 사장이라는 것만 알고 있지, 무슨 사업을 하는지는 모른다. 화려한 외모를 보면 화류계 사람 같다는 느낌이 들지만, 누군가 일에 관해 묻기라도 한다면 그녀를 다시 볼 수 없을 거라는 건 눈치 없는 쉰 살 듀오도 알고 있었다. 여태껏 아무도 그녀의 직업을 묻지 않았다. 때로는 몰라야 하는 이야기가 있다.

카페에서 두 시간 동안 가볍게 얘기를 나눴다. 회장은 수입사에서 진행하는 프로모션 행사에 우리 동호회가 정식으로 초대받았다는 공지를 전했다. 이번 여름에는 신규 회원과 함께 여수까지 장거리 드라이브를 하러 가거나, 펜션에서 캠프파이어를 할 계획이 있다고도 했다. 둘 다 별로 기대되지 않았다.

카페에서 나와 각자 벤츠를 몰고 삼막사를 지나 서해안까지 줄지어 달리는 드라이브를 시작했는데 별로였다. 중간에 유턴해서 혼자 집으로 돌아왔다. 이제 동호회도 나가지 말아야겠다고 생각했다. 내게 별 유익이 없다. 배울 것이 있거나 재미가 있거나 해야 할 텐데, 배울 게 있다고 생각한 이들은 시궁창 수준이었고, 그들이 재밌어하는 게 내게는 시시했다. 요즘에는 온통 정치와 부동산 얘기뿐이라 더 재미가 없다. 다들 나이도 너무 많고 촌스럽다.

아무래도 젊은 사람들을 만날 기회를 만들어야 하는데, 그게 참 쉽지 않다. 길 가는 사람 붙잡고 친하게 지내자며 말을 걸 수도 없는 노릇이다. 인터넷 커뮤니티에서 활동하면서 친분을 쌓는 게 가장 쉬운 길인데, 온라인 친구를 현실에서 만나는 건 위험 부담이 큰 도박이다. 커뮤니티에서 맺은 인연으로 연인이 된 얘기 같은 건 로또 명당 같은 도시 괴담이다.

로또의 당첨 확률은 구매 숫자에 비례한다. 많이 팔린 곳에서 당첨자가 많이 나오는 게 당연하다. 주식에 대해 일자무식인 사람도 여러 종목에 투자하다 보면 그중 몇 개는 오른다. 경마도 마찬가지다. 하지만 사람들은 실패 사례 대신 성공 사례에만 주목한다. 자신도 대박의 주인공이 될 것이라고 착각한다. 지능의 문제다. 그러니 바보들이 모여 길게 줄을 늘어선 곳이 로또 명당이다. 로또야 당첨이 안 돼도 구매 비용만 날아가지만, 외롭다고 인터넷에서 아무나 만나면 장기가 날아갈 수도 있다.

나는 서울 사람이다. 돈과 일자리가 몰려 있기에 사람이 부나방처럼 몰려드는 곳이 서울이다. 본래부터 타지에서 온 사람들이 외롭게 살아가는 도시다. 그러니 외롭다고 해서 자신에게 무슨 문제가 있다고 생각하면 안 된다.

해가 지자 제법 선선한 바람이 불었다. 주차장에 차를 세우고 담배에 불을 붙였다. 길고양이 한 마리가 나를 보고 소스라치게 놀라 달아났다. 동네 고양이들은 음식물이 들어 있는 종량제봉투를 노린다. 녀석들이 물어뜯는 종량제봉투는 동족의 관이 되기도 한다. 죽은 동물을 산에 묻는 것은 불법이기에, 동물 장묘업체에 맡기지 않는 이상 종량제봉투에 넣어 버리기 때문이다. 분리수거장을 정리하다 봉투 안에 뭔가 말캉한 게 만져지면 매번 소름이 돋는다. 누군가 키우던 동물의 사체일 확률이 높다.

어떨 때는 봉투 안에 들어 있는 게 아직 숨이 붙어 있는 녀석인 경우도 있다. 그럴 때마다 사람만큼 잔인한 동물이 없다는 걸 확인하게 된다. 누군가는 길고양이를 위해 사료 그릇을 놓고, 다른 이는 거기에 담배꽁초를 버리고 가래침을 뱉는다. 동네 고양이 여러 마리가 독살당한 적도 있다. 빨간 벽돌 빌라 3층에 혼자 사는 노인 짓인 걸 다들 알고 있지만 조용히 넘어갔다.

처음 서울에 올라왔을 때는 길고양이를 볼 때마다 반가웠다. 청파동 반지하에 살 때도 녀석들에게 종종 먹을 것을 주었다. 시골에서는 대부분 개를 키우지만, 고양이가 찾아와도 인색하지 않다. 고양이도 사람을 피해 달아나지 않는다. 우리 시골집에도 자주 놀러 오는 고양이가 여러 마리였다. 익숙한 얼굴이 보이지 않으면 로드킬로 죽었거나, 다른 짐승에게 당했거나, 건강원에서 나온 사람들이 나비탕을 만든다고 잡아갔겠거니 했다.

오피스텔 관리인이 된 후에도 처음에는 길고양이에게 잘 대해주었다. 몇 녀석과는 서로 얼굴도 익혔다. 그러다가 녀석들과의 관계가 급속도로 악화된 건 주차해놓은 차량 보닛과 유리창, 지붕 위에 녀석들이 발자국을 남긴다는 세입자들의 항의가 끊이지 않아서였다. 여기저기 남긴 배설물을 치우는 것도 일이었다. 큰맘 먹고 장만한 내 벤츠에 스크래치까지 남긴 이후로는 관계 개선의 여지마저 없어졌다. 녀석들은 이제 적이 되었다. 그렇다고 남들처럼 때리거나 독살하지는 않았다. 분리수거장에 나타나면 겁을 주는 정도였다.

길고양이를 데려다 중성화 수술을 시키고 먹이를 주며 짧은

생이나마 이어가도록 돕는 게 동물 복지인지 나는 아직 잘 모른다. 다만 눈치를 보며 불안하게 사는 녀석들의 삶, 불안정한 주거 환경에서 매 끼니를 걱정해야 하는 삶, 늘 위험에 노출되어 있고 추위와 더위에 고통받는 삶은 복지라는 단어와 거리가 멀다고 생각할 뿐이다. 서울에 처음 왔을 때의 나와 성진이 역시 비슷했던 것 같다. 우리는 늘 불안하고 위험했다. 공짜 밥을 주거나 재워준 사람은 아무도 없었다.

차에서 내려 길고양이가 달아난 곳을 따라가봤다. 우리 건물과 옆 건물 사이, 사람 하나가 겨우 들어갈 좁은 통로였다. 주차장 청소할 때 쓰는 기다란 고무호스와 대야를 놔두는 용도로 썼다. 언젠가부터 거기에 길고양이를 위해 스테인리스 그릇을 놓고 사료와 물을 채워주는 사람이 있었다. 모처럼 찾아간 그곳에는 고양이도, 사료도 없었다. 빈 그릇만 덩그러니 놓여 있었다.

문득 그곳에 그릇을 둔 사람이 403호가 아닐까 하는 생각이 들었다. 언제였는지 정확히 기억이 나지는 않지만, 그곳에 사료를 주는 여자를 발견한 날이었다. "그러면 동네 고양이들이 다 여기로 모이니까 좀 하지 마시라"라고 핀잔을 주었다. 그때 그녀가 403호였을까? 맞을 것 같다는 느낌이 들지만, 나도 나를 믿을 수 없다. 우리의 기억은 늘 왜곡되어 있다.

다시 차로 돌아와 프로야구 경기별 스코어를 확인하려고 휴대폰을 만지작거리고 있을 때 한 여자가 현관 앞에서 서성이는 게 보였다. 행색을 보니 잡상인이나 선교하러 다니는 사이비 종교인 같지는 않았다. 내가 관리하는 건물에 용건이 있어 온 것이니 내가 상대하는 게 맞다. 놔뒀다가 드나드는 세입자에게 말이라도 걸면 나중에 괜히 민원만 들어온다. 마지막 한 모금을 깊이 빨아들인 뒤 연기를 내뱉으며 다가가 말을 걸었다.

"이 건물 관리인입니다. 어떻게 오셨어요?"

"403호에 제 친구가 사는데요. 하도 연락이 안 돼서요."

"아, 403호. 연락이 안 되겠죠."

"네. 휴대폰까지 꺼놨어요. 무슨 일이 있는 것 같아요."

403호의 친구라면 나와도 동갑일 텐데 꽤 나이 들어 보였다. 내 또래는 결혼과 육아 여부, 몸매와 피부 관리에 따라 겉보기 등급이 천차만별이다. 일요일 저녁에 귀찮은 일이 생기는 건 딱 질색이지만, 여자를 데리고 오피스텔 근처 카페로 향했다.

고작 테이블 몇 개가 전부인 작은 카페는 부부가 운영하는 곳이다. 주말이 지나가는 게 아쉬운 이들이 늦은 시간까지 커피를 마시며 앉아 있었다. 여자는 생과일주스를, 나는 아이스 초코를 주문했다. 여자는 아기자기한 실내를 둘러보지도 않고 테이블 위만 바라보았다. 내 입에서 어떤 말이 나올지 짐작했기 때문일 것이다.

처음 만난 사이지만 나는 여자가 누구인지 알고 있었다. 403호가 고향에 내려가 수의 테크니션으로 일할 때 함께 일한 동료이자, 죽기 전까지 유일하게 남아 있던 친구다. 지금은 목동에 있는 동물병원에서 일하고 있다는 것도 일기장에 적혀 있었다. 아들은 여섯 살, 딸은 네 살, 동갑내기 남편은 중장비 기사를 하고 있다.

이 카페는 생과일주스를 시키면 냉장고에서 과일을 꺼내 씻는 것부터 시작한다. 나오는 데까지 꽤 시간이 걸린다. 음료를 기다리는 동안 여자는 서비스 테이블에 가서 미지근한 물을 따라와 마시더니 403호에 관해 묻기 시작했다. 솔직히 대답하자 여자는 얼굴이 굳어버렸다.

"……자살이 확실해요?"

"네. 유서가 나왔대요."

"나쁜 년. 나한테 연락도 안 하고……. 장례식은요?"

"무연고 사망자라 따로 장례를 치르지 않는다네요."

내 말을 듣자 여자가 부르르 떠는 게 느껴졌다.

"무연고 사망자? 민수 씨는요!"

"네?"

"아……. 제 목소리가 너무 컸죠. 걔 전남편이 있거든요."

"네. 그분도 만났어요."

"네?"

여자의 눈동자가 커졌다. 403호 전남편 이름이 민수였나보다. 나는 여자에게 한때는 화가였지만 지금은 에어컨 설치 보조로 일하고 있는 남자와 만난 얘기를 들려주었다.

"주문하신 생과일주스하고 아이스초코 나왔습니다."

수염이 덥수룩한 남자 사장님이 직접 쟁반을 들고 우리 테이블로 왔다. 무뚝뚝한 표정이지만 목소리만큼은 늘 상냥하다. 이곳의 좋은 점은 주문을 마친 이후에는 음료를 받거나 잔과 컵을 반납하기 위해 카운터에 다시 갈 일이 없다는 것이다. 프랜차이즈가 우후죽순으로 생긴 이후부터는 햄버거 가게처럼 손님을 와라 가라 부려먹는 카페가 대부분이다.

"아니, 아무리 형편이 어려워도 그렇지. 한 침대에서 살 맞대고 살다가 애까지 낳은 사람인데, 이혼했다고 생판 모르는 사람 취급을 해요?"

"그러면 그쪽에서 시신 인도 받고 장례 치러주실래요?"

"네?"

내 말에 여자는 당황스러운 표정을 지었다. 나는 틈을 주지 않고 여자를 몰아붙였다.

"막말로 남녀가 이혼하면 땡인 거 아닙니까? 두 분이 그렇게 친하다면 친구 장례를 챙겨주실 수도 있잖아요."

알고 있다. 아무리 친한 사이라고 해도 쉽지 않은 일이라는 걸. 중장비 기사가 돈을 많이 번다고는 하지만 개인차가 있을 것이고, 두 아이를 키우다 보면 돈 쓸 곳이 많아 늘 빠듯할 것이다. 게다가 친구 장례를 치르겠다는 내용으로 남편을 설득하려면 지난한 과정을 거쳐야 할 것이고.

여자는 내가 의도한 반응을 보였다. 입술만 씰룩거릴 뿐 아무런 대답을 하지 못했다.

"하지만 안 되는 거 아시잖아요. 법적으로 가족이 아니니까."

"그, 그렇죠."

여자가 고개를 끄덕이기 시작했다.

"마찬가지예요. 전남편, 그분도 법적 배우자가 아니라 시신 인수를 못해요. 장례도 치를 자격도 없고요. 법이 그렇대요."

"네. 그렇죠. 그렇겠네요. 아이고, 내 친구 불쌍해서 어떡해요."

자신의 입에서 나온 말과 달리 여자의 표정은 많이 풀어졌다. 내 질문 때문에 갑자기 마음에 가책이 생겨났다가 뒤이은 말을 듣고 희석되었기 때문일 것이다.

여자에게 심술 맞게 굴겠다는 악의 같은 건 애초에 없었다. 전남편을 편들어줄 생각도 없었다. 다만 자신이 가진 마음의 짐을 가볍게 하고자 다른 사람을 걸고넘어지는 게 순간적으로 조금 괘씸했을 뿐이었다.

"제가 뭐 알겠습니까마는……. 생전에 깊은 사이였던 두 분 다 황망하고, 미안하고, 그러시겠죠. 전남편분은 나중에 아내

유골을 받을 수 있을 거라고 알고 계세요. 힘들 것이라는 말씀은 차마 못 드렸네요. 저도 그런 쪽은 경험도 없고, 잘 몰라요. 전남편분 부탁이라 따로 알아본 거예요."

"그렇죠. 그렇죠."

여자는 이제 내 모든 말에 공감한다는 듯, 말을 마칠 때마다 고개를 크게 까닥거리며 듣고 있었다.

"403호 그분, 남은 가족도 없다면서요. 그러면 우리가 할 수 있는 건 여기까지인 것 같습니다. 명복을 빌어드릴 수밖에요."

"그러네요."

대화는 거기서 끝났다. 서로 더 할 말도, 들을 말도 없었다. 빨리 나가서 담배나 피우고 싶다는 생각이 들었다. 여자는 반쯤 남아 있던 생과일주스를 쭉 들이마셨다. 얼음이 서걱거리며 후루룩하는 소리가 생각보다 컸다. 민망해할까봐 아무 말이나 던졌다.

"그분은 어떤 친구였어요?"

"착하고 예뻤죠. 어디 가서도 눈에 띌 정도로. 그래서 늘 부러웠어요."

여자는 403호의 얼굴을 떠올리려는 듯 허공을 바라보았다. 예뻤다니. 나도 403호를 최소한 몇 번은 보았겠지만, 얼굴을 기억하지는 못한다. 나는 왜 그녀가 게으르게 생겼다고 적었을까?

"웃을 때는 더 예뻤어요. 그런데 말수도 없고, 남자한테 관심도 없고. 제가 개처럼 태어났으면 맨날 나이트 다니고 엄청 놀았을 텐데. 걔는 놀 줄도 몰랐어요."

"그랬군요. 저는 사실 그분을 잘 몰라서."

"저랑은 참, 인연이죠. 고등학교 때까지 서로 몰랐어요. 좁은 동네라서 그러기가 힘들거든요. 걔가 동물병원 출근한 첫날에 서로 인사를 나누자마자 수다를 떨었는데, 아, 동물병원이 꽤 크긴 했는데, 손님이 없을 땐 진짜 반나절은 그냥 놀기도 하거든요. 동갑내기에 같은 동네 출신인 걸 알고 깜짝 놀랐죠. 서울에 올라가서 살다 내려왔다는데, 걔한테서는 맨날 좋은 냄새가 나는 거예요. 저는 그걸 서울 냄새라고 생각했죠. 막상 내가 서울에 올라오니까 좋은 냄새는커녕 매캐하기만 했는데. 속은 거죠."

다시 그 시절로 돌아간 듯, 여자의 얼굴이 조금은 젊어진 것처럼 보였다. 말하다 잠시 숨을 돌린 여자는 그제야 카페의 특이한 조명을 한동안 바라보았다. 그러다 고개를 돌려 한쪽 벽을 채운 그림 액자, 귀여운 소품도 둘러보았다.

"그게 되게 오래된 거 같네요. 생각해보니까 몇 년 되지도 않았는데. 걔 때문에 우리 신랑하고도 싸웠어요. 월남국수 먹으러 갔었나? 같이 식당에서 밥을 먹기로 했거든요. 신랑하고 먼저 들어가서 기다리다가 걔가 들어왔는데, 신랑이 '우와' 하고 감탄을 하는 거예요. 내가 빤히 옆에 있는데, 미친 거죠. 그래

서 안 보이게 막 꼬집고, 집에 들어가서도 바가지 좀 긁어줬어
요."

"그랬군요."

"걔네 어머니는 잘 계시는지 모르겠네요. 딸이 그렇게 됐으
니 찾아뵐 수도 없고. 실은 서울 와서는 한 번도 못 뵀어요. 먹
고살기 바쁘다 보니까. 튼튼이 그렇게 되고도 참……. 아, 아들
내미가 있었어요. 튼튼이라고. 어릴 때부터 많이 약했는데, 먼
저 하늘나라로 갔죠. 걔 정말 딱해요. 저 같아도 우리 새끼가
그렇게 되면 세상 어떻게 살까 싶네요."

튼튼이라는 이름이 나오자 심장이 철컹 내려앉았다. 여자
역시 403호의 아이가 죽은 것을 알고 있었다니. 나와 403호 둘
만의 비밀이 아님에도, 일기장을 봤다는 이유로 나는 세상에
서 그녀를 제일 잘 아는 사람인 양 착각했던 것이다.

그녀가 남긴 아이 신발이 있고, 그걸 전남편에게 돌려줬다
는 말은 하지 않았다. 여자는 자신이 403호와 함께 보낸 시간
을 오래도록 얘기해주었다. 나는 수다를 좋아하는 편이 아니
지만, 여자의 얘기를 듣자 일기장으로만 접할 때보다 403호와
더 가까워진 느낌이 들었다. 여자는 휴대폰으로 시간을 확인
하더니, 자기가 너무 말이 많았다며 사과했다. 나는 괜찮다고
말한 뒤 자리에서 일어나자고 했다.

"제가 샀어야 했는데. 잘 마셨습니다. 그리고 시간 내주셔서

감사합니다. 제 친구 가는 길 도와주신 것도 감사합니다."

카페에서 나오자 여자는 내게 허리를 숙여 인사했다. 나도 여자를 향해 허리를 숙였다. 안에서 얘기할 때와 달리 쓸쓸하고 슬픈 얼굴이었다. 희미한 가로등에 비친 여자의 눈동자가 촉촉했다.

우리 건물에 찾아오기까지 복잡한 심경이었을 것이다. 친구의 비극적인 소식을 들은 직후에는 피아를 구분하기도 힘들었을 테고, 대상이 무엇이 됐든 분노를 쏟아내고 싶었을지도 모른다.

여자와 헤어지니 밤 10시가 다 되어갔다. 늦은 시간까지 놀이기구에서 소리치며 뛰노는 아이들과 벤치에서 수다를 떠는 그들의 부모, 어두운 구석에서 쪼그려 앉아 담배를 피우는 불량청소년이 공존하는 놀이터를 지나 어두운 골목길로 들어섰다. 오피스텔에 도착할 무렵, 전화가 걸려왔다. 예상했던 발신자였다. 전화를 받고 침묵하자 상대가 먼저 입을 열었다.

"여보세요?"

"네."

"주위가 조용하네? 자기, 약속 있어서 먼저 간 거 아니었어?"

"오늘 좀 피곤해서."

벤츠 E클래스 동호회의 성 사장이었다. 역시나 술에 취해 혀가 꼬였다. 그녀는 술을 잘 마시지 못한다. 그런데도 밤만 되면 술을 찾는다. 대신 천천히 오래도록 마신다. 그러다 취하면 말수가 많아지고 교태를 부린다. 나도 술을 좋아하고, 일단 마시기 시작하면 취할 때까지 멈추지 않는다. 그녀와 내가 함께 밤을 보내기 시작한 계기는 술로 인한 우발사고에 가까웠다.

쉰 살 듀오가 들어오기 전까지 동호회 정모는 술 없는 모임이 대부분이었다. 술자리가 벌어지는 건 아예 차를 두고 만나는 반기 총회나, 자동차와 관련한 큰 행사에 참석할 때뿐이었다. 작년 총회에서 지금의 회장을 추대했고, 그는 감사를 표시하겠다며 회원 모두를 자신의 곱창집으로 초대했다.

우리는 커다란 룸에 들어갔다. 주방에서 이미 다 구운 곱창이 무쇠 팬째 테이블 위로 올라왔다. 온갖 종류의 술이 끊이지 않았다. 곱창과 샴페인이 제법 잘 어울린다는 것을 처음 알았다. 이어 나온 육사시미와 특수부위는 곱창보다 맛있었다. 거기에 위스키와 사케까지 섞어가며 신명 나게 술을 마셔댔다. 1차에서 반 정도가 취했고, 그들은 대리기사를 불러 먼저 집에 갔다.

회장은 입가심하자며 옆 건물 가라오케로 우리를 인도했고, 거기서 맥주를 마시다 다들 취했다. 다음날 출근을 위해 정신을 차리려고 노력했지만 허사였다. 섞어 마신 술은 강력한 취기를 안겨주었고, 옆자리에 앉아 맥주를 홀짝이던 성 사장은 은

근히 내 허벅지를 주무르기 시작했다. 아무렇지 않은 척 맥주만 마셨다. 그러다 바지 안으로 그녀의 손이 쑥 들어와 내 해면체를 잡는 순간, 참을 수 없는 욕정이 부글부글 끓어올랐다.

다음날 눈을 뜬 곳은 그녀의 집 침대 위였다. 혼자 살기에는 지나치게 넓은 오피스텔이었다. 집 꾸미는 것에 흥미가 없는지, 별다르게 들여놓은 가구나 살림살이도 없었다. 집에서 음식을 만들어 먹지 않는 것도 분명해 보였다. 내 옷은 거실 소파에 아무렇게나 널브러져 있었다. 주섬주섬 옷을 챙겨입고 창밖으로 보이는 테헤란로를 잠깐 구경하다 그녀의 집에서 나왔다. 그때까지도 그녀는 침대 위에 누워 있었다.

새로 정권을 잡은 회장은 이후에도 종종 술자리를 만들었고, 나와 성 사장은 비슷한 패턴을 반복했다. 아무리 이성을 차리고 자제해보려고 해도 그랬다. 한 번은 실수고 사고지만, 반복되면 버릇과 습관이 된다. 마지막 술자리가 끝나기 전에 다들 취해버리거나 집에 가버려서, 꼭 우리 둘만 남게 됐다. 그러면 따로 맛있는 걸 먹으러 식당에 가거나, 재즈 공연을 보러 바에 가거나, 아무튼 술을 마셨다. 그러다 보면 결국 둘 다 술에 취했고, 술김에 섹스했다.

그렇다고 그녀와 사귀게 된 건 아니다. 따로 둘만의 약속을 잡고 데이트를 한 적은 없다. 우리는 한 치도 가까워지지 않았다. 그 증거로 내가 아침에 침대에서 일어나 옷을 챙겨입고 나가는 동안 그녀가 일어난 적은 지금껏 한 번도 없다. 빨리 나가주기를 바라며 눈 감고 자는 척할 뿐이라는 걸 모를 정도로 눈치가 없지는 않다.

여전히 나는 그녀의 나이와 직업을 모른다. 그녀도 내가 어떤 사람인지 모른다. 내가 나이가 어리거나, 연애 경험이 많거나, 심지어 유부남이라면 미지의 여성과 짜릿한 만남을 즐겼을지 모른다. 하지만 나는 지금껏 제대로 된 연애를 한 번도 못해봤다. 섹스도 업소에서 돈 주고 해본 게 전부다. 수없이 외로운 밤을 함께한 건 일본산 야동에 나오는 여배우들이었다.

예전에는 일본 AV를 보며 혼자 욕구를 해소했지만, 이제는 성 사장을 상상하는 것만으로도 충분하다. 탄력은 조금 부족하지만, 그녀의 젖가슴은 더없이 풍만하다. 거기에 지치지 않고 내 성기를 빨던 그녀의 빨간 입술, 후배위 때 더욱 자극적인 골반과 엉덩이를 상상하며 자위 행위를 한다. 그러다가 찍 하며 정액을 분출하면 끝이다. 허무한 쾌락의 끝을 마무리하는 건 담배 연기뿐이다.

침대 위에서 그녀가 상당히 훌륭하다는 사실은 부정할 수 없다. 그녀는 남자를 미치게 만드는 방법을 안다. 내 젖꼭지를 혀로 부드럽게 핥다가 자신의 가슴을 내 얼굴에 올려 숨도 못 쉬게 만든다. 그러면 나는 그녀의 가슴을 손으로 모아 두 유두를 동시에 빤다. 그녀의 신음이 나를 더욱 자극한다. 어느새 그녀는 내 하반신 쪽으로 몸을 돌려 뿌리 끝까지 펠라티오를 해준다. 그러다가 내 위에 올라탄 뒤 격하게 몸을 움직인다.

그녀는 내가 사정할 무렵을 귀신같이 알아챈다. 더는 참지 못하고 발사할 시점이 다가올 무렵, 그녀는 살며시 엉덩이를 들어 음경을 빼낸다. 내 위에 올라탄 채 담배에 불을 붙여 한 모금 빨고 난 뒤 빨간 립스틱이 묻은 담배를 내 입술에 물려준다. 내 가슴에 재떨이를 올려놓고 담배 한 대를 나눠 피우며 사정 시점을 늦추는 것이다. 술을 한 잔 마시기도 한다.

그리고 나를 부드럽게 애무한 뒤 그곳이 다시 빳빳해진 것을 확인하면 내 귀에 "자기가 올라와"라고 속삭인다. 여러 체위를 즐기지만, 마무리는 항상 후배위다. 그녀의 몸 깊숙이 정액을 분출하고 나면 아찔한 기분이 든다.

하지만 부르르 떨며 정액을 뿌리는 것으로 끝나버리는 섹스 대신, 나는 제대로 된 연애가 하고 싶다. 섹스가 끝나면 둘이 꼭 껴안고 잠든다든가, 욕실에서 서로의 몸을 거품으로 닦아준다든가, 아침에 일어나 함께 모닝커피를 마시며 게으름을 피우다가 밖에 나가서 쌀국수를 먹는다든가 하는 것 말이다. 멀티플렉스나 놀이공원에 같이 가고, 스니커즈에 청바지 같은 편안한 차림으로 삼청동을 걸으며 예쁜 카페를 찾고, 이화동 골목길 벤치에 나란히 앉아 서로의 어린 시절 얘기를 도란도란 나누는 게 내가 바라는 연애다.

서로를 뜨겁게 탐하던 밤을 보낸 다음날, 돌아누운 그녀의 뒷모습을 뒤로 한 채 집에 돌아오면 허탈함과 자괴감이 몰려올 뿐이었다. 그녀는 내게 잘 들어갔느냐고 문자 한번 보낸 적이 없다. 나 역시 자위할 때 말고는 그녀를 보고 싶다는 생각이 들지 않는다.

다르게 살아야 한다. 그러려면 어느 시점에 과감하게 고리를 끊어야 한다. 어떤 유혹을 해도 냉철하게 거절해야 한다. 바로 지금이다.

"자기, 지금 여기로 올래? 보고 싶은데."

"거기가 어딘데요."

"어! 올 건가 보네? 여기 운서역 근처인데, 전부 꽐라돼서 맛탱이 갔어. 나만 멀쩡해. 우리 맛있는 거 먹으러 가자. 내가 내비 찍어줄게."

"멀리도 갔네. 나 피곤하다니까. 다음에."

맛있는 거 먹으러 가자는 게 음식을 말하는 건지 섹스를 말하는 건지 구분할 수 없다. 그녀가 뭐라고 대꾸하기도 전에 전화를 끊어버렸다. 그녀의 요구를 처음으로 거절하긴 했지만, '다음에'라며 또 여지를 남겨버렸다. 내가 이렇다. 사실 그녀마저 없으면 여자 향수 냄새를 가까이서 맡을 일이 없다. 내 너절한 몸을 탐할 여자도 없다.

쉰 살 듀오가 그녀를 향해 군침을 삼키고 있다는 건 동호회 사람 모두가 안다. 회장도 그녀에게 흑심을 품고 있을지 모른다. 어쩌면 그녀와 사고를 친 건 동호회에 나뿐이 아닐지도 모른다. 우발사고를 유발하려는 목적을 가지고 여러 동호회를 기웃거리는 게 그녀의 정체일 수도 있다. 아무튼, 동호회 사람들이 우리의 이런 관계를 모른다는 것이 다행이다.

403호의 튼튼이는 희소병으로 죽었다. 불과 몇 주 전에 일어난 안타까운 일이다. 하지만 그녀의 일기장을 들고 나온 순간을 후회한 이유는, 그녀가 일기장에 기록한 불행이 거기서 끝이 아니었기 때문이다. 403호의 남편에게도, 갑자기 찾아온 그녀의 가장 친한 친구에게도, 차마 들려주지 못한 이야기가 있다.

세상에는 모르는 게 나을, 몰라야 하는 이야기란 게 있다.

혼자가 아니었다

생각해보면 우리 엄마는 참 독한 사람이다. 403호의 어머니처럼 우리 엄마도 늦은 나이에 나를 낳았다. 못생긴데다 한쪽 다리까지 저는 여자라서, 아버지처럼 무식하고 술 좋아하는 남자를 만났다. 엄마는 취미도 없고 취향도 없는 사람이다. 좋아하는 음악이나 영화도 없고, 술을 마시지도 않았다. 그렇다고 동네 여자들과 수다를 떠는 법도 없고, 계모임도 나가지 않았다.

나는 어릴 때 비엔나소시지를 좋아했다. 아니, 나뿐 아니라 내 또래 애들은 다 좋아했다. 지금도 식당에서 케첩을 뿌린 비엔나소시지가 반찬으로 나오면 그렇게 반가울 수가 없다. 그런데 엄마는 도시락 반찬으로 비엔나소시지를 싸주는 법이 없었다. 학교에서 점심시간에 반찬통을 열면 김치와 푸성귀뿐이었고, 간혹 계란프라이가 있는 게 전부였다. 친구들은 내 반찬통을 거들떠보지도 않았다. 비엔나소시지에 예쁘게 칼집을 내고 케첩을 듬뿍 뿌린 준우의 반찬은 애들에게 인기 만점이었다.

하루는 내 투정을 견디다 못한 엄마가 소시지를 사왔다며 새벽부터 생색을 냈다. 과연 부엌에서 오랜만에 기름 냄새가 풍겼다. 그 고소한 냄새를 맡으며 조금 더 누워 있다가 등교 시간에 맞춰 도시락을 들고 학교에 갔다. 단짝이었던 성진이에게 나도 소시지 반찬을 싸왔다고 의기양양한 표정으로 반찬통을 열었는데, 안에 있던 건 내가 생각한 소시지가 아니었다. 어설프게 달걀옷을 입긴 했지만 이미 너덜너덜 반 누드 상태가 된 분홍 소시지가 나를 놀리듯 까꿍 하고 나타났다.

"에이, 이게 뭐야! 엄마는 왜 또 이딴 걸 싸줬대?"

"야, 이거 진짜 오랜만에 보는데? 추억의 맛이네."

분홍 소시지를 보자마자 짜증을 부리는 내게 한 성진이의 말이 진심이었는지, 나를 위로하기 위해 한 말이었는지 알 수 없었다. 케첩이라도 뿌렸으면 조금 나았을지 모른다. 입에 넣자마자 물렁거리는 촉감과 함께 비린내가 진동했다.

그날 집에 오자마자 도시락통을 집어던지며 엄마에게 시위했다. 내가 뽀드득뽀드득 하는 진짜 소시지를 해달라고 했지, 언제 물컹물컹한 밀가루 범벅 가짜를 해달라고 했느냐고 큰소리를 냈다. 엄마는 그게 그건 줄 알았다며, 그래도 엄마가 해준

192

음식인데 그렇게 지랄을 하느냐며, 다시는 안 해준다고 소리를 지르더니 밭으로 나갔다. 괄괄한 성격을 보면 엄마는 남자로 태어났어야 했다.

고등학교 2학년 운동회 날에 준우네 엄마는 검은 세단을 몰고 학교 안으로 들어와 우리 반 애들에게 햄버거를 돌렸다. 나는 햄버거보다도 굵은 선글라스에 챙 넓은 모자를 쓰고, 무릎까지 내려오는 치마를 입은 걔네 엄마 옷차림이 눈에 들어왔다. 우리 엄마는 뽀글뽀글 파마머리를 한 채 분홍색 카라티를 입고 왔다. 까무잡잡한 얼굴에 빨간 루주만 바르는 게 엄마의 화장이었다.

엄마는 내게 도시락을 전해준 뒤 다시 일하러 돌아갔다. 다른 애들이 싸온 것과 달리 우리 엄마가 만들어준 김밥은 지나치고 컸고 맛은 싱거웠다. 속 재료보다 밥이 압도적으로 많았기 때문이다. 운동회가 끝나자 나는 더 놀자고 꼬드기는 친구들을 뒤로하고 곧바로 집으로 향했다.

집에 와서 엄마에게 또 투정을 부렸다. 그런 김밥을 싸줄 거면 차라리 읍내에 있는 분식점에서 사오는 게 낫다고, 깨만 잔뜩 뿌린다고 맛있어지느냐고 핏대를 높였다. 엄마는 대꾸도 없었다. 전날도 늦게까지 술을 마셔놓고 점심부터 해장술을 마시다 TV를 켜놓고 잠들었던 아버지가 일어나더니 고래고래 소리를 질렀다.

"야, 이 쌍놈의 새끼야. 네 형은 그것도 못 먹고 죽었다. 지 애미가 싸주면 '감사합니다' 하고 처먹어야지. 공부도 못하는 새끼가 배때기만 불러가지고. 사내새끼가 뭔 놈의 음식 타박을 그렇게 해? 에이, 한심한 새끼."

평소 우리 집은 형에 관한 얘기가 금기였다. 하지만 술에 취한 아버지는 가끔 형 얘기를 꺼냈다. 보통은 나를 공격하기 위한 수단으로 사용했다. 우리 부모에게 자식은 나 혼자가 아니었다. 내게는 여섯 살 터울의 형이 있었지만, 나는 그를 알지 못한다. 내가 태어나기도 전에 죽었기 때문이다. 계엄군이 쏜 총에 맞았단다.

"아버지도 맨날 국이 짜니 싱거우니 그러면서, 왜 나한테만 그래요?"

"뭐라고? 이 자식이……."

"그리고 형은 무슨 얼어 죽을 형이에요? 나는 얼굴도 못 봤는데!"

아버지가 손을 더듬거리며 뭔가 집어던질 물건을 찾는 동안 재빠르게 집에서 벗어나는 건 내게 익숙한 일이었다.

씻지도 못하고 나오니 찝찝했다. 유난히 무더운 날이었다. 축구 세 게임을 뛰고 줄다리기에 기마전까지 치른 내 몸에서 찌든 땀 냄새가 났다. 등목이라도 하려고 성진이네 집에 갔더니 텅 비어 있었다. 녀석이 어디 있을지는 뻔했다. 뒷산에 올라간 것이다. 걔네 집 마당 수돗가에서 웃통을 벗고 대충 씻은 뒤 뒷산으로 향했다.

애들 잔치는 이미 끝났지만, 정작 신난 건 동네 어른들이었다. 학교 정문 앞 커다란 느티나무 아래 평상에 벌인 술판이 한창이었다. 철물점을 하는 혁수네 아버지가 노래방 기계를 가져다 놓은 덕분에 춤판까지 벌어져 온 동네가 들썩거렸다. 학교 담장을 따라 반대편으로 돌아가면 뒷산으로 통하는 작은 샛길이 있었다. 관리하는 사람이 없어서 잡초만 무성한 묘지 근처가 우리의 아지트였다. 스산하기는 해도 인적이 드문 곳이라 탈선하기에는 안성맞춤이었다.

아지트에 도착하기도 전에 하얀 담배 연기가 피어오르는 것을 보고 녀석들이 자리 잡고 있음을 알 수 있었다. 성진이를 비롯해 진혁이, 혁수, 홍수, 준우까지 모두 모여 있었다. 갑작스러운 인기척에 흠칫 놀란 녀석들은 내 얼굴을 확인하자 안도하면서, 기어이 올 거면서 아까는 왜 튕겼느냐고 타박부터 하기 시작했다. 지각했으니 벌주를 마셔야 한다고 해서 소주 두 잔과 양주 한 잔을 연달아 입안에 들이부었다.

무덤 옆 커다란 바위 위에 제법 번듯한 술상이 차려져 있었다. 준우네 엄마가 애들하고 먹으라고 넉넉하게 싸준 소불고기가 메인 안주였다. 거기에 홍수가 가져온 육포와 천하장사 소시지, 성진이가 가져온 장조림까지 있어서 푸짐했다. 혁수는 아버지가 아끼던 양주를 물통에 몰래 따라왔다. 중국집에서 배달 일을 하던 진혁이도 안주랍시고 단무지와 생양파를 챙겨왔는데, 생각과 달리 술과 잘 어울렸다.

먼 산 너머 뉘엿뉘엿 해가 불타며 저물고 있었다. 우리는 술을 마시고 담배를 피우며 몇 시간째 인생을 논했다. 그래봤자 공부하기 싫어하는 십대들이 하는 뻔한 푸념과 미래에 대한 걱정, 어른스러운 척하려는 일종의 허영심이 뒤섞인 대화였다. 상고나 공고에 다니는 애들은 졸업하기도 전에 취업해서 곧바로 돈을 벌 수 있으니 부럽다는 얘기도 나왔다. 우리 학교 졸업생 중 대부분은 성적이 안 되거나 돈이 없어서 대학에 갈 수 없었다.

"너는 졸업하고 뭐 할 거냐? 대학 갈 거야?"

일찌감치 대학을 포기한 진혁이가 내게 물었다. 녀석은 일단 돈부터 번 뒤 서울에 올라가서 가수가 되겠다며, 허구한 날 교실 뒤에서 유승준 노래를 틀고 춤을 추었다. 춤은 제법 그럴듯했지만, 비쩍 마른 몸 때문에 영 폼이 나지 않았다. 얼굴을 보면 차라리 개그맨 공채를 알아보는 편이 나았다.

"대학은 무슨. 이 중에 대학 갈 수 있는 새끼 있어? 맨날 처놀기만 하면서."

"그러면 졸업하고 뭐 하게?"

"나? 글쎄."

나는 그때까지 졸업하면 어떻게 살지 진지하게 고민한 적이 없었다. 어떤 것에도 노력을 기울이지 않았고, 무엇 하나 잘하는 것도 없었다. 그저 집과 학교를 오가고 지루한 일상을 버티며 꾸역꾸역 살아갈 뿐이었다. 어른이 되려면 아직 한참은 더 남은 줄 알았다.

"시골에서 내내 썩을 거 아니면, 졸업하자마자 여기를 뜨고 봐야 돼."

진지한 표정으로 헐벗은 여자들이 나오는 잡지를 뒤적거리고 있던 준우가 끼어들었다. 녀석은 우리 중에서는 물론이고 학교 전체에서도 가장 부잣집에 살았다. 하릴없이 부아가 치밀어 따지듯이 물었다.

"준우 너는 뭐 할 건데?"

"졸업하면 바로 서울 올라가야지."

"붕신. 가면 뭐 하는데? 누가 일자리라도 준대?"

"우리 형한테 부탁 좀 해야지. 올라간 지 얼마나 됐다고, 벌써 자리 잡았대. 야, 까놓고 똑같은 롯데리아 알바를 하더라도 여기 촌구석에서 하는 게 낫겠냐, 서울 종로에서 하는 게 낫겠냐? 사람은 말이야, 일단 큰물에서 놀아야 돼."

나중에 준우는 자신의 말과 달리 고향에서 가까운 대학에 입학했다. 우리 중 유일하게 고학력자가 된 것이다. 대학 졸업 후에 기어이 고향을 떠나기는 했는데, 서울이 아닌 인천에 자리를 잡았다. 하긴, 그때 우리는 서울, 경기, 인천, 수도권 모두를 그냥 서울이라고 불렀다. 수원에서 온 국어 선생도 서울 사람, 과천 토박이였던 기술 선생도 서울 사람, 제물포 출신의 물리 선생도 서울 사람이었다.

"형이 그러더라. 여기서 나이 먹고 촌놈으로 굳어버리면, 나중에 서울 올라와도 쫄아서 아무것도 못할 거라고. 그러니까 하루라도 젊을 때 빨리 올라오라는 거야. 일 많다고 좀 도와달래."

"니네 형 서울에서 뭐 하는데? 대기업 다녀?"

"대학도 안 나왔는데 대기업은 무슨. 우리 형 장사해. 씨발, 부평지하상가에서 휴대폰 파는데, 돈 존나 많이 버나봐. 야, 이거 봐봐."

바지 주머니를 뒤져 지갑을 꺼낸 준우가 스티커 사진을 보여주었다. 노란 머리에 민소매 티를 입고 한껏 양아치 같은 표정을 한 남자와 단발머리에 진한 화장을 한 여자가 찍힌 사진이었다. 노란 머리가 준우네 형이고, 단발머리는 그의 여자친구임이 분명했다.

"우리 형 깔따구래. 존나 예쁘지? 우리보다 한 살 많아."

"그럼 얘도 고삐리 아니야?"

"학교 안 다녀. 형이랑 같이 일해."

"좋겠다, 씨발. 얘도 돈 많이 벌어?"

"새끼. 야, 이 촌놈아, 얘 옷 입은 거 좀 봐라. 이 티셔츠 한 장이 30만 원이 넘어."

30만 원이면 풀타임 알바를 한 달 내내 뛰어야 받는 돈이었다. 우리가 즐겨 피우던 디스가 천백 원이었고, 88라이트는 단돈 천 원이던 시절이다.

준우는 자기 형의 화려한 서울 생활을 얘기해주었다. 넋을 잃고 듣고 있다 보니 뭔가 별천지 같은 얘기였다. 대학을 나오지 않고도 그렇게 멋있게 살 수 있는 건 서태지나 듀스처럼 유명한 연예인한테나 가능한 줄 알았다. 부러웠다. 공부를 안 하고도 돈을 많이 벌고, 어리고 예쁜 여자친구까지 사귀고. 나도 저렇게 살고 싶다는 생각이 들었다. 다 서울에 살아야 가능한 일이었다.

서울에 잘나가는 형을 둔 덕분에 생각의 폭이 넓은 준우도 부러웠다. 걔네 부모님이 잘살기 때문이라는 게 가장 큰 이유였겠지만, 당시 내 생각은 그랬다. 매일 술만 마시고 집구석에 누워 있는 아버지, 억척같이 일만 하는 엄마 말고 든든한 형이 있으면 얼마나 좋을까 싶었다.

고향 뒷산에는 아직도 가로등 같은 건 없을 것이다. 술기운에 비틀거리는 열여덟 사내 여섯이 어두운 산길을 더듬어가며 내려왔다. 멀리서도 집에 불이 켜져 있는 게 보였다. 마당에 들어서자 대청마루에 앉아 빨래를 개고 있던 엄마가 고개를 들었다.

"어디 갔다가 이제야 겨들어 와?"

"아, 몰라. 나 씻을래."

"저녁 안 먹었지? 밥 차려놨어."

엄마는 개다리소반 위에 저녁을 차려두고 알록달록한 밥상보로 덮어놓았다. 소불고기로 배를 채운 내 눈에 밥상이 들어올 리 없었다. 친구네 집에서 먹었다고 얘기하고 방에 들어가려고 하자, 엄마가 나를 자리에 앉히려고 했다.

"너 입 크게 벌리고 하, 해봐."

"아, 왜?"

"빨리! 하, 해봐."

"왜 그러는데? 나 잘래. 피곤해."

엄마가 뭔가 냄새를 맡은 게 확실했다. 그게 술 냄새인지 담배 냄새인지, 아니면 둘 다인지 알 수 없다는 게 문제지만. 애들하고 헤어지기 전에 후라보노 껌을 하나씩 씹긴 했는데, 효과가 없었나보다. 내 허리춤을 붙잡고 있던 엄마 손을 뿌리치며 방으로 들어갔다. 엄마가 뒤통수를 향해 소리쳤다.

"내가 못 산다. 진짜. 서방이라고 하나 있는 것도 저 지랄 술만 처먹고 자빠져 있는데, 이제 너까지 못된 짓만 골라 하고 다니냐? 내가 누굴 믿고 사는데. 자식이라고 하나 있는 거, 그거 잘되는 꼴 보고 죽을라고 내가 못 죽고 살아 있는데. 내가 누구 때문에 사는데 그러냐."

방에 들어와 거울을 보니 얼굴이 조금 붉어지긴 했다. 집에 올 때까지 거울을 보지 못해 알 수 없었다. 엄마는 문밖에서 계속 악다구니를 부렸다. 고약한 마누라에게 바가지 긁히는 기분이었다. 듣다가 열이 뻗쳐서 문을 박차고 마루로 나갔다.

"뻥 치고 있네. 자식이 왜 나 하나야? 내 위에 형 있었잖아! 5월만 되면 수리바위에 올라가서 울다 온다며! 엄마가 걔 못 잊어서 사는 거지, 뭘 나 때문에 산다고 그래?"

"뭐? 수리바위 가는 걸 네가 어떻게 알아?"

"아버지가 다 말했구만. 그런다고 죽은 자식 살아 돌아오는 것도 아닌데, 쓸데없는 짓만 한다고. 준우네 형 알지? 서울 올라가서 먼저 자리 잡았는데, 준우한테 졸업하고 빨리 올라오랬대. 같이 사업하자고. 나도 그런 형 있으면 얼마나 좋아. 이딴 촌구석에, 이 집구석에, 내가 농사나 짓고 사는 거 말고 뭐가 더 있어? 잘되는 꼴 보고 죽는다고? 엄마는 불로장생하겠네. 내가 잘될 날이 올 것 같아?"

내 말이 끝나자 엄마는 아무런 말이 없었다. 소리를 지르는 통에 술기운이 가셨는지 정신이 말짱해졌다. 너무 심하게 말한 게 아닌가 싶었지만, 그때 나는 그냥 엄마에게 상처를 주고 싶었던 것 같다. 십대 후반의 사내들이란 사람 비슷한 노릇만 해도 다행인 존재다. 마흔이 다 된 지금, 나는 당시 내 나이와 비슷한, 언제 급발진할지 모르는 고등학생들을 보면 무섭다.

그날 밤 나는 쉽게 잠을 이루지 못했다. 문밖에서 엄마의 울

음소리가 들릴까봐 조마조마했다. 귀를 기울여봐도 마당을 쓸고 지나가는 바람 소리가 들릴 뿐, 엄마가 안방에 들어가는 소리는 들리지 않았다. 엄마는 마루에서 한참 동안 하늘만 바라봤나보다. 먼저 떠난 형이 떠올라서 그랬는지, 아니면 내 철없고 악한 말에 서운하고 화가 나서였는지는 지금도 알지 못한다.

인정하기 싫어도, 어른이 된 나는 아버지를 참 많이 닮아 있다. 작은 것에 쉽게 분개하지만, 큰일에는 체념한다. 밖에서 억울한 일을 당하면 눈만 껌뻑이다가, 집에 와서야 머뭇거렸던 내 모습을 후회하며 열을 올린다. 화풀이 대상은 정작 내 옆에 있는 사람, 약자만을 골라 심장을 후벼판다. 마음속에 가족을 위한 아주 작은 여백도 두지 않고 살았다.

우리 집 남자들은 엄마를 더 초라하고 모진 사람으로 만들기만 했다. 결혼 이후 엄마의 삶은 어른이 되지 못한 남자들과의 눈물 나는 투쟁이었을지도 모른다.

403호가 이 건물로 이사 온 이유 중 하나는 희소병을 앓는 튼튼이가 다닐 종합병원과 가깝다는 것이었다. 보증금 500만 원으로도 들어올 수 있다는 것도 컸다. 원래 살던 집 전세금을 빼서 생활비와 병원비로 쓸 수 있기 때문이었다. 그렇게 그녀는 희미한 희망을 부여안으며 하루하루를 보냈다.

그러다 아이가 죽었다는 응급실 의사의 사망 선고를 들었다.

병원 영안실 직원이 아이를 데려갈 때가 자식의 온전한 얼굴을 본 마지막 순간이었다. 입관할 때 한 번 더 아이의 얼굴을 볼 수 있었지만, 이미 살아 있을 때와는 많이 다른 모습이었다. 입관에, 화장에, 절차는 많았고, 그때마다 돈이 들었다.

자그마한 관이 화장로로 들어갈 때 그녀는 제정신이 아니었다. 일기에는 짐승처럼 울었다고 적혀 있었다. 잠시 뒤 아이는 한 줌 가루가 되어 나왔다. 그날 이후 그녀의 가계부 적요란에 튼튼이라는 글자는 보이지 않았다. '병원비'라는 항목으로 꽤 많은 지출을 하게 만든 주인공은 튼튼이가 아니었다.

튼튼이를 가졌을 때 암에 걸린 적도 있던 그녀 역시 건강이 좋지 않았다. 이혼하기 전부터 전신 무기력증과 우울증을 달고 살았고, 아이의 병세가 위중해질 무렵에는 자꾸 심장이 불규칙하게 뛰며 호흡곤란도 왔다. 나중에는 어지럼증이 심해서 걷는 것조차 힘들어졌다. 아이와 함께 병원에 걸어가면서도 자꾸 쓰러질 것 같아, 건물 벽과 신호등을 여러 번 손으로 짚어야 했다.

어린이집 보조 교사가 되기 위해 채용 신체검사를 받았을 때만 해도 몸에 큰 이상은 없었다. 그러니 단기간에 심장이나 뇌나 폐가 크게 잘못되지는 않았으리라는 판단에 진료도 받지 않았다. 동시에 만약 자신마저 큰 병이 발견되면 아이를 돌볼 수 없다는 걱정도 있었다. 자식을 살릴 수만 있다면 자기는 어떻게 되든 괜찮다는, 나 같은 사람에게는 두렵게까지 느껴지는, 숨이 막힐 것처럼 맹목적이고 무조건적인 사랑이다.

그녀의 일기장을 다 읽은 금요일 밤에야 403호의 병원비 항목이 홀어머니를 위한 것이었다는 걸 알게 됐다. 이미 여러 종류의 병을 섭렵한 그녀의 어머니에게 마지막으로 찾아온 건 치매였다. 보건소의 전화를 받고 그 사실을 알게 된 403호는 오랫동안 멍하니 천장만 봤다고 했다.

치매라는 단어를 보자마자 나는 가슴 한구석이 불편해졌다. 요즘 TV를 틀면 시청자를 협박하는 광고를 쉽게 볼 수 있다. 한결같이 당신의 부모가 암에 걸려 죽거나, 치매에 걸려 죽느니만도 못하게 될 확률이 이렇게 높으니, 매달 우리 보험 회사에 돈을 내라는 내용이다. 혼자 사는 노인이 배우자가 있는 노인에 비해 치매에 걸릴 확률이 두 배가 넘게 높다는 기사가 포털 메인에 떠서 나처럼 늙은 홀어머니를 둔 사람을 불안하게 만들기도 한다. 세상 모든 자녀는 부모가 치매에 걸릴지 모른다는 생각만 해도 우울해진다.

403호는 어머니가 공기 좋고 오랜 친구도 있는 시골에서 천천히 치료받는 게 나으리라 생각했다. 그러다 어머니가 잘 지내나 싶어 쉬는 날 친정에 내려간 403호는 모든 게 자신의 게으른 착각이었다는 걸 깨달았다. 보건소에 들러 의사와 상담을 마친 뒤 어머니가 있는 노인정에 갔다가 깜짝 놀랐다. 젊은 시절부터 서로 알 거 모를 거 다 알고 지낸 시골 노인네들이라 다들 정답게 지낼 줄 알았는데, 자신의 어머니는 왕따 중의 왕따였다.

다들 흥겹게 윷을 던지고, 왁자지껄 떠들며 막걸리를 마시고, 신나게 화투판을 벌이고 있었는데, 친정어머니는 혼자 멍하니 앉아 있었다. 드센 노인들이 선점한 TV 근처 자리는 얼씬도 못했다. 심지어 과일을 깎아 먹는 자리에도 끼지 못했다. 한참을 지켜보던 그녀가 노인정에 들어서자 노인들은 그제야 어머니를 챙기는 시늉을 했다. 403호는 말없이 어머니를 모시고 나왔다.

시골에 혼자 놔둘 수 없다는 걸 깨닫고, 그녀는 어머니를 서울로 모시고 왔다. 다른 곳에 비해 저렴하면서도, 일정 수준 이상 청결하고, 믿을 만한 의료진이 있는 병원을 찾는 건 힘들었다. 서울 시내 구석구석을 돌아다니다가 겨우 적당한 병원 한 곳을 찾았다. 그때만 해도 403호의 노모는 혼자서 병원을 오갈 수 있을 정도였다. 의사 역시 약물치료와 꾸준한 통원치료를 통해 진행 속도를 늦출 수 있다고 말했다.

한 달 만에 상황이 달라졌다. 떨어져 산 지 오래됐을뿐더러 남편과 이혼한 뒤 아이와 둘이 사는 생활에 익숙해졌기에, 403호는 어머니라고 해도 함께 지내는 것이 불편해서 견딜 수 없게 됐다. 그녀의 어머니가 외손주에게 외할머니 노릇을 하려고 한 것도 문제였다. 튼튼이가 외할머니를 잘 따르기는 했지만, 옛날 방식의 육아여서 마음에 들지 않았다. 그녀는 "엄마에게 화를 냈지만, 엄마의 방식이 틀린 게 아니라는 것도 알고 있었다. 몸이 약한 튼튼이를 키우는 내 방식이 강박 그 자체였던 게 문제였다"라고 회고했다.

403호는 서울에서 어머니가 따로 살 만한 곳을 알아봤다. 그녀가 살던 빌라와 어머니가 다니던 병원에서 그나마 가까운 곳이 우리 오피스텔이었다. 풀옵션에, CCTV도 있고, 위험한 가스레인지 대신 전기쿡탑이 있는 것도 마음에 들었다. 그렇게 그녀의 어머니가 우리 건물에 먼저 들어오게 됐다. 생각해보니 부동산에서 403호와 그녀의 노모를 만나 계약서를 쓴 건 나였다. 우리 건물에 처음으로 노인이 들어오게 된 것이라 기억이 난다.

마음은 편해졌지만, 병원을 오가야 하는 어머니의 기사 노릇을 하며 끼니를 챙겨드리느라 403호의 몸은 더 바빠졌다. 게다가 배 속에 있을 때부터 약했던 튼튼이의 상태가 더 나빠지기 시작했다. 작은 병원에서는 큰 병원으로 가라고 했고, 큰 병원에서도 여러 진료과목을 전전했다. 엄청난 검사비를 쓰고 나서야 튼튼이가 아픈 게 희소병 때문이라는 걸 알게 됐다. 아이가 태어나기 전부터 그녀를 집요하게 괴롭히던 불안이 현실로 다가왔다. 치매에 걸린 어머니에 이어 어린 자식마저 희소병에 걸렸다는 걸 알게 된 이상 맨정신으로 살기는 힘들었을 것이다.

그때부터 그녀는 혼자 술을 마시기 시작했다. 스스로 "술이 없으면 버틸 수 없다"라고 말하는 사람이 있다면, 나는 알코올 중독자의 흔한 변명이라고 일축할 것이다. 하지만 그녀와 같은 상황이라면 다른 판단을 내려야 한다. 알코올중독자가 되는 한이 있더라도, 자신의 어머니와 자식을 간호하고, 번갈아 병원에 데려다주는 고단한 삶을 이어나가려면, 술이 아니라 더한 것의 도움이라도 받아야 했을 것이다.

어린이집 보조 교사를 시작한 것도 그즈음이었다. 급여는 형편없었지만, 두 사람을 간호하느라 풀타임으로 일할 수 없던 403호에게는 선택의 여지가 없었다. 그녀는 어린이집 아이들을 사랑으로만 대하기 힘들어서 미안했다고 기록했다. 아이들이 건강하게 뛰놀고, 아무 음식이나 잘 먹는 것을 볼 때마다 부러워했다. 예쁜 옷을 입고 좋은 가방을 메고 다니는 것을 보면 튼튼이에게 미안했다.

그녀는 생활비를 아껴 모은 돈으로 튼튼이가 건강해지면 입을 옷과 신발을 샀다. 거실장 가장 잘 보이는 곳에 두고 하루를 시작할 때마다 그걸 바라보며 기운을 냈단다. 그녀의 서랍에 들어 있던, 그녀의 전남편에게 내가 건넨 바로 그 신발이었다. 빌라 거실에 있던 그 신발이 오피스텔 책상 서랍에 들어올 때까지 그녀의 삶은 계속 가파른 내리막길이었다.

튼튼이는 날이 갈수록 야위었고, 어머니도 상태가 점점 나빠졌다. 그러던 어느 날, 어머니를 병원 앞 큰길에 내려주고 뒷모습을 지켜보던 403호는 간담이 서늘해졌다. 어머니가 근처 빌딩 사이를 한참 헤매고 나서야 병원에 들어간 것이었다. 그쯤부터 어머니는 진료를 마친 뒤 병원비 내는 것도 잊기 시작했다. 나중에는 공동현관 비밀번호를 기억하지 못해 퇴근한 딸에게 발견될 때까지 동네를 배회하기도 했다. 노모는 의사의 예상보다 훨씬 빠르게 과거로 후퇴하기 시작했다. 외손주의 이름을 기억하지 못했고, 나중에는 딸조차 알아보지 못했다.

힘겹게 일을 마치고 돌아온 403호는 어머니를 대할 때 다시 어린이집 보조 교사가 됐다. 치매 환자에게 부정적인 말을 하면 안 된다는 걸 알면서도, "엄마, 그러면 안 되잖아", "그냥 가만히 좀 있어", "제발 조용히 좀 해"라는 말을 입에 달고 살았다. 남의 집 아이들은 웃으며 상냥하게 대해줬지만, 자신을 낳고 키워준, 여든 살 먹은 어린아이에게는 좋은 말이 나오지 않았다. 손찌검하고 싶은 충동도 여러 번 들었다.

튼튼이의 담당 의사는 입원 치료가 필요하다는 통보를 했다. 이제 403호가 결단을 내려야 할 시점이 왔다. 어머니와 자식 모두를 동시에 간호할 수는 없었다. 어머니의 치료라는 것은 악화 속도를 지연시키는 게 전부였다. 튼튼이는 달랐다. 치료를 받지 않으면 초등학교에 들어가는 것도 못 볼 상황이었다. 어머니를 요양원에 모시고, 아이 병실에서 간호에 전념하기로 했다.

입원했다고 해서 큰 수술을 받거나 하지는 않았다. 대신 튼튼이는 매일 엄청난 양의 약을 먹고, 방사선치료를 받았다. 자신의 아이가 어른이 먹는 것보다 독한 약에 취해 잠든 모습을 지켜보는 게 403호가 할 수 있던 간호였다. 아픈 아이를 둔 어느 엄마처럼 그녀 역시 누구보다 절박했다. 그럼에도 다른 엄마들처럼 민간요법에 의지하거나, 검증도 안 된 건강기능식품을 먹이지 않고 참는 게 그녀에게 가장 힘든 일 중 하나였단다.

창살 없는 감옥에 살게 된 것은 그녀의 어머니 역시 마찬가지였다. 병원에서는 이제 간병인을 붙여야 한다고 통보했다. 문제는 역시 돈이었다. 병원비는 국가의 지원을 받을 수 있었지만, 간병비는 아니었다. 그녀가 선택한 것은 어머니를 병원 대신 요양원에 맡기는 방법이었다. 병원을 선택할 때처럼 꼼꼼하게 비용과 위생 상태, 의료진을 점검하며 수많은 요양원 중 한 곳을 골랐다. 여러 곳을 둘러본 결과 '특유의 냄새'가 덜 나는 곳이 최선이라는 결론을 얻었다.

평일에는 튼튼이 옆에 붙어 있다가 주말에는 어머니를 보러 요양원에 갔다. 어느 것 하나 쉽지 않은 일이었다. 매일 병원에 있다 보니 자신도 환자가 된 것 같았고, 불안 증세는 더 심해졌다. 그녀도 치료가 필요한 상태였다. 불규칙한 수면 때문에 수면제나 술의 도움을 받아 두어 시간 쪽잠을 자며 살았다. 주말에는 술을 진탕 먹고 내내 잠들고 싶었지만, 자신이 오기만을 기다리는 어머니 얼굴이 생각났다. 제대로 자지도 못하고 운전대를 잡아야 했다.

"이곳은 지옥이다. 서로에게 똥을 던지며 싸운다. 이곳은 천국이다. 상대가 던진 똥을 맞고도 행복하게 웃는다. 어릴 때는 누구나 밥 잘 먹고 똥오줌 잘 가리기만 해도 칭찬받는다. 여기도 그렇다. 밥 잘 먹고 똥오줌 잘 눈다고 칭찬받다 죽는 게 이곳에서는 가장 성공한 인생이다."

그녀는 요양원 풍경을 몇 개의 짧은 문장으로 묘사했다. 이 문장을 보니 그녀가 꽤 괜찮은 소설가가 될 수도 있었겠다는 생각이 들었다. 어린이집 보조 교사를 하며 두 사람을 간호하면서도 그녀는 계속 소설을 썼다. 글을 쓰는 순간만큼은 끔찍한 현실에서 벗어날 수 있었기 때문이다.

요양원의 하루는 군대처럼 꽉 짜인 일정대로 분초를 다투며 흘러갔다. 새벽 6시에 모두 일어나 세수를 한다. 이어 식사를 하고 밤새 용변으로 범벅이 된 기저귀를 간다. 씻고 점심을 먹으면 다시 기저귀를 간다. 남의 손으로 먹고 씻고 하다 하루가 가고, 자기에 한참 이른 저녁 6시에 취침 소등을 한다.

문제는 환자들이 군인처럼 빠릿빠릿하게 움직이지 않는다는 것이다. 긴 병에 효자 없다는데, 하물며 박봉에 시달리며 자신이 감당할 수 없는 숫자의 환자를 상대하는 요양보호사로서는 환자를 가족처럼 생각하면 하루 일정을 맞출 수 없다. 제품을 생산하는 플랜트처럼 쉬지 않고 컨베이어벨트를 돌려야 한다.

가족이 올 때 말고는 외출도 금지다. 막상 만나면 몇 분도 안 되어 애처럼 투정을 부리고 화를 내기 일쑤였지만, 그녀의 어머니는 주인이 퇴근하기만을 기다리는 강아지처럼 딸이 오는 면회 시간을 기다렸다. 403호는 "내 얼굴도 알아보지 못하면서, 만나는 순간만큼은 그렇게 환하게 웃을 수가 없는 어머니를 보며 복잡한 생각이 들었다"라고 회고했다.

겉모습을 보면 자신의 어머니가 맞지만, 자신이 평생 알던 사람과 전혀 다른 존재였다. 그녀의 어머니는 억센 장터 아낙네들이 텃세 부리는 틈바구니에서도 혼자 꿋꿋하게 국밥을 팔았다. 남편 믿고 위세 부리는 여자, 돈 안 내고 그냥 가려는 취객과 머리끄덩이를 붙잡고 싸웠다. 그렇게 혼자 억척스럽게 딸을 키워 서울에 있는 대학에 보냈다. 까막눈이었던 게 부끄러워 뒤늦게 한글 교실에 다녔고, 고향 풍경을 소재로 시도 여러 편 썼다. 딸을 보러 서울에 올라올 때는 곱게 화장하고 꽃무늬 옷도 입었다.

그랬던 그녀가 부끄러움도 모르는, 오로지 본능에만 충실한 치매 환자가 됐다. 어머니에게서 늘 똥냄새가 풍겼다는 것보다 403호를 난감하게 했던 건 어머니가 남자 직원들의 성기에 집착한다는 사실이었다. 기회만 되면 움켜쥐고 놓지를 않았다.

게다가 비교적 젊은 환자들보다 더 난폭해서 요양보호사들이 제일 꺼리는 대상이고, 다른 환자들에게도 자꾸 시비를 건다고 했다.

그녀는 다시 중대한 결심을 했다. 종일 침대에 손발이 묶인 채 누워 있고, 주변에 똥칠하고, 약을 탄 밥을 싱거운 국에 말아 강제로 먹는 어머니의 일상, 엉덩이에 욕창만 늘어나는 비참한 삶에 자신이 직접 개입하기로 했다. 돌아가실 때까지 자신이 돌보기로 하고, 다시 우리 오피스텔로 어머니를 모셨다.

공단에서는 각종 신청서, 확인서, 지정서를 제출하면 간호를 지원해준다고 했지만, 어머니를 잠시라도 남의 손에 맡길 수 없었다. 게다가 오래 돌봐주는 것도 아니었다. 하루 네 시간의 간호를 추가하면 요양원의 두 배가 넘는 돈이 들었다. 경제적인 이유도 컸지만, 어머니가 오래 살 수 없다는 것이 오히려 그녀에게 직접 간호할 용기와 힘을 주었다.

튼튼이가 병원에서 퇴원한 것도 그녀의 선택에 영향을 미쳤다. 병세가 나아져서가 아니었다. 병원에서도 별다른 조치를 할 수 없으니, 상태가 나빠지면 다시 입원하라는 것이었다. 아이가 다시 집에 돌아왔다는 사실만으로 403호는 기뻐했다. 어린이집 보조 교사마저 그만두고 간병인이 되기 위해 공부를 시작했다. 수입이 끊긴 대신 튼튼이와 함께 살던 추억이 담긴 빌라를 처분해 버티기로 했다. 작년 초의 일이다. 이때 우리 오피스텔 403호에 들어왔다.

두 사람을 간호하는 건 예상대로 쉬운 일이 아니었다. 그녀 역시 첫날부터 어머니의 손발을 묶을 수밖에 없었다. 다만 기저귀만큼은 즉시 갈아주었고, 식사 준비에도 정성을 다했다. 어머니를 증오하게 될까봐, 그녀의 죽음을 간절하게 원하는 사람이 될까봐, 403호는 열심히 마인드컨트롤을 했다. 그녀가 바라본 치매는 "아주 느리게 뇌를 포맷하는 것"이었다. 늙어 주름진 얼굴을 했을 뿐, 어머니가 유아로 돌아간 것이라고 스스로 되뇌었다. 어머니가 똥오줌 못 가리던 어린 자신을 키웠던 것처럼, 자신도 어머니를 돌보는 것이라고 위안했다.

하지만 두 환자를 대하는 그녀의 태도는 너무도 달랐다. 술에 취해 깊이 잠들었다가도 튼튼이의 신음이 들리면 벌떡 일어났고, 열이 있으면 둘러업고 병원으로 달려갔다. 아침에 눈을 뜨면 튼튼이 상태부터 확인한 뒤 어머니가 있는 위층으로 올라갔다. 방문을 열었는데 똥냄새가 나면 화부터 났다. 밥을 먹여주려는 자신을 향해 침을 뱉을 땐 따귀를 올려붙이고 싶었다.

잠을 자도록 돕는 수면제 역할을 했던 소주는 이제 비위 약한 그녀가 어머니 기저귀를 갈기 전에 마시는 상비약이 되었다. 먹는 것도 별로 없으면서, 노인의 똥은 냄새가 심하고 양도 많았다. 어차피 못 알아들으니 그녀는 어머니에게 속마음을 거르지 않고 말했다. "튼튼이 하나 돌보는 것도 죽겠는데, 제발 똥오줌만 좀 가리면 안 되느냐"라는 투정도, "이대로 사느니 차라리 곱게 죽는 게 낫지 않냐"라는 험악한 말도 했다. 술김이라고 하지만 그런 말을 뱉고도 죄책감이 안 드는 자신이 괴물이 된 것 같다고 적었다.

전날까지 밥도 잘 먹던 튼튼이가 갑자기 이상해져서 다급하게 차에 태우고 병원으로 향할 때 그녀는 밤에 마신 술이 안 깬 상태였다. 응급실에 무사히 도착해 침대에 뉘었지만, 튼튼이는 그 침대에서 일어나지 못했다. 아이의 죽음에 의료진까지 깊은 탄식을 했다. 사망 선고를 하는 의사의 목소리는 잠겨 있었다.

아이 장례를 마치고 돌아온 그녀를 기다리는 건 여전히 살아 있는 병든 노모였다. 정신없는 와중에도 전화로 간병인을 구해 두 배의 일당을 주며 수발들게 했건만, 어머니를 보는 순간 그녀는 차라리 그냥 방치해둘걸 그랬다는 못된 생각이 들었다고 했다.

다시 소주가 필요했다. 술기운에 어머니의 기저귀를 갈아주고 물수건으로 몸을 닦아주었다. 전기쿡탑으로 죽을 쑤어 어머니의 입에 넣어주었다. 그 순간 어머니가 비쩍 마른 나무작대기 같은 손을 들어 그녀의 손을 잡았다.

"힘들지? 고마워."

그 말에 그녀는 온몸에 힘이 풀렸다. 자신과 눈까지 마주쳐준 게 얼마 만인지 기억조차 나지 않았다. 예전 어머니로 다시 돌아왔다는 것이 놀라웠고, 어머니가 죽기만 바랐던 자신에 대한 죄책감이 몰려왔다. 하지만 다시는 눈맞춤을 할 수 없었다. 어머니 눈에 초점이 제대로 잡힌 것은 그때가 마지막이었다.

아이가 죽자 그녀는 삶의 의지를 잃었다. 울다가 술을 마셨고, 술을 마시며 울었다. 밥을 먹을 의지도 없었다. 손자가 죽었는지 살았는지도 모르는 그녀의 어머니 역시 음식을 거부하기 시작했다. 치매 환자가 입에 밥을 가져다대도 거들떠보지 않는 건 괜히 심통을 부리는 게 아니라, 죽고 싶다는 의지를 강하게 표현하는 것이란다.

며칠이 지났다. 기저귀를 확인하러 위층에 들렀더니, 어머니는 갑자기 배가 고프다며 음식을 달라고 소리 지르기 시작했다. 이 여자가 자기를 굶겨 죽이려고 한다고, 사람 살리라고 소리를 질렀다. 403호는 다른 집에 들릴까봐 어머니의 입을 막았다. 그러자 어머니는 그녀의 손을 깨물었다. 고통은 분노로 이어졌고, 기어이 어머니에게 손찌검을 했다. 그리고 그게 미안해서 울었다. 반창고 붙인 손으로 정성스럽게 밥을 차려주었다.

그날 저녁에 어머니는 '튼튼이'라는 단어를 용케 기억해냈다. 403호는 아이 이름을 듣는 게 괴로웠다. 그 모습을 본 어머니는 쉬지 않고 입으로 내뱉기 시작했다. 그러면서 자신의 딸을 저주하는 말을 내뱉기도 했는데, 치매가 맞나 싶을 정도로 403호의 아픈 곳만 송곳으로 푹푹 찔러댔다. 자신의 속마음까지 들여다보는 악귀가 바로 앞에서 혀를 날름거리는 것 같았다. 더는 참을 수 없었다.

다음날 그녀는 동물병원에 면접을 봤다. 고향에서 수의 테크니션으로 일했던 경력을 부풀려 만든 그럴듯한 서류 덕분에 바로 출근할 수 있었다. 그리고 딱 이틀만 출근했다. 병원장에게는 갑자기 급한 일이 생겨서 일을 그만두겠다고, 미안하다고 얘기했다. 병원장은 이렇게 경우 없는 사람은 처음이라며 쌍욕을 했다. 이틀 치 급여를 받지 못했지만, 애초에 신경도 쓰지 않았다. 그녀가 필요했던 건 동물병원에 있는 펜토바르비탈이었다. 안락사용 약품을 들고 오는 게 위장 취업의 목적이었다.

하얀 가루약을 탄 물을 받은 어머니는 평소와 달리 별다른 거부 없이 빨대를 물었다. 고분고분 물 한 컵을 다 마시는 걸 본 403호는 뒤도 돌아보지 않고 자신의 방으로 돌아갔다. 이틀 뒤 그녀는 어머니가 돌아가셨다며 경찰에 신고했고, 나는 특수청소업체 신 대표를 불러 그 방을 치웠다.

차를 판 돈으로 어머니의 장례식을 치르고, 특수청소비용까지 낸 그녀는 자신의 차례를 준비했다. 자신이 지내던 방을 깔끔하게 정리한 뒤 마찬가지로 펜토바르비탈을 탄 물을 마셨다. 며칠 뒤 나는 차갑게 식은 그녀를 발견했다. 여기까지가 403호에 대해 내가 알고 있는 전부다.

그녀의 일기장을 다 읽은 금요일 밤, 가슴이 갑갑해서 방 안에 있기 힘들었다. 집 밖으로 나갔다. 고개를 들어 하늘을 바라보니 달이 밝게 빛나고 있었다. 발소리를 듣고 후다닥 도망간 길고양이가 SUV 차량 아래에 몸을 숨긴 채 내 눈치를 보고 있었다. 그날따라 녀석의 모습이 애잔하게 느껴졌다. 녀석이야말로 사방이 적인 세상에서 매일 생과 사의 경계를 넘나드는 삶을 사는 것이다.

편의점에 들러 소주를 샀다. 봉툿값 20원이 생각나 에코백을 가지고 갔다. 갈색 머리에 잔뜩 피어싱을 한 알바생 대신 모자를 눌러쓴 아저씨가 카운터를 지키고 있었다. 불친절하다 싶더니 기어이 잘렸나보다. 쌤통이라는 생각이 들었다.

집으로 돌아오는 길에 낯익은 노인이 보였다. 건너편 건물 의류수거함 옆에 대형 폐기물을 버리는 공간이 있는데, 그 노인은 종종 누군가 버리려고 놓아둔 의자나 매트리스에 앉아 혼자 술을 마시곤 했다. 노숙인이라고 하기엔 말끔한 행색이었다. 그날도 바퀴 하나가 빠진 회전의자에 앉아 안주도 없이 소주를 마시고 있었다.

403호처럼 그 노인도 어떤 사연이 있는 게 아닌지 궁금했다. 그에게도 남에게 말할 수 없는 엄청난 비밀 같은 게 있는 건 아닐까? 구차하게 삶을 연명하는 자신을 죽이고 싶어 하는 건 아닐까? 혹시, 지금 중대한 결심을 앞둔 건 아닐까? 처음으로 그에게 말을 걸어보기로 했다. 어떻게 첫마디를 열까 고민하다 조심스럽게 입을 뗐다.

"어르신, 사는 게 참 힘들어요. 그렇죠?"

내 말을 듣자 그는 잠시 나를 빤히 쳐다보았다. 예상이 맞았다는 생각에 침을 꼴깍 삼켰다. 누군가 자신에게 먼저 말을 건네기를 오래도록 기다렸을 것이다. 긴장 속에서 그가 돌려줄 말을 기다렸다. 그의 목소리는 생각보다 훨씬 크고 거칠었다.

"미친놈. 개소리하고 자빠졌네. 젊은 놈이 술 처먹고 어디서 헛소리여? 건방진 새끼."

세상에 이렇게 한심한 놈이 있느냐는 표정이었다. 그는 라운드를 마치고 코너에 돌아온 권투선수처럼 입에 머금고 있던 소주로 입을 헹군 뒤, 내 쪽을 향해 퉤 뱉고는 비틀거리며 자리를 떴다. 반바지를 입고 있던 터라 그의 침이 섞인 소주 몇 방울이 정강이에 튄 게 느껴졌다. 당장 쫓아가 두들겨 패고 싶었지만 참았다. 우리 건물이 있는 골목은 CCTV로 도배가 되어 있다.

건물로 들어와 4층으로 올라갔다. 403호 문을 열고 불을 켠 뒤 방향제를 뿌렸다. 방 안 풍경은 당연히 전날과 다름이 없었다. 이 좁은 곳에서 그녀는 아픈 아이와 함께 생활했고, 자신을 알아보지도 못하는 어머니를 위해 음식을 만들었다.

활짝 열린 창문 밖으로는 옆 건물이 보일 따름이었다. 회색 벽 대신 하늘과 구름과 산이 보였다면 403호가 조금은 더 버틸 수 있었을까 하는 생각이 들었다. 옆방 TV 소리가 요란했다.

아이가 우는 소리 때문에 잠을 잘 수 없다며 민원을 넣었던 남자일 것이다.

방 안에 오래 있을 수 없었다. 403호가 내게 말을 거는 듯한 착각이 들었기 때문이다. 나는 그녀의 얼굴조차 기억하지 못하지만, 일기장을 읽었다는 이유로, 그 누구보다 그녀를 잘 아는 사람이 되어버렸다. 그녀가 내 존재를 알고 있었다는 것은 충격적이었다. 죽기 이틀 전 일기에 나에 관한 내용이 적혀 있었다.

그는 나를 이해할 것이다. 그 사람의 쓸쓸한 눈빛을 보고 나는 우리가 비슷한 종류의 사람이라는 걸 확신했다. 나란 존재는 그런 사람에게도 폐를 끼치게 되겠지. 부디 세상이 그에게는 너그럽기를.

내 눈빛이 어디가 쓸쓸하다는 건지, 자신과 내가 어느 부분에서 비슷하다고 생각한 건지, 나는 하나도 동의할 수 없었다. 이 정도면 일기가 아니라 소설이다. 그녀의 심정에 어느 정도 공감한 것은 사실이지만, 그건 그녀가 자신의 관점에서 일방적으로 작성한 긴 글을 다 읽었기 때문이다. 한쪽의 변론만 듣고 판결을 내리는 건 공평하지 못하다. 불을 끄고 방에서 나왔다.

편의점에서 사온 소주를 내 방 냉장고에 넣어놓고 다시 밖으로 나갔다. 좁은 방에서 혼자 술에 취하기 싫어서였다. 무엇을 할까 어디에 갈까 고민하다가 차에 시동을 걸었다. 처음에는 막연히 밤길을 달리고 싶을 뿐이었다. 그러다가 전쟁기념관을 지날 무렵, 가고 싶은 곳이 떠올라 핸들을 돌렸다.

성진이와 함께 살던 청파동 반지하 집이 지금은 어떤 모습으로 변했을까 궁금했다. 언젠가 술을 마시고 골목길 계단을 한참 올라 바라본 남산타워와 서울의 야경을 다시 보고 싶었다. 그때 보았던 파노라마 스틸컷이 지금까지 내가 생각하는 서울의 이미지다. 별처럼 빛나던 빌딩 불빛, 그것의 주인이 되려면 열심히 달려야 한다. 빌딩 불빛을 모아 자신만의 별자리를 만든 우리 사장님도 여전히 쉬지 않고 달리고 있다.

골목에 차를 세워두고 언덕을 올랐다. 무엇이 나를 이곳으로 이끌었을까 생각했다. 혼자 술을 마시다가 문득 예전 사진이나 편지를 꺼내 펼쳐보는 것과 비슷한 충동이었을 것이다. 처음에는 사진 속에 있는 인물들, 편지를 보낸 친구를 추억하지만, 결국은 그 시절의 나에 대한 애틋한 그리움 따위로 귀결된다. 과거의 자신에 대한 부끄러움과 자기애가 교차하며 싸우기도 하다가, 결국 자기애의 판정승으로 끝나곤 한다.

20년 가까운 세월이 지나고서야 찾아온 동네지만 예전과 다를 게 없는 모습이었다. 골목길을 조금만 걷다 보면 이내 갈림길이 나와 보행자의 선택을 종용하는 것도 여전했다. 한쪽은 계단, 한쪽은 오르막길이다. 차가 오를 수 없는 계단과 가파른 오르막길 때문에 이사하는 것도 몇 곱절 더 힘든 동네다. 아슬아슬한 축대를 지나니 새로 지은 건물도 나타났지만, 대부분 낯익은 다세대와 연립주택 그대로였다.

내가 살던 반지하 집도 변한 게 없었다. 그 좁고 습한 곳에 여전히 누군가 살고 있었다. 불 켜진 창문을 내려다보려 했지만, 그새 가림막이 설치되어 예전처럼 내부를 볼 수 없었다. 소주와 새우깡, 라면과 담배를 사러 자주 가던 구멍가게도 그대로였다. 시간이 멈춰버린 동네 같았다. 집 앞 전봇대 아래에서 담배를 한 대 피웠다. 예전에 그랬던 것처럼.

계단이 나타났다. 곳곳이 파이고 금도 많이 간 돌계단이지만, 내게는 달에 갈 수 있는 로켓 발사대였다. 마지막 계단을 오르며 이내 펼쳐질 야경을 기대했건만, 눈앞에 나타난 것은 저마다 커다란 사진기를 손에 든 사람들이었다. 열 명은 족히 넘어 보이는 사람들이 좁은 공간을 가득 메운 채 연신 셔터를 눌러대고 있었다. 그들 틈바구니에 끼고 싶지는 않았다.

이렇게 붕 뜬 시간을 때우기에는 담배가 가장 좋지만, 피운 지 얼마 되지 않아 그럴 수도 없었다. 휴대폰을 꺼내 스포츠 뉴스를 확인하며, 그들이 빨리 사진을 찍고 자리를 비워주기만을 기다렸다. 커다란 카메라 렌즈는 화려한 빌딩의 호위를 받으며 서 있는 남산타워를 향했다가 발밑으로 내려다보이는 낡은 풍경으로 옮겨갔다. 듣고 싶지 않았지만, 그들이 나누는 대화가 귀에 들어왔다.

"와, 진짜 낭만적이네요. 서울에 아직도 이런 곳이 다 있네."

"그러게. 배달 오토바이 소리도 안 들리잖아. 여기 사는 사람들은 참 좋겠다."

낭만적이라니, 어처구니가 없었다. 철저히 외부인의 관점에서만 바라보니 그런 소리가 나오는 것이다. 여기는 배 나온 이들이 쉬러 오는 휴양지나 관광지가 아니다. 생존을 위해 치열하게 사는 이들의 주거지역이다. 배달 오토바이 소리가 안 들리는 건 계단 때문에 다닐 수 없어서다.

이곳의 사람들은 날이 밝기도 전에 서울 곳곳으로 흩어져 서울의 아침을 깨우고, 오후를 지탱해주며, 해가 질 때 돌아온다. 이제 겨우 피곤한 몸을 누인 사람들이 잠든 곳을 보며 낭만 운운하는 천박하고 불손한 시선이 역겨웠다.

"이제 이동하겠습니다."

인솔자로 보이는 이가 큰 소리로 말했다. 선두에 선 그를 따라 다들 낭만을 찍으러 계단 아래로 내려갔다. 그중 몇은 인터넷 라이브 방송을 하고 있는지, 카메라를 보며 쉬지 않고 말했다. 한 명은 아예 짐벌*까지 갖췄다. 그들이 잠시 머물던 자리에는 여러 개의 플라스틱 컵이 버려져 있었다. 주머니 속에 있던

---

* 사진이나 영상이 흔들리지 않도록 수평 유지를 보조해주는 촬영 장비.

담배를 꺼내 물었다.

아마도 그들은 이곳뿐 아니라 서울 시내에 있는 '낭만적'인 골목을 두루 순회 중일 것이다. 열심히 찍은 사진을 어디에 쓸지는 뻔하다. 블로거나 개인 방송하는 사람 모두가 쓰레기는 아니겠지만, 지금까지 내 눈으로 본 그들은 죄다 쓰레기 같은 존재들이었다. 포털 검색 결과를 오물로 만든 것도, 가짜 뉴스 생산과 유포에 앞장선 것도 그들이었다. 이제는 남의 가난까지 장사 아이템으로 선정해 아이쇼핑하러 다니는 것이다.

나는 알고 있다. 그들 중 상당수 역시 가난한 사람이라는 것을.

계단 아래로 내려간 이들은 하이에나 떼처럼 골목 구석구석을 샅샅이 뒤졌다. 그들의 관음증 섞인 시선은 남의 집 창문과 담 너머까지 탐했다. 아직 장사 중인 가게에 카메라를 들이밀었고, 반지하 방 앞에서도 플래시를 터뜨렸다. 그들을 지켜보다 터덜터덜 내려가 차를 몰고 집으로 향했다.

절름발이

끔찍한 여름이 시작됐다. 일주일 만에 낮 최고기온이 6도 넘게 올랐다. 선풍기만으로는 버틸 수 없는 날씨였다. 물론 덥다고 해서 나의 월요일 아침 일정이 달라지는 것은 아니다. 세입자 변동 사항을 체크했고, 인터넷 뱅킹에 접속해 월세와 관리비가 다 들어왔는지 점검했다. 전날 있던 스포츠 경기 결과도 확인했다. 베팅 몇 개가 들어맞았지만 저배당이었다. 수수료를 떼니 적자였다.

실망하기에는 이르다. 어디까지나 재미 삼아 하는 부업이니까. 루틴을 지키기 위해 여느 때처럼 공원을 산책하려고 모자를 눌러쓴 채 방에서 나왔다. 이어폰을 끼고 실시간 방송을 틀었다. 저녁때 베팅할 경기 정보를 들으며 보라매공원을 돌고 왔다. 습도가 높아서 그런지 20도가 조금 넘은 온도인데도 겨드랑이와 가슴팍에 땀이 났다. 뉴스에서 미세먼지가 심하다고 하더니 희미한 윤곽만 드러낸 관악산이 아주 멀리 있는 것처럼 보였다.

건물 주차장에 들어서자 건너편 건물 앞에 누군가 버려둔 검은 소파가 보였다. 폐가구를 좋아하던 노인이 온종일 앉아 있을 만한 A급 물건이었다. 며칠 전부터 보이지 않던 그에게 무슨 일이 생긴 건 아닌지, 여기보다 더 좋은 명당자리를 찾은 것인지 궁금했다. 내가 자꾸만 타인의 삶에 간섭한다는 생각이 들어 고개를 절레절레 흔들었다. 그런 건 원래부터 딱 질색이다.

다른 이의 삶에 개입하는 건 어디부터 시작이고 어디까지 허용될까? 403호의 일기를 읽고 난 뒤 계속 내 머릿속을 맴돈 질문이다. 누군가 그녀의 어머니, 그녀의 아이, 그녀의 삶에 개입했다면 결과가 달라졌을까? 그녀의 일기를 괜히 읽었다는 후회가 자꾸 밀려왔다. 쓸데없는 죄책감이 생겼고, 그 때문에 아무 관계도 없는, 철저한 타자인 그녀의 삶에 개입해버렸다. 그녀가 깔아놓은 덫에 걸린 것 같다는 느낌도 들었다.

날이 더워지자 에어컨이 고장 났다는 민원이 들어오기 시작했다. 서비스센터에 전화를 걸어 점검을 예약했다. 담배가 떨어져서 편의점에 가기 위해 엘리베이터 버튼을 누르다가 문득 불길한 예감이 들었다. 403호 전남편의 공허한 눈빛이 떠올랐다. 마지막 전화통화에서 아내의 유골을 택배로 보내달라고 한 말을 듣고, 그를 상식 이하의 사람으로만 생각했다. 하지만, 혹시, 그 역시 지금 생의 낭떠러지에 내몰린 것은 아닌지, 그래서 판단력까지 잃었던 것인지, 불안한 생각이 들었다.

전화기를 꺼내 통화목록을 뒤졌다. 메신저에 친구로 등록될까봐 따로 번호를 저장해두지는 않았다. 휴대폰 화면을 한참 내려 그의 전화번호를 찾아 통화 버튼을 눌렀다. 통화연결음이 한참 동안 이어졌고, 그는 전화를 받지 않았다. 요즘 날씨가 갑자기 더워진 덕분에 이른 아침부터 일감이 넘치나보다 싶었지만 영 찝찝했다.

점심이 다가올 무렵 휴대폰이 울렸다. 403호의 전남편인가 싶었는데 엄마였다. 늘 이런 식이다. 긴장이 풀리면서 허탈했다. 또 무슨 일로 전화를 했을지 짜증부터 났다. 서울에 혼자 살면서도 엄마에게서 벗어날 수 없다.

나는 피차 큰일이 있지 않은 이상, 안부 같은 건 문자로 충분하다고 했다. 엄마는 내 목소리를 들어야 안심이 된다고 했다. 게다가 먹고 싶지도 않은 반찬을 자꾸만 택배로 보내왔다. 나는 집에서 밥 안 해먹는다고, 주로 식당에서 사 먹거나 배달시킨다고 해도 막무가내였다. 그렇게 보내주는 반찬은 그릇 어디가 새거나 깨져서 국물이 흘러나오거나, 내용물이 쉬었거나, 맛이 없기 일쑤였다.

내가 스무 살도 되기 전에 지긋지긋한 고향과 집을 떠난 것은 그저 평범하게 살기 위해서였다. 엄마의 엄마, 그러니까 해녀였던 외할머니가 어린 엄마를 업고 고향 섬을 떠나 뭍으로 건너온 것도 마찬가지였을 것이다. 엄마가 태어날 무렵, 제주도에서는 수만 명의 사람이 죽었다. 외할아버지도 그중 한 명이었다. 우리 아버지가 광주를 떠나 낯선 시골에 자리를 잡은 것도 그저 평범하게 살고 싶어서였다.

엄마는 나와 자주 통화하고 싶어 했고, 한 달에 한 번씩은 시골에 내려오기를 바랐다. 왜 그런지는 나도 잘 안다. 내가 다른 자식들처럼 살갑게 굴기를, 우리 모자 관계가 다른 집과 같기를 바라는 것이다. 하지만 나는 내가, 우리가, 남들만큼만 하면 결코 남들처럼 될 수 없다는 것을 누구보다 잘 알고 있다. 평범해지기 위해서는 혹독한 계절을 견뎌야 한다.

연예인이나 스포츠 스타가 은퇴 인터뷰에서 "이제 평범하게 살고 싶다"라고 말하는 게 정말 싫었다. 자기가 뭐라도 된 듯한 말이기 때문이었다. 그런데 서울에 살다 보니 그들이 했던 말을 이해할 수 있게 됐다. 사람들이 생각하는 평범한 삶이란 대학을 졸업하고, 직장에 들어가고, 배우자를 만나고, 은행 빚 별로 없이 아파트를 사고, 아이를 낳아 기르고, 은퇴 후 취미를 즐기며 사는 것이다. 그렇게 살기 위해서는 대단한 노력이 필요하다. 중간에 자신 혹은 가족이 죽거나 다치는 일도 없어야 하니, 평범한 삶이란 곧 축복에 가까운 일이다.

벤츠 E클래스 동호회 모임에서 박 변은 일본의 한 영화감독이 "보는 사람만 없으면 내다버리고 싶은 존재"로 가족을 정의했다고 얘기했다. 이혼 전문 변호사에게는 귀가 솔깃한 명언이었을 것이다. 그의 말을 듣고 다른 이들과 함께 고개를 끄덕였던 건 그때가 유일했다.

평범한 가정 생활이라는 것도 말이 쉽지 참 어려운 일이다. 부모가 건강하게 생존해야 하고, 일정 수준 이상의 사회적 지위와 경제력을 갖추어야 평범이라는 울타리 안에 들어갈 수 있다. 거기에 어른 말씀 잘 듣고, 공부 잘하고, 건강한 자식이 있어야 한다. 그런 가족 구성원이 서울 기준으로 최소 25.7평 이상의 아파트에 자가로 살아야 한다.

그런 조건을 모두 갖추었다고 하더라도 가족 중 하나가 사이비 종교나 다단계에 빠지거나, 자녀가 국제결혼을 하거나, 동성연애자거나, 혼혈아거나, 장애인이거나, 태극기 집회에 나가는 아버지와 진보정당의 강성당원인 자식이 있다거나 하면 평범한 가정이 아니다. 집안에 종교, 정치, 문화적 요인으로 인한 갈등까지 없어야 평범한 가정이 된다.

집안을 말아먹고 술만 마시다 죽은 아버지, 배운 게 없어서 평생 농사만 지은 어머니를 둔 내게 평범한 가정 생활이라는 건 태어나는 순간부터 불가능한 일이었다. 어릴 때는 어딘가에 내 친부모가 따로 있어서 언젠가 나를 데리러 올 것이라는 상상을 자주 했다.

엄마는 읍내에 장을 보러 갈 때 가끔 나를 데리고 가려고 했다. 짐꾼이 필요하거나 내 옷과 신발을 사주기 위해서였는데, 혹시라도 누가 볼까봐 나는 엄마와 몇 발짝 거리를 두고 걸었다. 내 또래 사내들에게 엄마와 함께 밖을 돌아다니는 건 쪽팔린 일이었다. 뽀글뽀글 파마머리에 다리까지 저는 엄마라면 더욱 그렇다.

손님으로 온 건데도 시장 상인들은 엄마를 보면 반가워하는 기색을 보이지 않았다. 엄마는 돈 한 푼이라도 악착같이 깎는 건 기본이고, 채소를 살 때 무게를 달아 계산을 마치고 나서도 막무가내로 한 움큼 더 집어 봉투에 넣는 사람이었다. 같은 시골에 살지만 흰 목장갑을 낀 채 검은 승용차를 몰고, 장바구니 대신 핸드백을 들고 다니는 준우네 엄마가 부러웠다. 그런 엄마를 두었기에 준우가 사장님 소리를 들으며 평범 이상으로 잘살고 있는 것이다.

아무도 내게 평범하게 살 수 있는 방법을 알려주지 않았다. 내가 생각한 평범하게 살 수 있는 길은 평범하지 않은 계획을 세우는 것밖에 없었다. 조금 위험한 일까지 포함해서 다양한 직업을 거친 것도 그 때문이었다. 사장님을 만난 뒤 나는 나 같은 사람도 평범하게 살 수 있는 거의 유일한 방법을 찾아냈고, 이제 조금만 참으면 그 꿈을 이룰 수 있다. 그런데 엄마는 자꾸 나를 끌어내리려 한다.

휴대폰을 바라본 채 머뭇거리다 화면을 오른쪽으로 쓸어 전화를 받았다.

"여보세요."

"아들. 서울도 많이 덥지? 잘 지내?"

"그저께 통화했잖아. 또 왜?"

"있잖아. 어저께 엄마가 도토리묵을 쒔는데, 이게 참 쫄깃쫄깃하고 기가 막히거든?"

뜬금없는 묵 타령이라니, 정말 기가 막혔다. 겨우 그런 거 먹으러 오라고 전화를 걸었을까? 그냥 본론부터 말하면 좋으련만, 늘 쓸데없는 화제로 시작한다.

"에이씨. 그래서 뭐?"

"너는 엄마한테 에이씨가 뭐야, 에이씨가. 묵 먹으러 주말에 엄마한테 안 올래?"

"아니, 내가 한가한 사람이냐고. 내가 집에서 놀아? 일하잖아, 일!"

"그런데, 엄마가 좀 아프대."

엄마는 실없는 소리에 도가 튼 사람이지만 엄살을 부리는 법은 없었다. 묵 얘기를 하다가 갑자기 아프다는 얘기로 이어지다니, 정말 이상한 전개였다.

"엄마는 맨날 아프잖아. 왜, 지난번에 보건소 간 게 뭐 잘못

됐어?"

"아니, 그게 아니라. 아들 열심히 일하는데 이런 말 해서 미안한데, 엄마가 돈이 좀 필요해."

"뭐야, 무슨 사고 쳤어? 왜 그래?"

"아니야, 아니야. 잠깐 돈이 안 돌아서 그래. 아들, 힘들면 괜찮아. 이제 곧 감자랑 마늘이랑 수매할 때니까. 몸 좀 나아지면 토마토도 따야지. 잘 익고 있어. 걱정하지 마."

내가 돈을 얼마나 버는지도 모르면서 '힘들면 괜찮다'는 말에 자존심이 상했고, 횡설수설하는 듯한 말투에 불안감도 생겼다. 걱정하지 말라는 부모의 말처럼 걱정스러운 건 없다. 힘든 게 있으면 정확하게 말을 하던가, 괜찮으면 아예 말을 꺼내지를 말든가.

"괜찮은 거 맞아? 말투가 왜 그래?"

"내 말투가 왜?"

"이상하잖아. 술 취한 사람처럼."

"애 좀 봐? 너 지금 무슨 소리 하니?"

짧은 사이에 엄마의 말투가 거칠어졌다. 서울에 올라온 후로 엄마는 내가 거칠게 말하더라도 부드럽게 받아줬다. 그런 엄마가 갑자기 언성을 높인다니, 수상하게 생각할 수밖에 없었다.

"엄마야말로 무슨 소리야! 정신 안 차려?"

"뭐라고? 너 그게 엄마한테 할 소리야?"

"자꾸 왜 그래! 소리는 왜 질러?"

"소리는 지가 먼저 질러놓고는. 그래 됐다. 끊을게."

엄마는 정말 먼저 전화를 끊었다. 예상하지 못한 일이었다.

전화를 끊고도 한동안 씩씩거렸던 건 엄마가 한 말 중 틀린 게 하나도 없었기 때문이었다. 아무리 엄마 말투가 수상쩍었다고 해도, 정신 안 차리느냐고 한 건 심했다. 엄마 말대로 소리를 먼저 지른 것도 내가 맞다.

한편 억울하기도 했던 게 사실이다. 나는 평소와 다름없이 엄마를 대했지만, 나를 대하는 엄마의 태도가 평소와 달랐다. 취조하듯 따져 묻는 내 말에 엄마는 늘 대역죄인처럼 대답했기에, 이번처럼 역공을 펼칠 줄은 몰랐다. 사람이 평소와 다른 모습을 보이는 건 평소와 다른 일이 생겼다는 뜻이다. 무슨 일이 생긴 걸까? 가슴이 답답했다.

아무리 생각해도 건강 문제다. "엄마가 좀 아프대"라는 인용문의 출처는 의사일 것이다. 돈까지 필요하다는 것을 보니 꽤 심각한 상태인지도 모른다. 가장 마음에 걸렸던 건 술 취한 사람처럼 조리 없이 내뱉는 말이었다. 가슴이 덜컥했다. 403호의 노모처럼, 나이가 비슷한 우리 엄마도 치매가 시작된 게 아닌가 하는 두려움이 밀려왔기 때문이었다.

배는 고픈데 날이 더워 밖에 나가기 귀찮았고, 배달시켜 먹으려니 밥이 올 동안 기다리는 게 싫었다. 에어컨을 빵빵하게 틀어놓고 컵라면을 하나 끓여 먹었다. 국물까지 깨끗하게 비웠지만, 여전히 속이 허전했다. 엄마가 계속 신경 쓰였다.

403호라는 변수만으로도 한동안 피곤했다. 엄마가 새로운 변수로 부상하기 전에 선제 조치가 필요했다. 어차피 오후에 별다른 일도 없었다. 처음으로 근무지 이탈을 감행했다. 차를 몰고 서울역으로 향했다. 주차장에 차를 댄 뒤 휴대폰을 꺼내 가장 빨리 출발하는 열차표를 예매했다. 매점에 들러 캔 커피를 하나 산 뒤 호남선 열차에 올랐다.

가장 최근에 시골에 다녀온 게 언제인지 기억조차 희미했다. 집에 자주 내려가기 싫었던 건 가서 딱히 할 게 없다는 것도 있지만, 만날 때마다 빠르게 늙어가는 엄마를 보기 싫어서였다. 엄마도 사람이니까 늙는 게 당연하고 언젠가 나보다 먼저 떠날 것이다. 그 시간이 빠르게 다가온다는 걸 눈으로 확인하는 게 싫었다.

미세먼지 때문에 뿌연 차창 밖 풍경 따위는 눈에 들어오지 않았다. 옆자리에 앉은 젊은 애는 쩝쩝거리며 햄버거를 먹었고, 뒷자리의 노인은 이어폰도 안 끼고 DMB를 틀어놓았다. 맞은편에서는 아이가 큰 소리로 칭얼거렸다. 역한 냄새와 소음 때문에 사면초가였다. 욕이 튀어나오는 걸 겨우 참았다.

내 마음보다 훨씬 느리게 달리던 기차가 멈췄다. 역에서 내리니 마침 군내버스가 정류장에서 대기하고 있었다. 운이 좋았다. 역에서 집까지 택시로 가면 꽤 높은 요금이 나온다. 재빠르게 버스에 올라탔다. 고향 풍경은 여전히 변한 것 하나 없었고, 노인들뿐인 버스 안은 평화로웠다. 고향 집 역시 마찬가지일 것이다. 엄마는 밭에서 멀쩡히 일하고 있을 것이다. 쓸데없이 이 먼 곳까지 내려왔다는 생각이 문득 들었다.

그럴 가능성은 희박하지만, 문득 사장님이 볼일 때문에 우리 오피스텔 근처를 지나가다 불쑥 방문할지 모른다는 생각이 들자 끔찍했다. 그동안 쌓아온 내 신뢰가 한순간에 무너질 것이다. 한 시간 내에 돌아갈 수 있는 거리라면 어떤 핑계라도 댈 수 있는데, 이미 너무 멀리 와버렸다. 이제 내 걱정거리는 엄마가 아니라 사장님의 불시방문이 되어버렸다. 버스 기사가 브레이크도 안 밟고 커브를 도는 바람에 몸이 휘청거렸다.

생각을 고쳐먹었다. 사장님의 불시방문은 확률적으로 말이 안 된다. 예전에 구청장과 식사 약속을 앞두고 잠시 들른 적은 있지만, 그때는 명절을 앞두고 내게 홍삼을 선물해주기 위해서였다. 그래, 혹시 전화가 오면 안 받고 있다가 병원에 다녀오느라 잠시 자리를 비웠다고 둘러대면 그만이다. 사장님같이 크게 사업하는 분이 관리인이 자리를 비웠다고 쪼잔하게 진단서나 진료확인서를 떼어오라고 할 리는 만무하다.

5년 동안 거의 없던 일이 갑자기 생길지도 모른다는 바보 같은 생각을 하다니. 쫄보처럼 굴지 말자고 몇 번을 되뇌었다. 이게 다 403호의 일기를 읽은 탓이다. 불행을 몰고 다니는, 팔자가 안 좋은 사람이 따로 있을 뿐이다. 그런 특수한 사례에 감정을 소모하고 불안에 잠식될 필요가 없다. 사람은 불안해지면 위축되기 마련이고, 소시민으로만 살다 죽게 된다. 403호의 시아버지는 계엄군 출신임에도 국가유공자가 되어 현충원에 묻혔다. 될 놈은 된다. 쫄보처럼 굴면 될 일도 안 된다.

"아저씨, 앞문으로 내리시라니까요!"

내리려고 뒷문에 서 있던 내게 버스 기사가 소리를 질렀다. 뒷문이 고장 나서 사람들이 앞문으로 내리는 걸 봤으면서도 딴생각에 빠져서 깜빡했다. 그렇다고 승객에게 핀잔주듯 말할 필요가 뭐 있나. 한마디 쏘아붙이려다가 그냥 내렸다. 나를 빤히바라보는 버스 기사가 왠지 낯익은 것 같기도 했다. 워낙 좁은시골 바닥이다 보니 학교 동창일 수도 있다.

예상대로 동네는 하나도 변한 게 없었다. 논길과 밭길을 걸어집 앞에 도착했다. 우리 밭은 물론 집 안도 텅 비어 있었다. 강아지 티를 벗은 누렁이가 컹컹 짖으며 나를 반길 뿐이었다. 엄마가마실 다닐 사람은 아니고 읍내에 나간 게 틀림없었다. 서둘러휴대폰을 꺼냈다. 신호 몇 번 만에 엄마가 전화를 받았다.

"여보세요."

"엄마, 나야. 어디야?"

"어디긴 어디야. 집에 있지. 왜?"

"거짓말하지 마. 내가 지금 집에 있는데?"

땡볕에서 걷느라 윗도리까지 땀으로 젖은 상황이었는데, 아무렇지도 않게 거짓말을 내뱉는 엄마 때문에 다시 울화통이 터졌다.

"엄마 집? 여기까지 내려온 거야? 왜, 무슨 일 있어?"

"아이씨. 엄마 아프다고 하니까 휴가 내고 내려왔지. 엄마가 오라며! 어디야?"

"아이고, 주말에 오라니까. 미리 얘기 좀 하고 오지. 엄마 지금 보건소야. 읍내 나간 길에 잠깐 들렀어. 다 끝났어. 금방 갈게. 기다려."

"아니야! 내가 갈게. 거기에 있어."

전화기를 붙들고 엄마와 옥신각신하다 내가 다시 보건소가 있는 읍내로 나가기로 했다. 방금 읍내에서 들어오는 버스에서 내렸으니, 다음 버스를 타려면 한참을 기다려야 할 것이다. 그럼에도 집 대신 밖에서 보는 게 나았다. 집에서 보면 엄마는 저녁을 먹고 가라며 나를 붙들 것이고, 저녁을 먹고 나면 하루에 몇 대 다니지 않는 버스가 끊길지도 모른다.

잠시 땀을 식힐 겸 마루에 앉아 담배를 물었다. 산에서 불어오는 바람이 시원했다. 그제야 집안 풍경이 눈에 들어왔다. 마루에서 안방으로 들어가는 문 위에는 셋이 찍은 얼룩진 가족사진이 여전히 걸려 있었다. 떼어버리거나 새 액자로 바꾸라고 그렇게 얘기를 했건만, 20년 전 그대로다. 안방 문을 여니 고추를 드러낸 내 돌사진, 결혼식 날 아버지와 함께 찍은 엄마의 흑백 사진이 있었다.

지금은 기름보일러로 바꿨지만, 예전에는 아궁이로 불을 땠다. 아랫목에는 아직도 그때 검게 그을린 장판이 그대로 깔려 있었다. 지난겨울에 김이 펄펄 나는 보리차를 식기도 전에 넣는 바람에 찌그러진 플라스틱 물통도 남아 있다. 그렇게 버리라고 했는데도 말이다. 같은 시대를 살고 있으면서, 나는 계속 미래를 보면서 아등바등 살아가고 있는데, 왜 엄마는 과거에 집착하고 그곳에 머물러 있는 것일까? 행복했던 기억이라고는 한 줌도 없을 텐데.

빨간 벽돌을 쌓아 만들었던 버스 정류장은 둥근 기둥을 두 개 박아두고 지붕과 뒷벽에 투명아크릴을 덧댄 것으로 바뀌었다. 보기에는 훨씬 세련된 것 같지만, 뜨거운 햇볕을 막아주지 못하니 실속이 없었다. 아크릴판에는 나이트클럽과 창고형 할인매장 광고지가 덕지덕지 붙어 있었다. 구질구질하고 촌스러웠다.

커다란 이팝나무 아래에서 버스를 기다리고 있자니, 불과 몇 시간 전에 벤츠를 몰고 63빌딩을 지나 원효대교를 건넌 게 한참 지난 옛날얘기 같았다. 아니, 내가 그랬던 적이 있나 싶을 정도였다. 이곳까지 오다니, 괜한 짓을 했다. 버스 한 대가 내 쪽으로 오는 게 보였다. 일자로 뻗은 도로라 한참 멀리에서도 나를 뻔히 봤으련만, 기사는 정류장 앞에 와서야 급정거했다.

해가 지려면 아직 멀었지만 마음이 급했다. 버스에서 내려 보건소를 향해 걷는 발걸음이 빨라졌다. 패널로 만든 농산물 간이집하장을 끼고 돌아 보건소에 들어섰다. 누군가 내 이름을 부르는 소리가 들렸다. 엄마였다. 시골이라 지나치게 넓기만 한 주차장 옆 팔각정에 혼자 앉아 있던 엄마가 나를 보고 손을 흔들었다. 다른 노인네들처럼 보건소와 붙어 있는 복지회관에 들어가서 에어컨 바람이나 쐬면서 쉬고 있으라고 했는데, 이번에도 말을 듣지 않았다.

"아들 말이라면 죽는시늉도 하겠다면서 왜 말을 안 들어? 회관에 들어가 있으라니까."

"거기 있다가 갑갑해서 나왔어. 엄마는 더위 안 타잖아."

"나 의사하고 얘기 좀 하고 올게. 여기서 기다려."

내 말에 엄마는 당황하는 기색이 역력했다. 얘기 좀 더 하자며 내 팔을 잡는 엄마를 앉혀두고 보건소 안으로 들어갔다. 놔뒀다가는 대충 거짓말로 상황을 모면하며 서둘러 보건소에서 벗어나려고 했을 것이다.

의사가 부족한 시골 보건소는 도시와 달리 간호사도 진료를 볼 수 있게 되어 있다. 다행히 공중보건의가 자리에 앉아 있었다. 진료를 받으러 온 게 아니라 환자 보호자인데 궁금한 게 있다고 자초지종을 얘기했다. 의사가 컴퓨터 키보드를 두드리더니 모니터를 보고 한숨부터 쉬었다.

"할머니가 많이 안 좋으세요."

"할머니 아닌데요? 아줌만데."

"아, 네. 아드님이시구나. 앞으로 힘든 일은 못하게 하시고요. 그동안 치료를 제대로 안 받으셔서 조금 심각한 상황이에요. 연세가 많으셔서 고혈압에 당뇨도 있으신데, 어디 보자. 특히 관절이 많이 편찮으세요. 엑스레이 보니까 허리도 그렇고, 검사를 더 받으셔야 되는데, 매번 됐다고 그냥 침만 놔달라고 하시니까……. 어머님께 제대로 치료받으시라고 설득 좀 해주세요."

의사는 엄마에 대해 나보다 훨씬 많은 것을 알고 있었다. 그동안 엄마는 나 몰래 백내장 수술을 받은 적이 있고, 고혈압과 당뇨 때문에 꾸준히 약을 먹고 있었다. 치주질환 때문에 식사도 제대로 못하는데, 그로 인한 영양부족으로 치아뿐 아니라 전반적으로 건강에 지장을 주고 있다고 했다. 눈앞이 아찔했다. 의사는 한참을 얘기하다 잠시 머뭇거리더니 치명타를 날렸다.

"그리고 이건 치매 진단하는 MMSE 검사 결과인데요. 여기 보시면 19점 아래부터 치매거든요? 어머님이 21점이신데, 이게 어머님이 워낙 검사에 비협조적이셔서……. 간호사가 옆에서 도와드리며 검사한 점수라 정확하지가 않아요. 제대로 검사하시려면 군청 옆에 있는 보건의료원이나 큰 병원 가봐야 해요. 늦으면 아드님이 고생이니까, 꼭 모시고 가세요."

의사와 상담을 마친 뒤 보건소 문을 열고 터덜터덜 걸어 나왔다. 나를 보는 엄마는 눈칫밥 먹는 며느리가 사나운 시어머니 바라보는 표정이었다. 신발을 통해 느껴지는 아스팔트 바닥의 감촉이 낯설었다. 잠에서 깨기 직전에 꾼 꿈속에서 나쁜 놈을 피해 도망칠 때처럼 발이 무거웠다. 진득진득한 잼 위를 걷는 기분으로 엄마를 향해 걸었다.

"뭐라디? 아니다. 다 쓸데없는 소리야. 어여 집에 가자."

"나 바로 올라가야 돼."

"벌써 올라간다고? 세상에, 밥도 안 먹고?"

"엄마!"

내가 갑자기 큰 소리를 내자 엄마의 눈동자가 초점을 잃고 흔들렸다. 엄마가 낯설게 보였다. 오후에 통화할 때 칼칼한 목소리로 열을 내던 우리 엄마는 어디 가고, 내 커다란 목소리에 쭈그러든 작고 초라한 할머니가 내 옆에 있었다. 몸을 떨고 있는 것도 같았다. 나는 왜, 무엇에 화를 낸 걸까. 엄마는 땅바닥을 보며 중얼거리듯 말을 이었다.

"저 의사 놈은 입만 열면 거짓말이야. 젊은 놈이 아주 순 돌팔이야, 그냥. 걱정하지 마, 아들. 엄마 괜찮아. 아무 일도 없어."

멀리서 SUV 차량이 큰길을 따라 빠른 속도로 달려오고 있었다. 문득 그 차에 뛰어들고 싶은 충동이 들었다. 충돌하는 순간 곧바로 잠에서 깰 것이고, 익숙한 내 방 침대 위에서 아무 일 없는 평온한 하루가 시작될 것 같았다. 하지만 꿈이 아니었다. 앞이 부옇게 보이긴 했지만, 옆에서 휘청휘청 걷고 있는 절름발이 우리 엄마가 내 옷소매를 붙들고 있는 감촉은 분명했다.

나는 자세를 바꾸어 오른팔로 엄마를 부축하며 주차장을 가로질러 걸었다. 엄마와 바투 붙어 몸을 댄 채 걷는 건 처음이었다. 나보다 한참 키가 작은 엄마의 정수리에서 참기름 냄새가 났다. 엄마의 냄새였다. 짐짓 밝은 말투로 엄마의 말에 맞장구를 쳤다.

"맞아. 그 새끼 생긴 것도 마음에 안 들더라. 의대 나온 지 얼마 되지도 않은 초짜 주제에 의사랍시고 거들먹거리면서 말하고. 우리 엄마야 옛날부터 맨날 아팠는데, 뭐 그렇게 호들갑을 떨고 지랄이야? 말하는 거 들으면 엄마 완전히 중환자야. 이렇게 멀쩡한데."

"그치? 여기까지 왔는데, 엄마가 차려주는 밥 먹고 천천히 올라가."

"그래. 저녁 먹고 갈 테니까 맛있는 거 해줘."

"우리 아들 돼지고기 좋아하잖아. 맛있게 볶아줄게."

멀리 아버지 유골을 뿌린 산 위로 구름이 지나가고 있었다. 서울과 달리 하늘이 맑았다.

엄마가 보건소 밖 큰길로 나가려는 내 팔을 잡아끌어 멈춰 세웠다. 우리 마을로 가는 버스가 보건소 안까지 들어오니까 앉아서 잠깐만 기다리라고 했다. 보건소 입구 왼쪽에 버스 정류장이 있었다. 양쪽 기둥은 초록색, 지붕은 파란색으로 칠했다. 우리는 딱딱한 나무 의자에 앉아 아무 말도 하지 않은 채 버스가 오기를 기다렸다.

한참 지나고 나서야 버스가 도착했다. 힘겹게 앞문 계단을 오르는 엄마를 뒤에서 지켜보며, 다음에 내려올 때는 벤츠를 몰고 오기로 다짐했다. 삐까뻔쩍한 차에 엄마를 태우고 큰 병원에 모시고 가고, 맛있는 것도 사드리고 싶었다. 나중에 크게 호강시켜주고 싶었는데, 그 나중을 앞당겨야겠다는 생각이 들었다.

버스는 시골길을 씽씽 달렸다. 엄마 옆자리에 나란히 앉은 것도 태어나서 처음이었다. 어릴 때는 늘 엄마와 일행이 아닌 척 멀찌감치 떨어져 있었다. 기사가 커브를 틀 때마다 엄마는 위태롭게 휘청거렸다. 버스에서 내릴 때는 붉게 충혈된 해가 서산으로 저물고 있었다. 좁은 시골길을 걸어 집에 들어섰다. 엄마는 안방에서 잠깐만 쉬고 밥을 차려주겠다고 했다. 힘겨운 외출이었는지 누운 채 끙끙거리며 이리저리 자리를 바꿔댔다.

툇마루에는 내가 재떨이로 썼던 놋그릇이 그대로 있었다. 몇 년 전에 집에 와서 담배를 피울 때 별생각 없이 그릇 하나를 집어 담뱃재를 떨었는데, 엄마는 그걸 반질반질 닦아놓고 옆에 성냥갑까지 두었다. 시원한 툇마루에 누워 해가 완전히 지는 모습을 오래도록 구경했다. 해가 있던 자리에 유난히 반짝이는 별이 나타났다. 그게 별이 아니라 금성이라는 것이 떠올랐다. 어릴 때 보았던 모습 그대로였다.

"반짝반짝 작은 별, 아름답게 비치네."

나도 모르게 노래를 흥얼거렸다. 누가 가사를 붙였는지는 몰라도 서쪽 하늘에서 아름답게 비치는 별은 아마 금성이었을 것이다. 작사가는 금성이 별이 아니라는 것을 몰랐을 게 분명하다.

아이들이 익히기 쉽도록 단순한 멜로디로 구성된 이 노래는 알파벳 송으로도 유명하다. 어릴 때 알파벳 스물여섯 개가 이어지는 부분까지는 흥얼거렸지만, '나우 아이 노우 마이' 어쩌고 하면서 어려운 말이 이어지는 마지막 가사는 몰랐다. 지금까지 모르고 있으니 아마 죽을 때까지도 모를 것이다.

이 노래를 작곡한 사람이 모차르트라고 알고 있는 사람이 많지만, 원래는 '아, 어머니, 말씀드릴게요'라는 제목의 프랑스 샹송이다. 옆집 남자아이를 사랑하게 된 한 소녀가 사랑에 빠지게 되니 마음이 아프다며 엄마에게 하소연하는 내용이다. 여기에 영국 시인이 지은 시를 가사로 붙인 동요가 전 세계에 퍼졌다. 모차르트와 관련이 있는 건 그가 이 원곡을 바탕으로 열두 개의 변주곡을 만들었기 때문이다.

그는 여섯 살 때부터 고향을 떠나 가족과 함께 유럽을 돌며 음악 여행을 했다. 연주로 돈을 벌고 숱한 명곡을 만들다 열일곱에 고향으로 돌아왔다. 이미 유럽에서 명성을 날렸지만, 불운이 이어지며 빚만 늘어났다. 돈을 벌기 위해 다시 고향을 떠나 유럽을 떠돌았다. 독일에서는 한 여자를 만나 사랑에 빠지기도 했다. 하지만 돈벌이는 녹록지 않았고, 그로 인해 사랑했던 그녀와도 헤어져야 했다.

직장을 구하기 위해 파리로 떠났지만, 원하던 일자리는 끝내 얻지 못했다. 게다가 어머니가 전염병으로 세상을 떠났다는 소식이 전해졌다. 겨우 스무 살이 넘은 때였다. 그는 아마 교향악단에 들어가 돈을 벌었으면 어머니를 치료할 수 있었을 거라 자책했을 것이다. 그 무렵, 사랑하는 사람에 대한 속마음을 어머니에게 털어놓는 내용의 노래가 그의 귀에 들어왔다. 그러자 모차르트는 세상을 떠난 어머니를 그리워하는 마음을 담아 변주곡으로 만들었다.

내가 이 노래를 이렇게 잘 아는 이유는 평소 예술에 조예가 깊어서가 아니다. 벤츠 E클래스 동호회에서 펜션에 놀러 간 적이 있다. 장 박사가 모차르트를 다룬 영화인 〈아마데우스〉의 감독판 DVD를 구해왔다며 야외에서 함께 보자고 했다. 사람들이 영화에 빠져 있던 세 시간 동안 나는 영화를 보는 대신 사람들이 모차르트에 대해 잘 모를 만한 것만 휴대폰으로 검색해봤다.

영화가 끝나자, 아니나 다를까, 장 박사는 침을 튀겨가며 모차르트의 생애에 대해 일장 연설을 시작했다. 당시 유럽의 시대상, 그의 누이에 관한 페미니즘 관점의 분석, 영화 속 등장하는 로코코 양식에 대해 아는 척을 해댔다. 사람들이 모두 그의 박식함에 감탄하며 고개를 끄덕이면서 경청할 때 나는 회심의 미소를 짓고 있었다.

그의 말이 모두 끝난 후 나는 〈반짝반짝 작은 별〉에 대한 얘기를 풀어놓았다. 흥미로운 내용이어서 순식간에 관심이 모두 내게 쏠렸다. 풀이 죽은 장 박사가 맥주로 목을 축이던 모습은 내 삶에서 가장 통쾌한 장면 중 하나였다. 인터넷만 있으면 박사건 뭐건 아무 쓸모없다.

30분 정도 누워 있던 엄마가 일어나 저녁 준비를 했다. 밥을 안치고, 냉동실에 있던 고기를 꺼내 해동했다. 안방에 들어가 TV를 틀었다. 집 지붕에 설치한 접시 덕분에 위성방송이 나왔다. 스포츠 중계가 한창이었지만 영 집중이 되지 않았다. 마당으로 나가 누렁이와 놀았다.

엄마가 식사 준비하는 모습을 한참 동안 지켜봤다. 가스 불앞에 서 있는 뒷모습, 칼질하는 뒷모습이 불안해 보였다. 우리는 서로의 뒷모습을 보는 게 익숙했다. 내가 기억하는 엄마의 이미지는 부엌이나 밭에서 일하는 뒷모습이다. 나 역시 엄마에게 얼굴보다 등을 보인 적이 더 많았다. 우울한 생각이 들었다. 다시 안방으로 들어갔다.

"아들, 시원하게 소주도 한잔할래?"

"좋지. 집에 술이 다 있어?"

"우리 아들 언제 올지 몰라서 미리 사다 놨지. 조금만 기다려. 엄마가 물에 적신 키친타월을 칭칭 감아서 냉동고에 넣어 놨어. 그렇게 하면 금방 시원해진다고 TV에 나오더라."

번갯불에 콩 볶아 먹듯 저녁 준비를 마친 엄마가 안방에 밥상을 차렸다. 김이 모락모락 나는 찰밥에 빨간 양념으로 볶은 돼지고기도 모자라서, 소고기를 넣어 끓인 미역국에 생선까지 한 마리 구워 내왔다. 도토리묵은 없었다. 다른 때 같았으면, 다 먹지도 못할 걸 왜 이렇게 많이 차렸냐고 화부터 냈을 것이다.

"아들, 엄마가 술 한 잔 따라줄 테니까 시원하게 마셔."

"좋지."

"자, 올라가서 건강하게 잘 지내고. 밥 잘 챙겨 먹고. 엄마 걱정하지 말고."

"알았어. 어, 엄마! 뭐 하는 거야, 아들한테. 한 손으로 따라."

엄마가 따라주는 술을 받는 것도 처음이었다. 영 서투르게 따르는 바람에 잔이 넘쳤다.

밭에서 따온 싱싱한 채소에 돼지고기를 얹고 밥까지 올려 쌈을 싸 먹었다. 서울에서 보기 힘든 낯선 상표의 소주를 입에 털어 넣었다. 술이 아니라 맹물 같았다. 같이 먹자고 하니 엄마는 요리하면서 조금씩 주워 먹어서 밥 생각이 없다고 했다. 거짓말인 걸 알았지만 그냥 넘어갔다.

집에서 자고 새벽에 일찍 나가겠다고 하니 엄마가 그렇게 좋아할 수가 없었다. 내가 하겠다고 말려도 성치 않은 몸으로 내 방에 이부자리를 펴주었다. 엄마는 약을 한 움큼 먹고 잠들었다. 조금 뒤척이나 싶다가 금세 잠드는 것을 보니 수면제도 같이 들어 있는 게 분명했다.

자기엔 이른 시각이었다. 술이 더 필요했지만, 편의점은 읍내에나 있다. 컴퓨터도 TV도 없는 방에서 할 수 있는 건 휴대폰을 들여다보는 일밖에 없었다. 말똥말똥한 눈으로 뉴스를 보다가 새벽이 되어서야 잠들었다.

몇 시간 자고 일어나니 아직 해도 뜨지 않아 어두웠다. 엄마는 이미 내 아침 밥상을 차려놓았다. 고작 소주 두 병 마셨다고, 대파를 듬뿍 넣은 시래기 해장국을 해놓았다. 컵라면이나 편의점에서 파는 도시락 따위로 대충 때우던 아침 대신 제대로 된 밥을 먹는 것도 오랜만이었다. 서둘러 식사를 마치고 집을 나서기 전, 엄마의 뼈만 앙상한 손을 두 손으로 잡았다.

"바쁜 일만 마치면 다시 내려올게. 건강 잘 챙기고 계셔. 약 잘 챙겨 먹고."

엄마는 말없이 마른 손으로 내 손등을 두드려주었다.

서울로 올라가는 기차에 올라 휴대폰을 꺼냈다. 암호화폐 거래소에 들어가면 그동안 투자한 돈이 얼마나 불었는지 실시간으로 확인할 수 있다. 미래를 위해서는 최대한 많은 금액을 투자하는 게 중요하지만, 엄마 병원비만큼을 따로 빼둘 생각이었다. 코인을 현금으로 환전한 뒤 통장에 넣어두려고 했다.

거래소 홈페이지로 연결되는 바로가기 앱을 실행했다. 원래는 접속과 동시에 현재가, 변동률, 거래금액이 떠야 하는데, 신호 강도가 약하다는 문구가 나오며 페이지가 표시되지 않았다. 터널이 있는 구간이라 그런지 코레일 와이파이 연결이 오락가락했다. 휴대폰 무선인터넷을 끈 뒤 LTE 연결로 바꾸고 화면을 아래로 당겨 새로 고침을 시도했다. 그러자 영어로 된 에러 페이지가 떴다.

Service Temporarily Unavailable

The server is temporarily unable to service your request due to maintenance downtime or capacity problems.

Please try again later.

제법 익숙한 503 에러 문구가 나왔다. 사이트에 접속자가 폭주하면 발생하는 현상이다. 조금 기다리면 열리겠지만, 그 이유가 궁금했다. 갑자기 사람이 몰린 것이라면 뭔가 호재가 발생한 것이다. 대한민국 암호화폐 분야의 최고 전문가로 유명한 조 박사님이 TV에 출연하거나, 새로운 책을 출간할 때마다 그랬다. 포털 앱을 열어 실시간 검색어를 보니 조 박사님은 물론 암호화폐나 거래소와 관련된 단어는 보이지 않았다.

검색창에 조 박사님 이름을 넣었다. 검색 결과에 블로그와 카페 글이 무수하게 쏟아졌지만, 뉴스 기사만 믿어야 한다. 최신순으로 정렬하니 두 달 전 종편 뉴스에 나와 암호화폐 과세에 관해 인터뷰했던 내용이 가장 먼저 나왔다. 다음으로 거래소 이름을 넣어 검색했다. 금융 분야 컴플라이언스 시스템으로 유명한 미국 기업과 제휴한다는 작년 기사가 제일 위에 올라왔다.

결론적으로 우리 거래소 사이트에 사람들이 몰릴 만한 이유는 하나도 없었다. 그렇다면 해킹이나 디도스 공격이 들어왔을 가능성이 남아 있다. 가소로운 일이다. 작년부터 어느 정도 규모가 되는 거래소는 전부 DNS 보안 조치를 기본적으로 적용했다. 한 곳에서 반복적인 신호가 오면 아주 제한된 응답만 보내주는 방식이다. 게다가 우리 거래소는 화폐를 별도 서버에 보관하고 있고, 아이디와 비밀번호를 해킹해도 인출할 수 없게 되어 있다.

10분 정도 기다리면 조치가 끝날 것 같아 뉴스를 봤다. 밤사이 또 음주운전 사망사고가 발생했고, 의붓자식을 학대한 사건도 있었다. 미세먼지는 전날보다 좋아졌지만, 서울과 경기 남부 지역에는 밤사이 소나기가 온다고 했다. 스포츠 뉴스를 보려다가 그만두고 창밖을 쳐다봤다. 열차는 푸른 들판을 지나고 있었다. 내려갈 때와는 달리 아름다운 창밖 경치에 눈을 뗄 수 없었다.

시간이 얼마나 지났을까, 열차가 멈추고 출입문이 열렸다. 이제 곧 서울에 진입한다. 다시 휴대폰을 들어 암호화폐 거래소에 접속했다. 여전히 503 에러 화면만 나타났다. 조금씩 불안해지기 시작했다. 사이트 접속이 오랫동안 안 된다는 사실만으로도 거래소 신뢰도에 악영향을 미칠 수 있기 때문이다. 그러면 내가 모은 코인 가치도 떨어진다.

자리에서 일어나 객실을 빠져나왔다. 한동안 연락을 드리지 못한 내 스승님, 조 박사님에게 전화를 걸었다. 사소한 일로 바쁜 분께 폐를 끼치는 게 아닌가 조심스러웠지만, 다급한 마음을 참을 수 없었다. 수화기에서 익숙한 여자 목소리가 들렸다.

"지금 거신 전화는 고객의 요청에 의해 당분간 착신이 정지되어 있습니다."

심장이 내려앉는 기분이었다. 대체 무슨 일이 생긴 것일까. 조 박사님처럼 유명한 분이 함부로 전화번호를 바꿀 리는 없다. 온몸에 힘이 빠졌다. 화장실에서 세수한 뒤 다시 자리로 돌아왔다.

열차는 금방 서울역에 도착했다. 기차에서 내려 에스컬레이터를 타기 위해 승강장을 걷는데 자꾸 다리를 저는 듯한 느낌이 들었다. 엄마처럼. 에스컬레이터에 올라선 뒤 다시 휴대폰을 꺼냈다. 이번에도 조 박사님의 전화는 연결되지 않았다. 해외 출장 가면서 착신 전환을 안 해둔 것일까? 쫄보처럼 손이 벌벌 떨렸다.

통화목록에 있는 403호의 전남편 전화번호가 눈에 들어왔다. 내가 전화를 건 지 하루가 다 되어가는데도 여태 연락이 없다. 부재중 전화가 왔다는 걸 확인했다면 내게 전화를 하거나 문자라도 보냈을 것이다. 그에게 전화를 걸었다. 신호가 한참 울려도 전화를 받지 않았다.

에스컬레이터에서 주차장을 향해 걸었다. 다리가 무거워서 걷기가 힘들었다. 손에 든 휴대폰에서 진동이 느껴졌다. 황급히 발신자를 확인했다. 조 박사님, 403호 전남편, 엄마, 셋 중 한 명이 걸어온 전화라고 생각했는데, 뜻밖에도 사장님이었다.

"네, 사장님."

"그래. 너 지금 어디야?"

"아, 제가 일이 있어서 병원, 아니, 잠깐 나왔습니다."

"밖이야? 아이 시팔, 얼마나 걸려?"

천만다행이었다. 만약 조금이라도 고향 집에서 늦게 나왔다면, 그래서 다음 열차를 탔다면, 사장님의 전화에 어찌할 바를 몰랐을 것이다. 서울역이니 차를 몰고 가면 30분이면 도착할 것이다. 사장님의 찰진 욕을 듣자 내가 서울에 있다는 게 실감이 나며 정신이 번쩍 들었다.

"20~30분 걸립니다."

"그래. 너 빨리 들어가서 403호 확인 좀 해봐."

"네? 403호요?"

"그래. 야, 그 신 대표인가 뭔가, 청소 제대로 한 거 맞아? 아이 시팔. 404호 세입자가 이상한 냄새 나서 못 살겠다고 나한테까지 전화를 걸었어. 그 새끼는 내 번호를 어떻게 안 거야? 바빠 죽겠는데, 쓸데없이. 너 빨리 가서 확인해."

이건 또 무슨 일인가. 창문을 열어둔 채 내내 환기했고, 방향제를 그렇게 뿌렸는데 이상한 냄새가 나다니. 내가 비염 때문에 냄새를 제대로 못 맡은 걸까? 그리고 사장님도 참 허술한 면이 있다. 임대차계약서에 떡하니 자기 이름과 연락처가 적혀 있는데도 세입자에게 전화가 올 수 있다는 걸 모르다니. 전화를 끊고 구시렁거리며 차에 탔다. 긴장하니 몸이 좀 나아진 것 같았다.

주차요금을 내고 건물에서 빠져나와 염천교에서 유턴했다. 서대문경찰서 앞에서 신호대기에 걸렸다. 직진 신호를 기다리며 조 박사님에게 전화를 걸었지만, 역시나 착신이 정지됐다는 자동응답만 반복됐다. 403호 전남편도 여전히 전화를 받지 않았다. 서울 도착하면 전화하라던 엄마 말이 생각나 전화를 걸었는데, 엄마도 받지 않았다. 아침부터 밭일하러 나갔나보다.

뭔가 서글픈 기분이 들어 녹색불이 들어온 줄도 몰랐다. 내 차가 벤츠가 아니었으면 뒤차들이 엄청나게 빵빵거렸을 것이다. 천천히 액셀러레이터를 밟았다. 아무도 내 전화를 받지 않으니 세상과 동떨어진 기분이 들었다. 이상하게 403호가 생각났다.

한강 다리와 상도터널을 지날 때 차가 밀렸다. 생각보다 늦게 오피스텔에 도착했다. 내가 있어야 할 곳에 돌아왔는데도 마음이 불편했다. 주차장에 차를 세우고 안전띠를 풀었다. 운전석 문을 열자 뜨거운 바람이 훅하고 불어왔다. 조심스럽게 왼발을 내디뎠다. 기차에서 내릴 때부터 무릎에 힘이 들어가지 않는다. 퇴행성 관절염 탓인지 모르겠다. 힘겹게 몸을 일으켰다.

달에 다녀온 우주인이 지구에 도착해 땅에 첫발을 내디뎠을 때 이런 느낌이었을까? 중력이 몇 배는 강해졌다. 순간 심장이 불규칙하게 뛰더니, 몸이 휘청거릴 정도로 어지러웠다. 동시에 머리끝부터 시작된 찌릿한 통증이 온몸을 관통했다. 감전된 느낌 같기도 했고, 누군가 정수리를 송곳으로 찌른 것 같기도 했다. 오른팔을 뻗어 차에 기댔는데도 자꾸 몸이 한쪽으로 기울며 쓰러질 것만 같았다. 관자놀이에서 강한 맥박이 느껴졌고, 숨이 가빠왔다. 울대에 뭐가 끼인 것처럼 불편해 침도 삼킬 수가 없었다.

순간 이렇게 죽는구나 싶은 공포가 밀려왔지만 버텨냈다. 죽기는 무슨, 어제부터 무리했기 때문일 것이다. 시골에 다녀오며 스트레스를 많이 받았고, 암호화폐 거래소 때문에 긴장했고, 아! 소주 두 병을 마신 것도 있다. 크게 휘청거렸지만 '나는 괜찮다' 되뇌며 발을 움직였다. 공동현관을 향해 내디딘 마지막 걸음은 아찔했다. 하마터면 뒤로 쓰러질 뻔했다. 중심을 잡기 힘들어 로비폰이 붙어 있는 벽을 짚었다. 빨리 방에 들어가 에어컨을 켜고 침대에 누워야겠다는 생각이 들었다.

공동현관에서 엘리베이터까지 고작 세 걸음이 천 길처럼 멀었다. 조심스럽게 이동한 뒤 올라가는 버튼을 눌렀다. 5층에 있던 엘리베이터가 유난히 천천히 내려왔다. 문 열린 엘리베이터 안에 몸을 실으니 비로소 살 것 같았다. 이제는 쓰러지더라도 집까지 기어가면 된다. 갑자기 이게 무슨 꼴인지 모르겠다.

땡 소리와 함께 엘리베이터 문이 열렸다. 복도 벽을 손으로 짚어가며 방까지 걸어가 주머니 속 열쇠를 꺼내 문을 열었다. 전날 먹은 컵라면 용기가 싱크대에 그대로 놓여 있었다. 책상 위에 둔 에어컨 리모컨을 향해 손을 뻗는데, 휴대폰이 진동하며 문자 메시지가 도착했다는 알람이 울렸다. 발신자는 조 박사님도, 403호 전남편도, 엄마도 아니었다.

―20분 걸린다며. 아직 확인 안 했냐?

문자에서 사장님의 목소리가 들리는 듯했다.

한가하게 누워 있을 때가 아니었다. 책상 서랍을 열어 403호 열쇠를 꺼냈다. 비틀거리며 엘리베이터를 타고 4층으로 갔다. 복도 벽을 짚으며 걸어가 403호 문을 열었다. 여전히 창문이 활짝 열린 채였고, 새로운 세입자가 와도 물걸레질 한 번만 하면 될 정도로 깨끗했다. 대체 무슨 냄새가 얼마나 나기에 옆집에서 민원을 넣은 건지 이해할 수 없었다. 방문과 창문을 모두 닫고 코를 킁킁거려봤다. 괜찮았다.

사장님에게 전화를 드리려는데 다시 휴대폰이 울렸다. 이번에는 엄마가 보낸 문자가 도착했다.

─전화했네? 엄마가 바빠서 못 받았어. 평일에 전화하면 네가 싫어하니까 문자로 보내는 거야. 반찬 필요한 거 있으면 말해. 엄마가 택배로 보내줄게. 집에는 언제 올 거야? 네가 좋아하는 돼지고기 맛있게 볶아줄게.

문자를 읽고 나는 뜨거운 아스팔트 위에 떨어진 아이스크림처럼 바닥으로 천천히 녹아내렸다. 아찔한 어지러움이 몰려와 눈을 감았다. 눈을 감자 내 귀로 뜨거운 액체가 흘러내렸다. 꿈인지 환상인지, 감은 눈으로 한 여자가 희미하게 보였다. 얼굴을 알아볼 수 없었지만 403호 그녀 같았다.

나는 그녀가 비겁하게 스스로 목숨을 끊고 도망친 사람이라고 생각했다. 하지만 이제 안다. 한 줄기 빛도 없이 어둡고 깜깜한 터널을 혼자 걷다가 앞에 비친 희미한 불빛을 본 사람은, 그리고 점점 빠르게 다가오는 그 불빛이 출구를 알리는 희망의 빛이 아니라 절망을 가득 싣고 나를 향해 달려오는 급행열차라는 걸 알게 된 사람은, 살기 위해 되돌아 뛰는 게 아니라 그대로 무릎을 꿇고 만다는 것을. 그녀는 무릎을 꿇었을 뿐이다.

그녀가 서서히 멀어지자 엄마가 보였다. 절름발이 우리 엄마가 저 멀리 해가 뉘엿뉘엿 떨어지고 있는 산을 향해 똑바로 걸어가고 있었다. 영화의 한 장면 같았다. 문득 엄마가 "기생충인가 뭔가 그게 그렇게 재밌냐?"라고 물었던 게 생각났다. 극장 가서 돈 내고 영화 볼 시간에 밭일하는 게 낫다고 투덜거리던 엄마 손을 꼭 잡고 읍내 영화관에 갔어야 했다.

"네가 있어서 내가 산다"라고 했던 엄마의 말이 과장이나 거짓이라고 생각했다. 자식 덕 보겠다는 말 같기도 했다. 자신의 삶이란 게 없다는 말로 들려 한심하게 생각하기도 했다. 그래서 듣기 싫었다. 누군가 존재한다는 것만으로도 살 수 있다는 것, 나는 그만한 사랑을 해본 적이 없다.

사실은 알고 있었다. 그 바보같이 일방적이고 헌신적인 사랑이 엄마라는 존재에게는 가능하다는 걸. 자식이라는 존재가 엄마에게는, 어두운 터널 속에서 자꾸만 넘어지고 쓰러지더라도 다시 한 걸음 내딛게 만드는 작은 불빛이었다는 걸.

방 안에는 내가 뿌린 방향제 향만 느껴졌다. 시체 썩는 냄새를 맡은 건 오히려 조금 전에 들어갔던 내 방에서였다.

산을 향해 걷던 엄마가 저 멀리 사라지며 보이지 않았다. 감았던 눈을 떴다. 그제야 내가 403호가 누워 있던 그 자리에 그녀와 같은 모습으로 누워 있다는 것을 알았다. 눈앞이 뿌얘서 잘 보이지 않았지만, 창밖에 별이 빛나는 것도 같았다.

멀리서 조용히, 철썩거리는 소리가 들렸다. 엄마가 태어난 섬의 파도 소리였다.

작가의 말

    이 소설은 화해에 관한 이야기다. 화해하는 데 먼저 필요한 건 소통이다. 그래야 이해와 공감으로 이어진다. 어린 나이에 고향을 떠나 서울로 온 화자는 오래도록 고립된 생활을 이어왔다. 그에게도 소통과 화해의 기회가 반복되어 주어진다. 하지만 익숙하지 않아 늘 서툴다.

    주인공은 우리가 흔히 보는 파편화된 도시 노동자다. 인지 왜곡 성향을 보이는 이 청년의 직업은 오피스텔 관리인. 조금 생소하다. 억눌려 산 세월만큼 그의 가슴에는 두꺼운 더께가 앉아 있다. 우연히 발견한 세입자의 일기장을 통해 그와 그녀, 산 자와 사자의 과거 이야기가 펼쳐진다.

    낯선 상대를 보고 두려움을 느끼는 건 동물의 본능이다. 인류 문명은 연대를 통해 이를 극복하며 발전했다. 한편 문명사의 참담한 일은 그 두려움을 타자화로 바꾸려는 이들 때문에 벌어졌다. 전 세계와 실시간으로 소통할 수 있는 21세기에 그 정도가 절정으로 치닫는 듯하다.

인터넷은 종교, 철학, 사상, 정치관, 지역, 학벌, 소득, 가치관이 비슷한 사람끼리 편하게 어울리도록 도와준다. 커뮤니티를 준거집단 삼는 이들도 있다. 외부에 높은 장벽을 치는 게 특징이다. 자기반성은 필요 없다. 타자를 향한 혐오와 조롱이 프로토콜이다. 그러니 늘 화가 나 있거나 화낼 준비를 마친 상태다.

현실에서도 그렇게 폐쇄적인 이들이 있다. 자신의 모든 말에 고개를 끄덕여주는 사람만으로도 불편함과 아쉬움 없이 살 수 있는 자들이다. 정치인이나 재벌이 현실감 없는 망발로 물의를 일으키는 이유다. 주인공은 그런 이들을 우습게 여기고 비판적으로 생각한다. 방어기제가 유일한 동인은 아니다. 짧은 잣대로 세상을 재단하는 자신과 묘하게 닮아서다.

타자를 이해하려면 먼저 나를 이해하고 자신과 화해해야 한다. 그래야 마음에 공간이 생긴다. 좁고 누추하면 귀한 손님이 찾아와도 들일 수가 없다. 우리에게 날카로운 비평과 냉철한 판단, 분석적 사고보다 필요한 건 너른 품이다. 조금 불편하더라도, 차이를 인정하고 이해하도록 노력해야 한다. 더께가 떨어져나가 맨살이 드러나기 전에 실천하는 편이 낫다.

나와 차이가 있는, 지향점이 다른 상대를 두려워하지 말아야 한다. 소통의 대상과 이해의 폭을 넓히고 화해해야 한다. 공포를 부추기는 이들을 경계해야 한다. 정말 경계해야 할 건 전체주의와 획일화라는 폭력이다. 작은 차이로 편을 가르는 세상에서는 사랑보다 욕망이, 포용보다 경쟁이 중요하다. 그런 곳에서 선한 구호를 외쳐봤자 아무런 힘이 없다.

전작인 《구디 얀다르크》에 이어 무거운 현실을 사는 청춘의 구원을 다뤘다. 작가가 텍스트 이면에 숨긴 것들을 찾는 건 내 오랜 독서 습관이고, 소설을 좋아했던 이유다. 다시 읽으면 새로운 것이 보이는 글을 쓰는 작가가 되고 싶었기에 나 역시 글마다 다양한 질문을 던진다.

'작가의 말'부터 읽는 분도 계시겠지만, 대부분은 이 소설을 모두 읽고 여기까지 오셨을 것이다. 다른 계절, 다른 분위기에서 다시 읽는 걸 권한다. 처음과 다르게 느껴지는 감정, 해석은 물론 전복적인 결론에 이를지도 모른다. 소설의 구조, 단서가 되는 문장 여럿, 알레고리가 도울 것이다.

글을 쓰는 사람, 작가라는 단어 뒤에 숨은 건 지독한 인내라는 것을 배운다. 정성 들여 쓴 글이 세상에 나와 독자와 만나는 과정을 견디는 건 밤새 글 쓰는 것보다 고단하다. 앞으로도 그 지난한 과정을 되풀이하겠지만 계속 이겨낼 것이다.